记忆坊出品

嗨，怪物小姐

HI,
MY FANTASTIC FAIRY

其莎 · 著

江苏凤凰文艺出版社
JIANGSU PHOENIX LITERATURE AND
ART PUBLISHING, LTD

目 录

HI,
MY FANTASTIC FAIRY

第一章
女娲后裔

凌晨三点，白日喧闹的街市冷寂了下来，路灯幽幽亮着，灯下飞蛾打着转。浓重的夜色里，忽见下水道里伸出一双脏兮兮的手，随即冒出一个脑袋——一张惨白的脸，眼珠又黑又大，乍一看，就像是半夜出来觅食的小僵尸。

此时一只黑猫从灌木丛里走出来，跟"小僵尸"对视了几秒，然后发出了凄厉的叫声。

接着迅速逃走！

叶里希无措地趴在地上，她以前可是亲猫体质啊！不过就是出了一场车祸，谁知竟会被变态实验室改造成怪物，沦落到连动物都嫌弃的地步。想起自己受到的非人遭遇，叶里希顿时异常悲愤，恨不得生吞了罪魁祸首。

不想了，现在可没时间感伤，逃跑要紧！

叶里希警惕地来回张望，见四下无人，这才小心翼翼地拖着长长的蛇尾从下水道里爬出来。月色里，尾巴上的鳞片泛着银光，看起来坚硬而冰冷，长约一米。这情形，倒颇有几分恐怖现场的气氛，难怪刚才黑猫吓得乱窜。

此时一辆黑色路虎由远及近，正朝叶里希的方向驶来。她怔了怔，下意识地想躲回下水道，可还未来得及做出反应，车子就撞了上来——

好痛！

痛死了！

被车撞上的一瞬间，叶里希觉得自己的五脏六腑都移位了，全身每一寸骨头都在叫嚣着痛，让她恨不得立刻昏过去。

不能晕，不能晕。

她费力地动了动尾巴，努力把它缩进裙子里。

绝对不能被人看到！

急切的脚步声朝她而来，随即响起一个陌生而沉稳的声音："我马上叫救护车，你坚持一下！"这个声音里带着几分担忧跟关切。

浑身是血的叶里希听到这句话，打了一个寒战，她伸出骨瘦如柴的手，紧紧抓住那人的裤脚，用最后的力气恳求道："别……别送我去医院……"

不能去医院，被人看到她的尾巴，会被当成怪物的。

"请把我……扔进下水道……然后……"

然后盖上井盖。

最后一句话还未交代完，叶里希就晕了过去。路灯下，她满脸都是血，白色的长裙也被染成血红色，看起来就像已经死去……

叶里希恢复意识时，并不是在脏兮兮的下水道，而是身处一间宽敞整洁的卧房。窗外艳阳高照，蝉鸣声阵阵，室内开着空调，温度适宜，身上的被子轻轻软软，还散发着一股晒过太阳的味道，舒服得让人想偷偷睡个懒觉。

叶里希睁着眼睛，看着雪白的天花板，思索良久。

好消息是肇事者没把她送进医院，她暂时是安全的。坏消息是，那个开车技术超烂的家伙肯定看到了她的蛇尾。万一他起了坏心思，她肯定要遭殃。

叶里希莫名有些悲愤，以前她是人的时候，就是个战斗力负五的渣渣，为什么被改造成了怪物之后，也还是一样废柴？不，其实还是有差别的，如果她还是人，大概已经被撞死了，可她现在不仅没死，连身上的伤都自愈了。

果然是怪物啊。叶里希有些难过地想。

此时门被轻轻推开，叶里希下意识地闭上眼睛装睡。她现在的五感很敏锐，可以清晰地感觉到那人在打量她。

叶里希如芒在背，却只能拼命忍耐。

兵法有云，敌不动我不动，以逸待劳方为上上策。

过了片刻，叶里希听到一个声音——

"你是蛇妖吗？"

装睡失败的叶里希睁开眼睛，映入她视线的是一张英俊冷漠的脸，而且一看就是那种事业有成的男人，神情之间略带几分逼人的锐利。她愣住了，呆呆地仰视他，这个人，这个人她见过啊，在她最灰暗最无助的时候……

"之前开车撞伤你，很抱歉。"男人冷淡的声音里带着几分歉意。

"没……没关系……我死不了的。"叶里希抱着被子坐起来，干巴巴地说道，"我也不是蛇妖，我是……"

我是人。

她把最后一个字咽回去，脑袋里闪过无数个念头，最后一本正经地说道："我是女娲后裔，名为叶里希。叶是树叶的叶，里希就是女娲的名字。"

她是连自己都嫌弃的怪物，可她不想在他眼里看到丝毫的厌恶。

她微微心虚地看了他一眼，其实这也不算骗人，她在实验室的代号就是"女娲后裔"。要不要展示一下自己的特殊能力，让他相信自己的身份？

"霍予深。"他淡淡道。

叶里希仰着头，直视他幽深的黑眸，确定他眼中没有厌恶之类的情绪，才暗暗舒了一口气。她知道，从很久以前，她就知道他是霍予深。

那个将她从噩梦中拯救出来的霍予深。

而他们，也注定会相遇。

她按捺住心中的激动跟欢喜，冲他露出一个虚弱的笑容："霍先生，你可以收留我一段时间吗？我刚受过伤，需要一个安全的地方休养。你看，我现在连尾巴都收不起来，一出去就会被抓起来做实验。"

霍予深听出她话中的深意。

他并不喜欢跟人同住，所以偌大的别墅只有他一个人，家政也只是偶尔过来。如果她是人，将她送到医院，再赔一笔钱就能解决这起交通事故，可他撞伤的是一个不明生物。注视着这个一脸无辜的"女娲后裔"，他心里多了几分烦躁。

他思考片刻，冷冷道："可以，毕竟是我撞伤了你。"

"真的？"她眼睛一亮。

"但前提是，你不能给我惹麻烦。"

叶里希拼命地点头，举手对天发誓："我会很听话的，绝对不给你惹麻烦。"

霍予深紧拧着眉："叶小姐……"

她打断道："你可以叫我小叶子或者里希。毕竟以后我们要住在一起，叫叶小姐多生疏啊。"说完，她一脸期待地看着霍予深。

他的眉拧得更紧："你好好休息。我要去公司一趟，你有什么需要可以给我打电话。"他微微一顿，挑剔地打量了她片刻，用一种忍耐的语气说，"或者你可以把自己清理干净，如果这不违背你的生活习惯。"

镜子里的人满脸是血，头发打结成一团，白色的长裙皱巴巴的，上面染了血跟各种不明的污渍，看起来就像一块脏兮兮的破抹布。

叶里希不可置信地瞪着镜子，这么邋遢的人居然是自己！

如果时间能倒流到车祸之前，她一定会把自己洗干净，以最美的姿态被霍予深撞到。想起他刚才的话，叶里希简直羞欲死。

这真的不是她的生活习惯！

任谁躲在下水道七天，都会变得跟她一样脏一样臭。

叶里希是一秒都无法忍耐了，觉得浑身上下都痒得难受。她迅速脱掉裙子，把它扔进垃圾桶，然后小心翼翼地爬进浴缸里。洗第一遍澡的时候，浴缸里的水都变成了灰黑色，混浊不见底，换了三回水，她才彻底变干净。

泡在浴缸里，叶里希长长地舒了一口气。

终于自由了。

在这个陌生却又熟悉的地方，叶里希紧绷的情绪得到了彻底的舒缓，这一放松，腹中饥饿的感觉就冒了出来，"咕咕"叫个不停。她躺在浴缸里，屈指一算，距离上次进食不过才半个月啊，怎么就饿了？

难道是因为受伤的缘故，消耗掉了体内的能量？

不过，她要去哪里找食物？

被改造成怪物之后，她就没办法再食用人类的食物，她试过三回，两次中毒，一次呕吐腹泻。从那之后，实验室里的人就不敢给她喂食，而是定期让她食用一种罕见的矿石，以维持她的能量消耗。

叶里希苦恼地泡完澡，拖着湿漉漉的蛇尾爬出浴缸，随手换上霍予深留在浴室里的白衬衫。只是对她来说，这衣服不仅太过宽大，还略微有些长。她挽起袖子，慢吞吞地爬出卧房，打算找台电脑上网查查女娲石的消息，这可是关乎她性命的大事。

她拖着尾巴爬了一圈，忽地在书房外闻到一股熟悉的味道。

"食物"的香味。

她犹豫了一下，终于还是忍不住推门爬进去。书房十分宽敞，圆弧形的书架上排满了各种藏书，她扫了一眼，有经济、历史类的，也有一些小说。看得出来，霍予深喜欢看书，不过为什么里面还混了一本《十万个冷笑话》？

靠窗的书桌上放着一台笔记本电脑，还有一个盒子。

叶里希吸吸鼻子，迅速地爬过去，打开盒子一看，里面放着一枚戒指。款式看着有些年份的样子，古朴大气，中间镶嵌着一颗偌大的蓝色宝石，色泽光润，水头十足，散发着一股让她无法抵抗的诱人香气，勾得她肚子"咕咕"大叫。

叶里希咽了下口水，努力控制住自己的食欲，迅速地关上盒子。

这是霍予深的东西，不能吃！

她艰难地把盒子放回原位，恋恋不舍地爬出了这间充满食物香气的书房。为了转移自己的注意力，她打开了客厅的电视，换了几个台，找到一档之前在追的偶像剧，正播到女主在吃炸鸡。那炸鸡看起来就十分美味，女主吃得一脸满足。

叶里希看得嘴馋，肚子也更饿了。

换了一个台，结果是美食节目。再换一个台，几个姑娘围在一起吃火锅。她悲愤地倒在沙发里，甩了一下尾巴。全世界的人都在吃吃喝喝，只有她在挨饿，不公平！大天朝的美食何其多，她还没吃够，怎么就成了只能啃石头的怪物？

叶里希直挺挺地躺在沙发里，听着电视里热热闹闹的声音，吹着空调，困意渐渐涌上来，不知不觉就睡了过去。

她做了一个奇怪的梦。

梦里霍予深拿着一盆的女娲石向她求婚，她激动地扑过去，口里喊着"我愿意"，手上抢过"聘礼"就往嘴里塞，吃得直打嗝。

霍予深一脸温柔地注视她："小叶子，我以后不会再让你饿肚子。"

然后他们在旷野上接吻，可是亲着亲着，霍予深的脸忽然就变成了傅远川，她吓得挥拳打过去，大喊道："阿深救我！"

峦一科技。

霍予深阴沉着脸从会议室走出来，浑身上下散发着逼人的寒气。总裁办新来的几个小助理见到Boss大人如此神情，都吓得缩起脑袋，装出忙碌的样子，生怕一不小心就撞上枪口——财务部部长亏空公款，殃及了无数池鱼。

周泽抱着文件跟在霍予深身后，慢悠悠地进了总裁办公室。

"啧啧，看看那几个小姑娘，被你吓得脸都白了。"周泽跟霍予深是多年好友，也只有他敢在这种时候调侃他，"阿深，怜香惜玉懂吗？你每天摆着一张冰山脸，下半辈子就只能跟五指姑娘相依为命了！"

"所以你的前女友多如牛毛。"霍予深冷冷回道。

周泽不赞同地摇摇头："那是男女之间的正常交往。老大，你禁欲，不能让全世界的男人都跟着一起禁欲，那太残忍了。"

霍予深用挑剔又嫌弃的目光扫了他一眼："我居然跟你这种没节操的种马是朋友。"

"因为只有我能容忍你的面瘫毒舌。"周泽叼着根烟，懒洋洋地坐在椅子里，雅痞气质尽显无疑，"周末一起出海吧。我帮你约个大美人，绝对是按照你的审美标准选的，看上去特有女神范，保证你愉快地摆脱处男之身。"

霍予深冷冷地瞥了他一眼："既然你周末这么闲，就去H市出差。"

周泽赶紧打住这个话题，收起玩世不恭的神情，一脸严肃地谈起公事，末了，大公无私地建议道："H市的项目一直是小陈在负责，我不适合过去，免得他多心。"

霍予深不置可否地"嗯"了一声。

周泽舒了一口气，他周末的计划是带美女出海，哪能浪费在工作上。周末嘛，就是要好好放松自己，享受大好人生。

谈完公事，霍予深打了一个电话回家，响了许久都没人接。

她是不会用电话，还是出了什么事？

霍予深顿时有些不放心，稍稍思索，对周泽道："晚上的饭局你替我去，家里有点事。"他关了电脑，站起来，拿起一旁的西装外套往外走。

"你……这是要下班？"周泽惊道，工作狂也有提早下班的时候，当真怪哉。

霍予深淡淡"嗯"了一声。

"不对劲啊，你早上没来公司，现在又提早走。"周泽随口揶揄道，"你该不会是金屋藏娇，赶着回家陪小情人吧？"

霍予深当然不会告诉他，不是金屋藏娇，而是藏了一个来历不明的女娲后裔。回家的路上，想起她那身脏兮兮的衣服，他又开车到附近的商城买了几条裙子。

作为一个坚定的唯物主义者，他从不相信怪力乱神之事。

但叶里希的出现打破了他的认知。

这世上居然真的有妖怪，而且看起来既弱小又可怜。从她说的那句"请把我扔进下水道"，能推断出她曾经吃了很多苦。或许是被某个实验室抓了，或许是遭到人类的追捕或背叛，才导致满身狼狈。

冷静之后，他思索良多。叶里希一开始对他充满了戒备，宁可回到下水道去，但醒过来后，看他的眼神却充满了信任跟依赖。

难道他看起来像一个好人？

霍予深自嘲一笑，熄火，下车，一打开门就见Lucky冲出来，朝他发出示警一般的嘶吼声——Lucky是霍予深养的金毛，长得威风凛凛，也十分通人性。此时它的眼里流露出几分惊恐，仿佛别墅里藏着什么危险的东西。

霍予深皱起眉，放下手中的东西，跟着大狗朝里走。

此时天色渐黑，走廊的光线略显昏暗。

尽头的书房门微微虚掩，从里传出"咔嚓咔嚓"的诡异声响。

他几步上前，推开书房的门，循声望去，只见厚厚的地毯上，叶里希盘旋而立，松松垮垮的白衬衫搭在身上，露出大半个莹润的肩臂。一张清秀苍白的脸，长发齐刘海，鼻子嘴巴都生得十分精致，看着像个人畜无害的高中生。但此刻的她却面带满足的笑容，手中抓着一颗戒指，正一脸幸福陶醉地往嘴里塞。

那颗号称世界上最坚硬的宝石，伴随她咀嚼的动作，一点点被吞噬。

这么一分神的工夫，他想抢回戒指却是迟了。

窗外斜阳西沉，浅金色的余晖落进书房。她沐浴在暖光里，闭着双眼，神情愉悦，似乎完全沉浸在"进食"的幸福里。而更诡异的是，此时她下半身盘旋的蛇尾正缓缓地化成一双白嫩、细长的腿。

眼前的场景，既古怪又充斥着莫名的冲击力。

霍予深的目光从她腿上挪开，而大狗似乎被吓到了，双目瞪圆，汗毛直竖，发出"汪汪汪"的叫声，忠心地挡在霍予深面前。他安抚地摸摸Lucky的脑袋，看着叶里希骇人的"进食"方式，神情里多了几分警惕跟戒备。

此时叶里希却莫名喊了一声："阿深救我！"

叶里希迷迷糊糊地睁开眼，看到Lucky正冲着她龇牙，她打了个哆嗦，立马清醒。她环顾左右，发现自己是在书房，又有些迷糊了。

她不是在客厅睡觉吗？

思索无果，一抬头，视线正对上神情莫测的霍予深。

他站在门口，用一种探究的目光盯着她，带着几分提防。她的脑袋微微一侧，眼底浮起几分困惑，难道是她入睡的方式不对？

"你下班了啊……"

想起刚才做的梦，她意犹未尽地咂咂嘴巴，忽地神情一僵，伸手吐出一块变形的金属。她不可置信地瞪大眼睛，拿起桌上的盒子一看，里头的戒指已不见踪影，而自己不仅恢复了双腿，小腹也暖洋洋的。

"看来不用我多说，叶小姐已经明白发生了什么事。"霍予深走进书房。

叶里希有些无措："我……我不知道。"

她不知道为什么自己在客厅睡觉，却在案发现场醒过来。更不知道为什么睡了一觉就不饿了，而镶嵌着女娲石的戒指却消失不见。

"书房装了监控，叶小姐想看自己的进食过程吗？"他冷声道，"你知道盗窃罪要判多少年吗？我忘了，你是女娲后裔，可能不懂人类的律法。"

"……"

他语气里的嘲讽太过明显，以至于叶里希想忽略都不行。

他盯着她，压住心底翻腾的怒火，缓慢说道："被你吃掉的戒指价值约八百万，按这个数额，判个无期都不在话下。"

"我、我就想看看它，没想过吃了它。

"我以为我在做梦……

"我不知道它这么贵。

"我睡着了，肚子太饿了，就梦到……"梦到你拿着女娲石跟我求婚。

叶里希捧着空盒子，试图解释，可事实摆在眼前，她说什么都是狡辩。看到他眼底的厌恶跟戒备，她心里有些难过，眼眶一红，垂着脑袋道："对不起，我会赔钱的。"

"不用。"霍予深紧拧着眉，冷声道，"戒指就当是我撞伤你的赔偿。"

叶里希抬起头看他，什么意思？

"现在我们两清了，请叶小姐立刻离开我的别墅。"

"你要赶我走？"叶里希呆住了。

"我想我没义务收留你。"霍予深稍稍一顿，"或者，你更想去警察局。"

叶里希呆呆地看着他，他眼底的冷意跟不耐烦，就像腊月寒冰砸得她透心凉，痛得人说不出话来。此时此刻，她忽然清醒地意识到，那个陪着她度过最黑暗时光的霍予深，那个让她日日相思的霍予深，并不是眼前人。

他是霍予深。

却不是她所思念的心上人。

城市里的灯火太过璀璨，以至于夜空中星光难寻。夏天的夜晚，带着令人烦躁的闷热气息，偶有虫鸣与夏蝉声交织。叶里希抱着一个袋子，呆呆地坐在别墅外的台阶上，仰头看着黑漆漆的夜空，心里头说不出的茫然。

袋子里是霍予深给她买的衣服，还有一些钱。

她并不是生活在深山老林里的怪物，她曾经当了二十一年的人，有朋友，有家，再不济也可以去住酒店。可是她哪里也不想去。她深深叹口气，把脸埋进膝盖里，她不怪霍予深赶她走，是她错了，而且还被他看到自己进食的样子，也难怪会被厌恶。

她是连自己都厌恶的怪物，何况霍予深。

别墅里的灯已经关了，望进去漆黑一片，他大概已经睡了。叶里希这样想着，也在闷热的晚风里渐渐睡过去。

这晚，她梦到了霍予深。

巍峨的青山，滂沱的大雨，雷声轰隆作响，暴雨在曲折蜿蜒的山路上砸出一个个或深或浅的水坑。低压压的黑云仿佛要从天边坠下，鸟兽不见踪影，山路上却依稀可见几个人影正在赶路，暴雨中人影模模糊糊，叫人看不真切。

"轰隆隆"几声巨响后，山体忽然崩塌。

梦里画面一转，就是她被山洪卷走的场景，而霍予深几乎在同一瞬间就跟着跳下去抱住了她。乱石树木齐齐砸向他，鲜血从他的额头流下来，染红了她的视线。她看到梦中的自己在高喊着什么，神情惊慌。

然后，她听到他说："别怕，有我在。"

……

从梦里惊醒，叶里希发现自己在哭，她抹了一把眼泪，心里说不出地难受。

那不是梦。

那是未来某一天会发生的故事。

她能预见未来。

而在她所预见的未来里，霍予深对她倾情以待，温柔宠爱，他为她奋不顾身，为她挡下全部的危险。被囚禁在实验室的一百多个日日夜夜，他就是她的救赎。那些预见的画面，陪她度过了一生中最无助最凄惨的日子。

因为自愈能力的觉醒，所以傅远川从不怕她死掉，三天两头将她解剖了观察，抽血剥鳞这种小事更不用提。只要稍稍回忆起实验室，她就怕得全身颤抖。被改造后，她对麻醉等药剂就有了抵抗力，所以每次她都是清醒地看着自己被解剖。

傅远川是个不折不扣的变态，他的那些实验堪比酷刑。

跟她一起觉醒的实验体里还有一个十几岁的小姑娘，但没过一星期就疯掉了。叶里希至今还记得她的样子，漂亮得像位真正的人鱼公主，嗓音悦耳动听，笑起来也十分好看。经常会在她哭的时候，唱歌安慰她。

如果不是预见了霍予深，她大概也熬不下去。

她爱上了未来的霍予深，日日思念。

然而现实跟她预见的未来充满了巨大的落差，现在的霍予深对她只有冷漠和厌恶。按照她看到的未来，他们必定相爱。

可是，她预见的未来，就一定真的会发生吗？

"霍予深，你什么时候才会爱上我？"

她对着黑漆漆的夜空喃喃。

"不过没关系，你现在不喜欢我，但我一定会努力追上你，让你喜欢我。"叶里希很快就打起精神，她屈膝抱紧袋子，圆圆的包子脸流露出坚定的神情。

她反复思考自己追到面瘫大冰山的可能性，直到天边泛起鱼肚白，才终于想出一个不怎么靠谱的办法。她放下怀里的东西，蹑手蹑脚地走到别墅另一侧，仰着头，看着二楼的某间客房，努力冥想，试着化出蛇尾。

微亮的晨色里，人面蛇尾的怪物小姐蹦跶着、蹦跶着。

简直莫名极了。

而她此时并不知道，院中的监视器如实地将这一幕记录了下来……

翌日是个艳阳天。

霍予深醒得有些早，洗漱完之后，他走到阳台，看到蜷缩在台阶上的人，不自觉地皱起眉。或许是因为衬衫太过宽大的关系，她看起来格外娇小，蜷缩在那里，小小的一团，就像一只流浪猫，让人忍不住生出几分怜悯。

但想起被她吃掉的戒指，霍予深的不忍心就变成了冷漠。

如果她吃的是其他东西，他不会这么生气。那个戒指是他爷爷留给他的遗物，言明是传媳之物，意义重大。他还没来得及收起来，就被她当成食物吃掉了。难道昨天她可怜兮兮地求收留，其实是冲着戒指去的？

只有这样才能解释，为什么她苏醒后，对他的态度从戒备变成了依赖。想到她所表露出的无辜可怜，可能都是演戏，霍予深的眼底闪过一抹阴影。

此时放在卧室的手机响起来，他收回目光，转身离开阳台。

"霍总，不好了，公司的服务器遭到黑客攻击。"林总监的语气有些惊慌，他们峦一科技的防御系统是著名白客叶崇行亲自带团设计的，放在全球都是首屈一指，无数黑客在此防御系统面前铩羽而归，甘拜下风。

霍予深神情一肃："什么时候发生的？"

林总监的语气微妙地停顿了一下："今天凌晨三点。"

霍予深深吸一口气，压下怒气，现在不是追究责任的时候。他握着手机，冷静地下指令："先将备用系统启动，我立刻回公司。"

"好、好的，霍总！"

花木繁盛的院子。

和煦的朝阳洒落进林木之间，光影斑驳，空气中似有暗香浮动，阵阵蝉鸣渲染着夏天的气息。栅栏外，偶有私家车驶过，却无人注意到蜷缩成一团的叶里希。她看起来睡得很沉，嘴角带着一抹香甜的笑，大概是做了美梦吧。

然而睡梦中的叶里希一捕捉到开门的声音，立刻就清醒了。

"你怎么还没走？"

头顶响起霍予深不带任何感情的声音，她心头一跳，仰起脑袋看他。一身黑色西装黑色长裤，身材挺拔，气势逼人，虽然身上散发的寒意如皑皑冬雪，但或许是清晨的阳光太过美好，以至于他看起来格外英俊。

"我……"她慌慌张张地站起来，"能不能别赶我走？"

"叶小姐，我并不欠你什么。"

"霍予深，这里我谁都不认识，我只认识你，我也没地方可以去。"叶里希的眼底闪过一抹心虚，继而认真道，"你别赶我走。虽然我现在没有那么多钱赔你，但我很能干的，我可以当你的司机、厨娘、园丁、保姆……我一个人就能干很多活。"

她想了想，又带着几分小算盘说："我算过了，一般人的年收入就几万，我约莫要给你免费打工一百年，才能还清戒指的钱。"

"第一，我不需要司机、厨娘、园丁、保姆。"他目光如雪，没有丝毫温度，语气也是冰冰冷冷，"第二，我不想到死都被一只妖怪纠缠。"

叶里希眼神一暗，难过道："你是不是说得太过分了，而且我也不是妖怪。"

在他眼中，她就是死缠烂打的妖怪？

"我以为我对你已经很客气了，不然你不会有机会站在这里骚扰我。"霍予深不想跟她多做纠缠，冷道，"希望我下班回来的时候，不会再看到你。"

说完，越过她去了车库。

叶里希看着他冷漠的背影，心里说不出地沮丧和难受。她预见的那个霍予深明明既温柔又体贴，可现在的霍予深却是毒舌大冰山。

不过没关系，山不来就我，我便去就山！

想起昨晚做的部署，叶里希立马恢复了勃勃战意。看到从车库中缓缓驶出的黑色跑车，她暗叹一声糟糕，都还没进入主题呢，正主怎么能走。要是错过今天的计划，她下面罗列的一二三四五部署还怎么展开？

叶里希不假思索地冲到车前，伸手一拦。

霍予深险险地急刹车。他打开车门，迈着大长腿走下来，表情极其难看，冷冷嘲讽道："叶小姐这是又想故技重施了？"

"什么故技重施……"她怔了一下，忽地恍然，"我不是……"

她的解释被霍予深冷漠地打断："同样的计谋，我不会再上第二次当。叶小姐既然自称是女娲后裔，那就请你保持高洁的神族风范。"

他话中的冷意跟嘲讽，沉甸甸地砸在叶里希的心头。

她有些难受，胸口闷闷地疼，还夹着一些说不清道不明的委屈。被"未来的男朋友"扫地出门，睡了一晚的台阶不说，一大早她又是道歉又是求原谅，可他仍旧一副拒人于千里之外的傲慢模样。

但转念一想，以他们目前的关系，霍予深对她已经十分宽容了。

那个戒指看起来就不像是普通的戒指，搞不好是传家宝。她吃了那么贵的东西，霍予深也仅仅只是将她赶走，而且还给了她衣服跟钱。那些衣服应该是他下班后去买的，或许是考虑到她的尾巴，他买的全是长裙。

回忆起这些温暖的小细节，叶里希满腹的委屈也消失了，随之涌起的却是浓浓的愧疚。

"霍予深，我们做个交易吧。"

她压下心头翻卷的复杂情绪，强装镇定地说出那句演练了无数次的台词："我知道恋一科技的服务器遭到黑客攻击。我帮你解决这个麻烦，你让我继续住在你家，而且，不可以再把我赶走。"

霍予深目光一冷："你怎么知道这件事？"

"我，我会预言……"叶里希被他的目光看得发怵，努力维持自己镇定的面具，一本正经地胡说，"这世上只有我不想知道的事情，没有我不能知道的事情。"

其实是因为昨晚她爬进他家，偷了他的电脑，黑了公司的服务器。

当然，她也没有骗他。

她确实会预言，只是这个预言能力鸡肋了点，也就偶尔能看到一些画面。不仅无法得知事件发生的精确日期，而且她看到的画面都是随机的。比如某个不认识的人正在打老婆，或者某个不认识的人在偷情，又或者某个不认识的人在吵架。

预言唯一的用处，就是让她预见了霍予深。

"我很厉害的，你真的不考虑一下我的提议吗？"她卖力地推销自己。

霍予深盯着她看了许久，不疾不徐地问："被Lucky藏起来的手表在哪里？"

"啊？"

"前天我带Lucky出去散步，遇到了一个朋友，我们说了什么？"

"这个……"

霍予深面无表情地下了结论:"叶小姐,以你的智商,不适合诈骗这个行当。"

"可我真的会预言啊,我知道一个叫作陈聪的男人在白马小区藏了一个情人,我知道影后林宣有个上小学的私生女,我还知道……"

在霍予深凌厉的目光里,叶里希的声音越来越小。

她夸大自己的能力,只是想让霍予深觉得她很有用,真的可以帮他解决难题。

"但是……但是我真的懂计算机,技术超一流!"叶里希不死心地继续推荐自己,"你带我去公司,我帮你解决那个嚣张的黑客。"

"不需要……"霍予深拒绝的话被手机铃声打断,接完电话,神情蓦然一沉,他上下打量了叶里希一番,忽然改变主意,"换件衣服,跟我去公司。如果你能解决黑客的攻击,我可以考虑让你借住。"

叶里希神情一松,笑了起来,露出两个软软的酒窝。

霍予深盯着她的酒窝,眉头紧皱。

第二章
食物危机

　　岙一科技的办公室大楼位于市中心最好的地段，外观造型也十分引人注目。沐浴在晨光中，远远一看，就像遗世独立的神女，透着股高高在上的冷艳感，跟周围毗邻的大厦全然不同。

　　瞻仰完这座拿过设计大奖的办公楼，叶里希几步小跑，追上霍予深。

　　一踏进大楼，她就接收到无数含义不明的眼神。

　　"霍予深，他们怎么都在看我，是不是我身上有什么奇怪的地方，还是他们发现我不是人……"叶里希开始有些不安，压低声音悄悄地问。被改造成怪物之后，这还是她第一次出现在公众场合，总觉得跟其他人之间隔着什么。

　　霍予深看了她一眼："你可以预见一下他们的心思。"

　　叶里希吃瘪，默默无语，只能亦步亦趋地跟着霍予深，企图将自己藏在他的背后。她身上穿的裙子过于宽大，绣着精致花纹的裙摆几乎拖在地上，她走得又有些急，一个没留神就踩到裙摆跟跄了一下，直直地往前扑，栽到霍予深的背上。

　　她伸手一抓，扶着霍予深的臂弯站稳："对、对不起。"

　　有人忍不住"噗噗"地偷笑。

霍予深的目光冷冷扫了一圈，众人慌忙低下头，纷纷装出忙碌的样子。不过却都悄悄打开公司的论坛，开始爆料高冷的Boss大人喜欢软软萌萌的妹子，而且萌妹子看起来就跟未成年高中生似的，这审美简直惊掉大家的眼珠子！

此时叶里希还不知道，自己以这样一种方式毁了Boss大人的清白。

流言这东西，就是那看不见的刀、光、剑、影。

十楼信息科。

办公室里愁云弥漫，气氛低迷，几个程序员围在一起商讨对策，还有一群人围在主机的屏幕前敲敲打打，然后又烦躁地抓自己的头发，嘴里叽叽咕咕说着莫名其妙的代码，一个个都跟走火入魔了似的。

林总监一看到霍予深就诚惶诚恐地迎上来。

"现在情况怎么样？"

林总监迟疑了一下："还没破解……对方实在太厉害了。"

霍予深的目光冷下来。

"让我试试吧。"叶里希从他的背后钻出来，她这一出声，众人的目光便齐刷刷地看向她。被看得头皮发麻的叶里希定了定神，试图摆出大神的风范，奈何一张圆嘟嘟的包子脸实在没有气势。

霍予深淡淡地"嗯"了一声，给她指了一台电脑。

鉴于霍予深的威信，众人不敢光明正大地提出质疑，可看着叶里希的目光里却是明晃晃地写着不屑。叶里希毫不在意，几步快走，坐到电脑前敲敲打打，煞有介事，神情认真。看架势，还挺像那么一回事的。

几个程序员好奇地凑过去，盯着显示器，眼睛越瞪越大。

Boss大人是从哪里挖来的高手啊！

绝对是高手高高手！

此时再看叶里希岿然不动的淡定模样，端着一派高手架势，就连高手长得像未成年人都成了高深莫测的表现。一时间，众人敬仰之情油然而生。

三分钟不到，叶里希就轻松破解了自己埋下的病毒木马，之后花了点时间把服务器的漏洞补上。做完这些，她抬头看向霍予深，露出一个得意的眼神：“都搞定了。我还帮你打了补丁，以后再厉害的黑客都进不来。”

之前她黑进公司服务器的时候就发现，如果不是因为服务器太久没有维护更新，她也不能这么轻松地黑进来。也幸好这次的黑客是她，换成其他别有用心的人，公司的重要资料肯定会被盗走。

“很好。”霍予深的语气不带任何感情，他的目光平淡地滑过一群兴奋的下属，“信息科全员扣三个月的奖金。至于林总监，请到财务科结算工资，公司不需要一个连网络基本维护都会忘的主管。”

林总监的额头直冒冷汗，面如死灰：“霍总……”

霍予深没有耐心去听他的解释，喊了一声叶里希，示意她跟上，转身就离开了气氛瞬间低沉的信息科。

叶里希一路小跑地追上霍予深，跟他一起搭乘专用电梯到了十八楼。

刚走出电梯，叶里希就看到一个大美女被人壁咚。那男人穿了件暗紫色的衬衫，窄腰长腿，背部线条流畅华丽，且透着一股浪荡公子哥的气质。

“周末要不要跟我一起出海？”他的声音低沉撩人，拖着调子的尾音极其性感，“保证让你有一个难忘的假期哦。”

美女眼眸迷离，脸色泛红：“我考虑考虑……啊，霍总！”

“霍总好！”

“总裁好！”

此起彼伏的问好声，打断了总裁办的旖旎气氛。

霍予深冷着脸警告道：“周泽，不想去非洲开拓市场，就收敛一点。”

“好吧。”周泽不甚在意地收回手，懒洋洋地转过身，揶揄道，“听说你带了一个小姑娘来公司，我来……”

此时他的目光正对上霍予深身后的叶里希，愣了下，周泽惊道：“小师妹！”

恨不得立刻学会隐身技能的叶里希："……"

霍予深眉心一皱："你们认识？"

"这话应该是我问你才对。"周泽露出深思的神色，来来回回地打量他们，"真没想到阿深你居然喜欢我师妹这个类型的。啧啧，禽兽啊，我师妹今年可才二十一岁，还是花骨朵儿，你竟然下得去嘴。"

霍予深脸一黑，冷道："闭嘴！"

叶里希低着脑袋，试图装作不认识周泽。为什么会在这里遇到不靠谱的同门师兄！一个小时前，她才告诉霍予深自己孤苦伶仃！

果然，下一秒就听到霍予深说："你的小师妹无家可归，自称无亲无故，随时可能流落街头。既然你是她师兄，那就帮她安排一个住处。"

不等周泽回答，霍予深就直接回办公室了。

在总裁办众人八卦的视线里，叶里希马上追了上去。

周泽摸摸下巴，若有所思地感慨："难怪太后娘娘安排的相亲都失败了，产品严重不符合审美，怎么可能有胃口拆包装。"

总裁办公室。

叶里希底气十足地走到桌子前，盯着已经开始批阅文件的霍予深，义正词严道："你不守信用，一个小时零十三分前，你同意让我继续借住。"

霍予深纠正道："我的原话是——我会考虑。"

叶里希："……"

"现在我考虑完了，我不想跟妖怪同住一个屋檐下，还是一只满口谎言、来历不明的妖怪。"霍予深看了她一眼，"而且你的师兄会帮你安排住处。"

"我不是妖怪。"叶里希小声地抗议，满满的底气已经全漏光了，"可、可是你真的放心把我交给周泽这种衣冠禽兽吗？好歹我也是女孩子。"

霍予深用挑剔的目光打量了她片刻，而后才不疾不徐地说："我相信阿泽的审美品位不至于这么差。"

什么意思！她长得很寒碜吗？

"你跟阿泽怎么会认识？"他问完，又加了一句，"说真话。"

"什么叫说真话，之前我难道都是说瞎话吗？"叶里希有点不满，但还是老老实实地回答道，"周泽是我师兄，我们都是南大毕业的。不过，我跟周师兄一点都不熟，你不也说了吗，我长得不符合他的审美。"

"妖怪也需要考大学？"

叶里希心里咯噔了一下，也不知道是不是她的错觉，总觉得他话中饱含深意。她一紧张就磕巴了："当、当然。"

生怕霍予深再继续盘问，她赶紧把话题绕回去："霍予深，你家那么大，分我一个房间不行吗？或者让我睡客厅。而且，我很能干的，可以帮你拖地做饭洗衣服，什么脏活累活都能干。你真的不再考虑考虑吗？我可是传说中的女娲后裔。"

"那么传说中的女娲后裔……"霍予深看她的眼神带着几分逼人的锐利，"你这么想住进我家，到底是为什么？"

叶里希心头一颤，佯装镇定道："因为……因为你是一个好人，我要还债！"

被发好人卡的霍予深淡淡道："叶小姐，我家已经没有第二颗女娲石。"

"我不是……"叶里希听出他语气里的讽刺，想解释自己不是因为垂涎女娲石，而是想近水楼台攻略他这个面瘫毒舌。

这种解释还不如继续被误会！

此时此刻，叶里希忽然想起一句话，机关算尽太聪明，反误了卿卿性命。可不正是她的写照吗？她费尽心思，不仅没能如愿住进霍予深的别墅，还被他当成居心叵测的妖怪。虽然她确实对他有不轨之心，但暗恋自己未来的男朋友可耻吗？

在叶里希离开办公室后，霍予深打了一个电话。

两个小时后。

叶里希完整的档案出现在霍予深的办公桌上，上面详细记录了她的成长历程，从小到大念的学校，参加的比赛，有哪些朋友等。最后，他幽深的目光停在那行"六月三号在车祸中失踪"上，慢慢用笔将它圈了起来。

没能如愿住进霍予深的家里，所以叶里希便开启了作战计划二：去峦一科技上班。借工作之机靠近霍予深，让他看到自己的才华，博取他的好感。恰好周泽对她发出邀请，她假装矜持地考虑了一番，便欢欢喜喜地应下了。

且入职手续从简，立马上岗。

信息科的那群人刚被扣了三个月的奖金，情绪低迷，虽然对高手的加入十分欢迎，奈何钱包羞涩，只能请高手喝公司的免费奶茶。叶里希见状，颇为愧疚，就冒着中毒的险喝了老黑亲手泡的奶茶。

于是一早上，叶里希什么工作也没干成，光跑厕所。

跑了十趟厕所后，叶里希苍白着脸，虚弱地趴在电脑前搜索女娲石的信息。此次腹泻只证明了一件事情，她以后只能靠女娲石为生。可当她搜索到某拍卖会上一条价格千万的女娲石项链时，顿时就绝望了。

她赖以生存的"食物"如此稀少昂贵，这是要活活饿死的节奏啊！

硬币大小的女娲石可以维持一个月的能量，昨天她吃掉的戒指估计能撑两个月。所以也就是说，两个月之内，她必须找到一颗女娲石。而且，是在不受伤的情况下。根据两天前的车祸可以得出一个结论，所谓的自愈就是依靠女娲石的能量。

摆在叶里希面前的难题一目了然。

在负债八百万的情况下，如何再购买一颗女娲石？

叶里希望着屏幕中的图片，双目无神，顿觉人生无望。除了黑进银行系统以外，她想不出有什么办法可以长期负担起自己的食物费用。一颗女娲石八百万，一年六颗女娲石就是四千八百万，她已经可以想象到自己饿死的场景。

"当人可真幸福，三块钱的泡面就可以吃饱。"她由衷地感慨道。

下班后，叶里希转了两趟公交，回到南大家属区。房子是一个老师租给她的，现在肯定得退了，离公司太远，上下班不方便。她打算整理一下行李，直接搬到周泽给她安排的单身公寓，一是那里的环境好，二是比较安全。

　　在楼下碰到邻居大妈，似乎是刚从超市回来，提着绿色的环保袋，一看到她就惊讶地扯开嗓门："哟，这是小叶子？前段时间都去哪儿了？看着漂亮了不少，这皮肤白的，该不会是去整容了吧……"吧啦吧啦说了一堆。

　　听着这熟悉的大嗓门，叶里希忍不住笑起来："大妈，我就出门旅游而已。"

　　"别骗大妈了，你是跟男朋友闹分手，所以玩失踪吧。"大妈自顾自地说，"小路子可来找你好几回了，还让我们帮忙传话，说什么都是他的错，让你原谅他，别躲着他……我瞧人家小伙子不错，有什么误会坐下来慢慢说。"

　　叶里希微微一怔。

　　不过三个月的时间，再听到路南这个名字，却恍如隔世，能想起的也只有被傅远川当成小白鼠折磨的痛苦跟恐惧。如果不是因为他劈腿，她也不会难过地跑出去散心，结果发生车祸，一觉醒来就在那个恐怖的实验室，从好端端的人变成一个怪物。

　　跟大妈寒暄了几句，叶里希上楼去了。

　　她从花盆底下摸出钥匙，开了门。三个月没人住，房子里到处都是灰尘，空气混浊。她打开窗户通风，之后找出行李箱，把能用的东西一股脑塞进去，父母的照片、笔记本、毕业证，直到行李箱塞满了，还有不少东西落下。

　　她锁好门窗，拖着行李箱去找房东退租，还了钥匙。房东大概也听说了她跟男朋友分手的事情，以为她失踪这么长时间是去治疗情伤，并没有多问什么，只是十分含蓄地安慰她要向前看，别因为小情小爱耽误了前程。

　　解决完这些琐事，天色渐黑，叶里希拖着行李箱下楼。

南市靠海，太阳下山之后便少了几分闷热，从远处吹来的风也有了些微凉意。家属区的院子里有棵百年老树，一群老大爷坐在树下摇着扇子，或是下棋，或是唠嗑家常。她一路乖巧问好，和大家一一道别。

出了小区，她幽幽地叹口气。

她在这里住了一段时日，也住出了感情，现在搬走，还挺舍不得的。

叶里希一边往公交车站的方向走，一边在心里琢磨起攻略Boss的指南。师兄和他好像很熟的样子，回头找他打听打听，比如他的兴趣爱好、择偶标准、家庭背景等。虽然她的出场方式不太对，但……等等，她好像看到了熟人！

昏暗的巷子口站着一个高大健壮的男人，仿佛蛰伏在黑暗里的猛兽，一双眼睛直勾勾地盯着她，好似随时会扑上来。

叶里希的神情猛地一僵，抓紧行李箱扭头就跑。

那人一见她跑了，就追上来。

是傅远川的人！

那个男人是傅远川的手下阿大，她不知道他的来历，只知道他曾经也是实验体，觉醒的是体能方面的能力。功夫很好，而且对傅远川言听计从，就是脑袋有点问题，据说是实验失败留下的后遗症。

叶里希一咬牙，扔掉了行李箱。

仗着自己对这片熟，她转身跑进了迷宫似的小巷子。平常学校附近人声鼎沸，但今晚不知道怎么回事，一路上都没碰到人。跑到最后，她自己先晕了头，失去了方向感，可后面的傻大个仍旧紧追不舍。

她高喊了几声"救命"，心里绝望极了。

她不想再回到那个恐怖的实验室，不想再当一只小白鼠。傅远川根本就是一个染满鲜血的恶魔，死在他手上的实验体不知有多少。如果这次被抓回去，傅远川不会再给她逃跑的机会，只会将她看守得更加严实。

谁来救救她！

叶里希拼命地跑，依稀看到拐角处的便利店亮着灯，里面有人在走动。她心中生出几分希望，傅远川再嚣张，也不能当众绑架她。她加快速度，正想往便利店的方向跑，可此时才发现自己紧张之下，又化出了蛇尾。

叶里希只能咬牙改变方向，钻进另一条漆黑的胡同。

现在她不仅要躲避傅远川的手下，还要担心自己的尾巴被人看到。胡同里的路灯大概是坏了，前方漆黑一片，她看不清路，只能凭感觉滑动前行。尾巴忽地一痛，似乎是扎到了玻璃碎片之类的东西，她踉跄了下，又被过长的裙子绊倒。

口袋里的手机也摔了出去。

叶里希看到手机，眼睛一亮。中午同事找她要手机号码，她说手机丢了，老黑就把这个旧手机借给她用，下班的时候，她顺手搁口袋里。

她抓起手机，强迫自己冷静下来，先发定位，然后再打霍予深的电话。

电话"嘟嘟嘟"地响，一直没人接。

此时，叶里希感到身后逼来一股危险的气息。

她下意识地甩动蛇尾，却是落空了，但被蛇尾砸到的墙壁应声裂开。她盘踞在原地，靠着墙，屏住呼吸，此时天上的乌云渐渐散开，微光照出了胡同的轮廓。就着朦胧的月光，她四下张望，却什么异常也没发现。

难道那个傻大个已经跟丢了？

叶里希陡然松了一口气，可下一秒，笑意就僵在她的嘴角。

"抓到了！"

黑衣男人从二楼高的墙上跳下来，踢飞她的手机，一脚踩碎，同时拎起她的尾巴，粗暴地甩在肩上。叶里希惊叫一声，拼命地挣扎。阿大皱着眉思索片刻，然后才想起傅远川的吩咐，直接把人敲晕了。

灰蒙蒙的月色里，阿大扛着叶里希快速移动。

胡同口停着一辆黑色的货车，一个戴着棒球帽的女人坐在驾驶位上，不耐烦地敲着方向盘。昏黄的路灯投射进车内，隐约可见她那张无可挑剔的脸孔，但奇怪的是，在如此炎热的夏天，她竟是全身上下包裹得严严实实。

看到阿大扛着叶里希出现，她焦躁的神情渐渐放松。

她一边发动引擎，一边抱怨道："怎么去了这么久，不就抓个小姑娘吗？快点用绳子把她捆好，别再让她跑了，以防万一嘴巴也堵上。"

阿大听话地捆好叶里希，往她嘴巴里塞了破布，然后把她扔进后车厢。

"她，跑得快。"阿大解释道。

"白痴，你不能跑得比她更快吗？上次要不是你偷懒，她怎么会跑掉。"

"我没偷懒，是，明澜，不见了。"

明澜闻言更生气了，冷声喝道："闭嘴白痴！"

她边开车边接通傅远川的电话，开始汇报他们的情况，语气恭敬，甚至带着几分小心翼翼。挂断电话的时候，她一摸额头，全是冷汗。看到旁边的阿大一副懵懂模样，又生气地骂了一声白痴。

阿大被明澜欺负惯了，闷不吭声地低头玩游戏。

一被扔进后车厢，叶里希就被难闻的异味呛醒了。

听到他们的对话，她心里浮起深深的绝望。明澜也是基因进化改造人，听说傅远川于她有恩，所以她对他十分忠诚。明澜不仅武力值强大，智商也正常，据说她是实验失败品，但叶里希一直没发现明澜哪里不对劲。

明澜跟阿大一起行动，她插翅也难逃。

叶里希想到即将面临的命运，身体不受控制地瑟瑟颤抖。

不行，不能回到实验室。

叶里希拼命挣扎，手腕被磨得出血，她也顾不上疼，一个劲儿地想挣开绳子。货车已经过了两个红绿灯，而且听外面的动静，车流量似乎在渐渐减少，应该是往郊区一带开。她再不逃，等到了傅远川的实验室就没机会了。

阿大绑的绳子太结实，叶里希折腾了许久也没挣开。

随着时间一点点流逝，叶里希的心也慢慢沉到谷底。她自诩是个聪明人，其实还不如阿大那个傻子，以傅远川的能耐，怎么可能查不出她原来的住址。或许从她逃跑后，傅远川就派人在那里守株待兔。

偏偏她就做了那只傻傻的兔子。

此时车子忽地急刹车，她狠狠地撞到车厢上，一股鲜血从脑门滚进她的眼睛里，她难受地闭上眼睛。外面传来开门的声音，似乎是明澜下了车，跟什么人在交涉。她脑袋昏昏沉沉，微微有些耳鸣，听得不是太真切。

大概是撞了别人的车子。

叶里希心中一动，心底生出几分微弱的希望，她忍痛奋力一撞，努力制造出动静。希望对方是个聪明人，能发现不对劲。

隔着狭窄漆黑的后车厢，叶里希忽然听到一个声音——

"不想下半生在监狱里度过，就把她交给我。"

叶里希的心脏怦怦乱跳，她大概撞坏了脑袋，居然听到了霍予深的声音。她的手机被阿大踩碎了，哪怕他收到定位的短信，也不可能知道她在这辆车上，并且追上他们。可是耳边的声音，如此真切，熟悉到让她瞬间卸下满身的戒备。

城郊马路。

两道昏黄的路灯驱散了些微的黑暗，一辆悍马横停在整条柏油路上，以至于让那辆看起来脏兮兮的货车无法顺利通行。

两方对峙，气氛一触即发。

"难道你不知道多管闲事的人不长命吗？"

话音刚落，明澜就出手了，招招狠辣，不留余力。最近傅先生一直在为缺少实验体而恼火，既然这个男人自己送上门，那就拿他来换他们的太平日子。

然而，跟霍予深一交上手，明澜就知道自己托大了。

在她执行任务的生涯中，还是第一次发生这种情况。作为一个基因进化人，她的体格远胜普通人，但这个男人强悍到变态的程度。不过几招，她就被逼得无路可退，重重地撞飞到车头上，铁皮瞬间凹陷进去一块。

背部火辣辣地疼，激起了明澜的怒火，她冲看守货车的阿大喊道：
"白痴，快点把人带走！再弄丢，看傅先生不把你抽筋拔骨！"

话未交代完，阿大却从车里跑了下来："我可以，打。"

"白痴！"明澜大怒。

"我帮你。"

阿大加入战局后，霍予深仍旧对战从容，看起来尚有余力。明澜却有些狼狈，背上的衣料因先前的剧烈摩擦而破损，裸露在月夜中的肌肤遍布鱼鳞，蓝光微闪，看着极其可怖，当下衬得她的洛神之貌也变成修罗颜。

霍予深见到如此情形，眼底闪过一抹惊诧，动作却未有任何迟疑。

漆黑难闻的后车厢。

叶里希听着外面激烈的打斗声，惴惴不安。明澜跟阿大都是基因进化人，霍予深对上他们两人，再强悍也是要吃亏的。她满腹焦虑，只能根据外面的声响来想象他们打斗的场景，却越想越不安，担心霍予深受伤。

不知道过了多久，外面的打斗声渐渐平息。

后车厢忽然被打开，她下意识地睁开眼。视网膜一片血红，而在她血红色的世界里，霍予深如同天神降落，披荆斩棘，来到她的面前。

她呆呆地仰望着他。

她的恐惧，她的不安，她的茫然，在这一刻全部化为灰烬。被阿大追捕的时候，她没哭；被绑在后车厢的时候，她没哭；害怕到全身颤抖的时候，她没哭……可看到他的这一刻，她的眼泪忽地就滚下来，带着几分说不清的委屈跟后怕。

此刻，她怦然心动。

不是因为预言里的霍予深，而是因为眼前这个强大英俊的男人。

海底月是天上月，眼前人是心上人。

她仰望着眼前的心上人，天旋地转，漫天星斗似乎都落进了她的眼底，以至于心上人的脸越来越模糊。她有满腹的疑惑，有满腹的感谢，还有满腹的恐慌，可她一个字都没来得及对他说，脑袋一歪就晕了过去。

霍予深看着晕过去的叶里希，眉头微微皱起。

她满头满脸的血，身上脏兮兮的，穿着那件又大又长的裙子，看起来格外羸弱。她自称是女娲后裔，却总是一副可怜又无助的模样，比街边的流浪猫还狼狈。以至于向来没什么同情心的霍予深，也动了恻隐之心。

他脱下西装外套，将她的蛇尾包裹得严严实实，然后把她打横着抱出来。

她到底怎么会把自己搞得这么臭？

洁癖症发作的霍予深忍耐地拧紧眉，一手抱着脏兮兮的小怪物，一手打开车门，将她放进去。

"女娲小姐，你欠我一条命。"

昏死过去的叶里希做了一个梦。

这是她从未梦到过的场景。

她趴在霍予深的床上玩电脑，泛着银光的蛇尾在半空中懒洋洋地甩动。霍予深裸着上身从浴室里走出来，头发滴着水珠，身上的水也没擦干，腹肌看上去漂亮却不夸张，是一种属于强大力量的凌厉美感。

梦里，她看得欲火焚身，却强装镇定地打游戏。

片刻后，游戏中的红衣女侠倒在Boss脚下，她迁怒道："都怪你，我又死了，本来我可以过掉这个Boss。"

他走过来，神情略带着几分懒散跟性感："我要是帮你通关，你打算怎么报答我？"

她凑过去，佯装矜持地亲了两口让她垂涎的八块腹肌。

"就这样？"他的声音里带着懒洋洋的笑意，"这是你在占我便宜，不行。"

"那你想怎么样啊？"她期待地看着他。

他低低"嗯"了声，思考片刻，说："我不想再闻到洋葱盖饭的味道，明天我想吃猪扒饭和你腌的小菜。"

她的表情从期待转为恼羞成怒。

"没有猪扒饭，也没有腌菜！明天你还是继续吃洋葱盖饭！"

从梦里醒来，叶里希发现自己又回到了霍予深的别墅，还是那间装修风格异常简洁的客房。窗外天色大亮，鸟雀与夏蝉正欢悦地发出二重唱，而她的尾巴已经变回双腿。

她盯着白色的天花板，慢慢回想起昨晚梦中的预言，身体的每一个细胞都还残留着梦里那种幸福欢悦的感觉。飘飘然，有点不踏实，又带着几分无法言喻的空虚。她抱着被子在床上滚了两圈，傻乎乎地笑出了声。

此时，门外响起"咚咚"的敲门声。

叶里希按捺住荡漾的心情，慌慌张张地跳下床。正要开门，手一顿，睡了一个晚上，她现在的头发肯定乱糟糟的。于是她转身冲进浴室，对着镜子一照，整个人呆住——这个满脸血迹、形容狼藉、仿佛恐怖片里爬出来的女鬼是谁！

她摸了一把脸，已经凝固的血块就掉了下来。

为什么偶像剧里女主落难的时候都是美美的，可是她每次被霍予深带回家，都是这么一副鬼样子！

她打开水龙头，冲干净脸上的血迹，又对着镜子整理了一下自己打结的头发，然后上上下下打量一遍，觉得勉强可以去见霍予深，才磨磨蹭蹭地去开门。

门外空无一人，只立着一只棕色行李箱。

叶里希一眼就认出这是她昨晚扔掉的那个行李箱，心里顿时一喜。没想到霍予深会捡到她的箱子，难道这就是缘分？

叶里希"嘿嘿"地傻笑一阵，最后在Lucky的叫声中回过神。

她走到客厅，霍予深正在给Lucky倒狗粮，身上还穿着睡衣，与平常西装革履的样子大为不同。脑中忽然闪过昨晚看到的美男出浴图，她的脸蓦地就红了，心脏也紧跟着罢工。她同手同脚地走到他面前，磕磕巴巴道了一声"早安"。

"那个……谢谢你昨晚来救我。"罢工的心脏又怦怦乱跳起来，简直像要从她的胸口蹦出来，她深呼吸一下，佯装镇定地问，"你是怎么知道我在那辆货车上的？"

"根据短信的时间，查了那个时间段安平胡同口的监控。"霍予深站起来，走到厨房洗了手，端出微波炉中加热好的早饭。

叶里希跟在他的身后，也走进厨房。

她仰头看他，一双眸子漆黑湛亮："霍予深，你救了我，我一定会报答你。"

霍予深看着脸红成胭脂色的叶里希："那么，你打算如何报恩？"

她小心翼翼地试探："以身相许？"

"叶小姐这是报恩还是报仇？"

"……"这样嘲讽自己未来的老婆，真的好吗？

他不疾不徐地说："既然是报恩，那报恩的方式就该由我来定。"

"有道理。"她点点头，"那你想我怎么报恩？"

"回答我三个问题。"

这种报恩方式未免太简单了，霍予深真是一个好人啊。叶里希感慨完，回道："你要问什么？保证知无不言言无不尽。"

"第一个问题，你是谁？"

叶里希的心一紧："我……我是女娲后裔。"

在霍予深凌厉的视线里，她有一瞬间想要坦白，可是她不敢。女娲后裔好歹是传说中的神族，她却是实验室制造出来的怪物。

她怕霍予深厌恶她。

虽然谈过一次恋爱，但昨晚才真正情窦初开的叶里希，整个人都患得患失。心中盈满了各种纠结的情绪，荡漾的春心也在此刻变成满腹酸涩。

霍予深默了片刻，问出第二个问题："昨晚那些人为什么绑架你？"

她顿时松了一口气："他们想抓我回去做研究。"

"第三个问题。"他走到茶几边上，把笔记本转过来，屏幕中播放的视频正是她半夜三更跑进别墅，偷偷用他的电脑入侵公司服务器的全过程，画面十分清晰流畅，就连她心虚的表情都被记录下来了，"为什么这么做？"

他知道了？

他知道了！

叶里希一瞬间就呆住了，全身的血液仿佛都沉到脚底，让她动也不能动。她看着神情冷漠的霍予深，张了张嘴，想要解释，可是自己的种种行为都被监视器完整地记录下来了，她还能解释什么？

"我……我没恶意……"她惨白着脸，"对不起。"

霍予深的三个问题，让她从预言里彻底清醒过来。在他眼中，她到底是什么样子？丑劣不堪的怪物？满口谎言的骗子？

"那天、那天你赶我走……我、我不想走……"她磕磕巴巴地解释着，"所、所以我黑了公司的服务器，想跟你谈条件……但是，但是我没做不好的事情，而、而且我还帮你打了补丁什么的……"

她的声音越来越小，低着头，不敢看他。

她怕在他脸上看到冰冷的厌恶。

——霍予深，不要讨厌我。

她只是不知道该怎么接近他……从实验室逃出来后，她哪里也不敢去，除了他身边。有他在的地方，她才能毫无顾忌地睡过去，而不用担心一觉醒来又回到了实验室。她知道自己做得不对，仗着技术黑了恋一的服务器，哪怕没给公司造成任何损失，这也不能成为她为自己开脱的理由。

——可是你能不能不要讨厌我。

"我发誓我以后都不会做这样的事情……"她努力想挽回自己的印象分，虽然可能已经是负数了，想到这里，她又难过地补充道，"你要是不放心，我、我可以辞职。"

霍予深看着眼前恨不得把头埋进地板里的叶里希，心头涌起一种陌生的情绪。她似乎快哭出来了，连声音都是颤抖的，看起来就像是被逼到绝境的食草动物，全身上下都弥漫着惊恐畏惧的气息。

他有那么可怕吗？

为什么她要怕成这副模样？

霍予深忽然就想起了昨晚的那个电话，那一声绝望的惨叫声。为什么她在遇到危险的时候，不向认识多年的周泽求救，反而找他？

看着她可怜兮兮的蠢模样，霍予深藏在心底最深处的恻隐之心再次冒出头。"咕噜咕噜"地翻滚着，将他满腹的苛责和冷漠淹没了。这简直莫名其妙极了，整个公司的人都知道，他们的老板是个毫无怜香惜玉之情的大魔王，败在他西装裤下的爱慕者不计其数，他们甚至在论坛开了赌局——未来的总裁夫人会是何方神圣？

"算了，你也不用辞职。"霍予深也觉得自己莫名其妙极了，他紧拧着眉，思索许久，终于想到了一个理由，"反正以你的智商，也做不出什么危害公司的事情。"

第三章
她的预言

叶里希一早上的心情都十分荡漾，身上冒出来的粉色气息，是个人就能瞧出来。而且一听有文件需要送到十八楼，就跑得比谁都勤快，这司马昭之心路人皆知。信息科的人脑补了一出总裁跟大神隐秘相恋的故事，当下就去论坛爆料了。

可一上论坛才发现，关于叶里希跟总裁的各种八卦，论坛里是应有尽有。

于是他们的八卦之心忍到叶里希回来就爆发了。

叶里希因为没在十八楼看到心上人，心情正失落着，不想搭理他们。而且，一群大老爷们怎么这么八卦啊！是的，整个信息科除了她，全是男的。不过这群人倒不难相处，也没发生她担心的职场问题，被人排挤或者穿小鞋之类的。

大概是因为大家都是"程序猿"？

不过他们科室确实比其他部门清净，不用整天钩心斗角，唯恐同事在谈笑间就轻轻松松给你挖个陷阱。对叶里希这样搞技术的人来说，信息科就是一方净土。所以她很满意现在的工作环境，和同事也相处得很好。

唯有一点不好，就是他们实在太喜欢八卦了。

整个办公室的风气都有点歪。

短短两天的工夫，她就装了一肚子的八卦。比如她知道财务科的主任在外面养了一个小三，公关部的花大傻长了痔疮，总裁办的Linda上周末在副总家里过夜了。又比如，太上皇是妻奴，太后娘娘热衷于给Boss大人安排相亲。再比如，他们的前顶头上司是个极品凤凰男……就连楼下的野猫生了一窝小猫崽，都要八卦一番。她真心觉得，让他们来搞技术太屈才了，应该去娱乐圈发光发热，一展所长！

"大神，说说呗，我们口风很严的。"大白不死心地追问。

叶里希摊手："早说过了，是你们不信。"

"没诚意。"猴子发出抗议，老黑紧随其后，"人和人之间最基本的信任呢？"

"你们真是够了！"

大白发出猥琐的笑声："黑了大神的电脑，不就什么秘密都知道了。"他一边说，一边在电脑上操作。老黑等人跑过去围观，结果却看到一幕惨不忍睹的画面——他的电脑屏幕上炸开一朵烟火，这货中木马了。

叶里希VS八卦组，完胜。

拒绝变成八卦主角的叶里希，此时却悄悄打开了公司的论坛。

她用关键字搜索跟霍予深相关的帖子，倒真有不少八卦。

比如霍予深是个工作狂，在公司有个外号叫大魔王。又比如，公司里暗恋大魔王的女人多如繁星。再比如，霍予深是个特别龟毛挑剔的人，从来不跟外人一起吃饭……诸如此类的小道消息，不知虚实。

看到一个八卦霍予深跟某明星有暧昧的帖子后，叶里希气鼓鼓地黑掉了帖子。之后她又上网搜了一遍，只要是这种帖子就全部删删删。

黑完N个网页后，叶里希又苦恼上了。

霍予深这么好，肯定有很多女人喜欢他，她要怎样才能追上他？

她郁闷地趴在电脑前，思索无果，忽地想到自己可以找外援求助，顿时精神一振，就将许久没上的小企鹅账号开起来。都说三个臭皮匠胜过一个诸葛亮，这种关键时候不找闺密求助还等什么时候！

也不知道敏敏离开了那鬼地方没有，能不能上网？

今年五月初，敏敏接受了一个大佬的高薪聘请，去A城当他的保镖，至今未归。而且因为雇主的情况比较特殊，所以他们住的地方没有网络，没有人烟，手机等通信设备都是违禁品。她曾经很担心敏敏的人身安全，结果没想到，先出事的人是她自己。当时敏敏要是在南市，肯定一早就发现她失踪了。

叶里希一上线就收到了戚敏敏的留言。

"本宫终于解脱了！"

"你的手机怎么打不通？难道又去搞什么秘密课题？"

"我二号回南市，记得做好迎驾的准备！"

她想了一下，在键盘上打道："我前段时间去旅游，手机被偷了。"还是别让敏敏知道自己多了一根尾巴，让她跟着担心，反正都已经逃出来了。

戚敏敏的消息几乎是秒回："小叶子你终于出现了！我上周去南大找你，听你隔壁的胖主任说了路人渣的事。不就是失恋吗，谁年轻的时候没碰上过个把渣男。咱不伤心，回头我给你介绍几个英俊有钱的汉子。"

"不用了，我有目标啦。"叶里希发了一个嘚瑟的表情。

"真的假的？"

"比咱俩的交情还真。"她虚心请教道，"你知道怎么追求高冷的男神吗？"

戚敏敏发了一串兴奋的颜文字："啊啊啊你看上谁了？哈哈哈哈哈有前途，果然旧的不去新的不来，放弃一块烂木头，立刻就能拥有一片树林！"

"我看上了我的债主。"她言简意赅道。

"你不是最勤俭节约了，怎么会欠别人钱？该不会是人情债什么的吧？"

叶里希回了一个焦黑的骷髅头："八百万，单位是人民币。"

一大串乱码刷满屏幕，可见戚敏敏内心的震撼，她过了许久才说：

"刚一激动把键盘给砸了。我认真想过了，你只能卖身还债。"

"好主意。"她发了一个微笑的表情，"但是他拒绝了。"

"要不试试色诱？"

叶里希："……"

果然不能向一个只有暗恋经验的人请教这种高深的学术问题。

过了一会儿，戚敏敏又发来消息："你要觉得色诱有难度，那就食诱吧。搞定了他的胃，还怕搞不定他的人吗？哈哈哈不用感谢我，记得好评哦亲。"

叶里希："……"

忽略敏敏乱七八糟的描述，这倒是一语点醒梦中人。她想起了昨晚梦到的预言，难道这是老天给她开的金手指？

她顿时恍然。

原来她将来是靠一手好厨艺征服冰山魔王的，做饭对她这种等级的吃货来说，一点难度都没有。可惜在不久后，叶里希会再次发现预言的不靠谱之处——如果男神能这样攻略，那么霍予深一定会跟厨娘HE。

贡献了几个不靠谱的主意后，戚敏敏终于相信好友是真的欠下了八百万债务，而不是在和她开玩笑。她当下二话没说，直接转了一大笔钱给叶里希。

收到银行的短信提醒，叶里希差点感动哭了。正要道谢，就看到敏敏发来的消息："不用感动，等你泡上男神，记得把男神的兄弟介绍给我。"

那不就是她那个没节操的种马师兄吗？

介绍谁也不能介绍周泽啊！

电脑那一端的戚敏敏又问道："你究竟是怎么在短短三个月内欠下八百万巨款的，该不会是被什么传销集团给骗了吧？"

三言两语也解释不清，叶里希干脆扔下一句："我先去忙工作。"

不过她说忙，还真不是借口。

"销售部的系统崩溃了，谁有空去帮忙看看？"老黑喊了一嗓门。

叶里希觉得自己是新人，就站起来主动请缨："我去吧。"

老黑"啊"了一声，这点小事哪需要高手出马？正想叫猴子去销售部，结果就见那个来叫他们帮忙的小白脸说道："小叶子，你怎么在这里？"

叶里希寻声望去，眉头一皱，语气疑惑："你是？"

"别闹了小叶子，我是路南啊。"他爽朗一笑，露出洁白的牙齿，"不过你怎么来这里上班，不是说要去你们老板的研究所吗？"

叶里希盯着他看了一会儿，然后好心地提醒道："路先生，你牙齿上有韭菜。"

在他错愕的时候，她又认真地补充了一句："你可是我们公司的销售代表，形象很重要的，还有跟客户交流的时候记得带脑子。"

说完，她率先离开信息科，走到电梯口按了下行键。

路南追出来，生气道："叶里希，你什么意思？先装失忆又讽刺我，你放弃研究所的机会，跑这里上班，不就是为了挽回我吗？"

叶里希闻言，一脸嫌恶地转过头，上上下下打量了他一番。

他的神情之间少了大学时代的清高，多了几分圆滑和世故。一身西装打着领带，看着倒颇有精英气场。他的变化并不大，但她看着他，竟有些陌生。

路南是她的初恋。

去年她帮导师代课，被底下的学生调戏，是路南帮她解的围。事后她去道谢，他却一本正经道："师姐，你要想谢我，不如以身相许。"

后来，他们就在一起了。

她一谈恋爱就告诉了敏敏，当时敏敏说路南不靠谱，让她慎重考虑。可她还是傻乎乎地一头陷进去，路南做了一个男朋友能够为女朋友做的全部事情，记得她每一个喜好，将她每一件事都放在心上……

他对她那么好，好到让她以为他们可以天长地久。

撞破他跟系花偷情的那天，她在路上边走边哭，伤心得顾不上旁人异样的眼光。可现在再看到他，却是一丁点的恨意也没有。或许还有几分愤怒，但这一点情绪，随着时间流逝，总有一天也会被磨去。

"自作多情是一种病，别放弃治疗啊，劈、腿、男！"

路南一听这话，紧张地四处张望，没看到人，才松了一口气，他恼怒道："你搞清楚状况了没有，现在是你来找我复合，不是我求你！"

"跟你复合？我是有多想不开啊。"叶里希怒极反笑，"我是犯过一次蠢，但我不会再犯第二次这样的错误。路南，你给我听清楚了，以后我走我的阳关道，你过你的独木桥，我们老死不相往来，谢、谢、合、作！"

路南铁青着脸："叶里希你不是爱我爱得要死吗？现在居然……总、总裁！"

捕捉到关键字的叶里希，僵硬地转过头，就见机房大门敞开，一群人拥簇着霍予深走出来。他的目光冷淡地从她身上滑过去，眉心微微一皱，却并未说什么，甚至脚步都没有停顿一下，就这么不疾不徐地走进了隔壁的专用电梯。

叶里希不假思索地伸手，挡在即将合上的电梯门之间。门一开，她就冲进去，然后在众人惊诧的视线里，电梯门缓缓合上。

狭窄的电梯里。

叶里希一脸紧张地说："我、我可以解释的！"

霍予深没有说话。

"那个路南是我男朋友，不，不是男朋友，是前男友，三个月前他劈腿，我们就分手了。我没有爱他爱得要死，他胡说八道！我来峦一科技工作也不是为了他，我是因为，是因为……"她顿住，在心里悄悄地补完没说完的话——我是因为你啊。

"我对员工的私生活不感兴趣。"

他的语气不带任何感情，看她的眼神也似乎不带任何情绪："现在是上班时间，如果你要解决私人感情纠纷，麻烦请在下班之后。"

叶里希呆呆地"哦"了一声："对不起。"

他根本就不关心她跟路南是怎么一回事，因为他一点都不喜欢她。

她追进来解释，在他看来一定莫名其妙极了。

也是，他们认识不过三天，她就给他添了那么多麻烦。她吃掉了他的戒指，黑了公司的服务器，他还从阿大、明澜的手里救了她……如果换作是她，一定讨厌死这个人了，总给自己惹麻烦，还满口谎言、来历不明。

过了一会儿。

电梯的数字已经跳到十五楼。

叶里希忽然紧张地问："电梯里是不是有监控？"

得到霍予深肯定的回答后，她脸一白，凑到他的身边，低低道："霍予深，我的尾巴好像要变出来了，怎么办？"傅远川似乎说过，她现在的形态不太稳定，情绪起伏太大就会显出蛇尾，但她一直没放在心上。

可为什么偏偏是这种时候？

在她最难堪的时刻。

而在她反应过来的时候，她已经开口向霍予深求救了。就连叶里希自己都没有意识到，因为预言的关系，她对霍予深有一种莫名的信任跟依赖。就像昨夜遇到追捕，她想也不想就打了霍予深的电话。

此时此刻，叶里希只想挖个地洞钻进去。

"对不起，你不用管我。"

"所以在你看来，我是那种见死不救、冷血无情的人？"

"啊，当然、当然不是！"

从霍予深的角度看去，她漆黑的眸子里仿佛有一汪水，纯澈至极，叫人一眼就能看清里头的惊慌无措，以及莫名其妙的依赖。很少有人的眼睛能生得这么漂亮干净，当她一动不动地望着你，就会让你产生几分可怜又可爱的错觉，以至于霍予深心底那点怜悯又"咕噜咕噜"地冒出来。

而叶里希被他盯得更紧张了，双腿不受控制地变成泛着银光的蛇尾。

霍予深眼疾手快，立刻脱下西装，盖住她的尾巴。

电梯已经到了十八楼，"叮"的一声开了。

叶里希抓着他的手，紧张得舌头打结："现在、怎、怎么办？"

霍予深紧拧着眉，动作熟练地将她拦腰抱起。叶里希吓了一跳，下意识地抓住他的领带，但立刻就明白了他的用意。

西装外套盖住了她腰部以下的位置，完全看不出底下蜷缩着恐怖的蛇尾。只是公主抱这个姿势，有点惹人遐想，所以当霍予深抱着叶里希从电梯里走出来的时候，整个总裁办的人都石化了——他们是眼花了还是幻觉了？

那个洁癖龟毛且疑似性冷淡的高冷Boss居然抱着一个小姑娘！

而且是公——主——抱！

无数双闪烁着八卦欲的眼睛齐刷刷地盯住只露出上半身的叶里希，心里纷纷揣测，难道这就是未来的总裁夫人？

随着鼻尖闻到的淡淡烟草味，叶里希的脸慢慢红起来："谢……谢谢。"

"不用。"

怀里的小怪物又轻又软，抱着一点重量也没有。她仿佛很害怕别人的注视，瑟缩着往他怀里靠，僵硬得像根木头。

他冷冷扫了一圈，众人立刻低头干活。

他看了一眼脸色惨白的叶里希，用稍显冷漠的声音说："蠢成你这样的妖怪，是怎么活到现在的？"

叶里希："……"

她以前又不是妖怪，哪知道他们是怎么活的。难道人一生下来就什么都会吗？从牙牙学语到大学毕业都需要二十几年，何况她才刚变成怪物三个月。

而且，她只在他面前犯蠢。

也是因为他的漠视，她才会难过得无法控制自己的身体。

在霍予深的休息室躲到下午，叶里希的尾巴才变回双腿。

消极怠工的怪物小姐抱着霍予深的西装，躺在霍予深的床上，听着外面办公室里传来的交谈声，心满意足地睡了过去。

她做了一个梦。

梦里火光冲天，映红了半边的天空，滚滚浓烟盘踞不散。警笛鸣叫，消防队的人正举着高压水枪灭火，一个警察举着喇叭冲被困在大楼里的人喊话。警戒线外人群骚乱，有人哭喊，有人跟着担架上了救护车，还有一个男人想往火里冲。

大楼里，漫天的火光。

她看到尖叫着四处乱窜的人群，还有……霍予深。

他怀里抱着一个五六岁的小女孩，镇定自若地踢开铁门，疾步走进去，拿起角落里的矿泉水桶把小姑娘从头浇到尾，接着把自己也淋湿了。之后他把湿漉漉的小姑娘裹在湿漉漉的西装里，又塞给她一块湿布，叮嘱道："捂好，不许哭。"

"我才不会哭。

"也不知道我家燕大侠怎么样，他现在肯定急坏了。

"幸好燕大侠迟到了，不然我们就要一起殉情。

"唉，早知道就听他的话，在家过生日。"

小姑娘有点话痨，叽叽咕咕说了一堆后，又握着小拳头跟霍予深说："男神加油，外面还有漂亮姐姐在等咳咳咳咳咳……"

"捂好，别说话。"霍予深命令道。

火势已经蔓延到他们附近，越来越多的东西被烧得砸了下来。霍予深抱着小姑娘，刚躲过烧焦的吊灯，房梁便紧随其后地落下来……

此时，叶里希醒了过来。

她心有余悸地大口喘气，身体微微发烫，皮肤似乎也被梦里的大火灼伤。她盯着雪白的天花板，过了许久，剧烈跳动的心脏才恢复正常。

锦庭餐厅。

失火的大楼是市内颇负盛名的锦庭餐厅。

在最后那一瞬间，她看到了那个被烧焦的招牌。但是跟往常一样，这个预言只出现了一个短暂的画面，她根本无法判断事故发生的时间，只能确定不是发生在过去。因为在今天之前，锦庭餐厅从未发生过火灾。

不行，她得去告诉霍予深，以后绝不能去锦庭吃饭！

按照她所看到的预言，他将被困在那场大火里。当时他还抱着一个小孩子，遇险的概率就更高了。预言的最后一幕，是房梁塌了，那霍予深会怎么样？以他的性格肯定不会扔下那个话痨的小姑娘，可带着一个人又怎么能跑出大楼？

叶里希慌慌张张地跳下床，光着脚跑出去。

"霍予深我有很重要的事情要……"她的声音忽地顿住。

正在跟霍予深汇报工作的几个高管，视线齐刷刷地望向从Boss的休息室里跑出来的叶里希——满脸睡意，裙子起了褶皱，哦，还光着脚。看起来她是在Boss的床上睡了一觉，这关系匪浅啊。

"对、对不起……"叶里希一脸窘迫。

坐在办公桌后面的霍予深，敲了两声桌子，神色淡定道："继续。"

叶里希尴尬地笑了一下，立刻跟着说道："你们继续啊。"然后迅速地退回去，关上门。

外面那些人肯定误会了，她要不要出去解释一下，让他们知道她跟霍予深是清白的。虽然她很想和霍予深有什么，但明显不是以这种被传绯闻八卦的方式，而且最重要的是——万一霍予深以为她刚才是故意的，更加讨厌她怎么办？

没等叶里希纠结完，外面就散会了。

叶里希满脸懊恼地走出去，小心翼翼地观察霍予深的冰山脸，发现他好像并没有在意刚才那个小意外，顿时松了一口气。但随即又纠结上了，他不在意是不是因为觉得他们压根不是一个物种，不可能产生什么暧昧？

"刚才咋咋呼呼地说有事，现在怎么哑了？"他边看资料边说。

"哦哦，是有事！"想起预言，她就顾不上纠结了，"我刚才做了一个噩梦，不，不是梦，是预言。我在预言里看到锦庭失火，你被困在火里出不来。我觉得出于安全考虑，你以后还是别去这家餐厅吃饭了。"

他随口应道："行，我知道了。"

"你根本没有认真听我说话。"叶里希有点委屈，"你是不是不相信我会预言。虽然我之前是夸大了一点点我的能力，当然，也可能不是一点点，是很多。但是，但是我这次真的看到锦庭失火，也看到你被困在里面。"

霍予深放下手上的文件，抬眼看她："火灾什么时候发生？"

叶里希顿时哑了。

见她垂头丧气的模样，他难得解释了一句："锦庭是南市最出名的餐厅，很多喜欢讲排场的客户觉得约在那里谈事情才有面子，所以我不可能因为一个虚无缥缈的'预言'而对锦庭止步。"

"可是我真的会预言。"

她努力思索该怎么取信霍予深，可想来想去，记得住的预言都是跟他有关的。比如她知道他有八块腹肌，知道他喜欢穿什么款式的内裤，还知道他喜欢把她抱在腿上亲……可是这些说出来，她就不是骗子，而是患有臆想症的变态偷窥狂！

满腹惆怅的叶里希拖着师兄"贴心"送还的行李箱回了家。快下班的时候，周泽把她故意落在霍予深家里的行李箱送到信息科。

她跟周泽认识多少年，就被这个不靠谱的师兄坑了多少年。

以前用她挡桃花，现在挡她的桃花。

不过周泽虽然是猪队友，但帮她找的新住所还是很不错。离公司不远的单身公寓，设备齐全，环境也好，而且租金低到离谱。

只是入住新居的第一个晚上，叶里希噩梦连连。

她梦到自己被傅远川的人给抓了，回到那个可怕的实验室。她被绑在试验台上，拼命挣扎，而傅远川一脸温柔地拿着手术刀，慢慢地朝她靠近。她在梦里发出一声凄厉的叫声，然后就被吓醒了。

醒过来之后，她一身冷汗，抱着被子瑟瑟发抖，也没了睡意。总觉得傅远川的人会随时破门而入，眼都不敢合一下。

她查过傅远川，可查出来的东西没有任何问题，至少表面上如此。但一个普通人能造出那么高端的实验室吗？这不仅仅需要财力，还需要一定的人脉关系，不然他的仪器设备都是从哪儿搞来的？还有，那些跟她一样被基因改造的人是怎么被送到实验室的？

叶里希忍不住打了一个寒战，不敢继续深思。

她的敌人是一个高智商、有钱、有雄厚背景的疯子！

叶里希顿时生出了前所未有的危机感，不过在想出对付傅远川的办法之前，她需要先搞定自己的食物。

于是，难题就回到了原点。

负债八百万的穷光蛋怎么买得起昂贵的女娲石？

以前被关在实验室的时候，她还以为女娲石是地摊货，傅远川那里可是有满满一箱。也不知道他到底怎么收集到这么多的女娲石，而且，在她第一次无法进食之后，他就直接拿出女娲石，就好像事先知道她会需要。

所以她怀疑，在她之前，实验室存在着另一个"女娲后裔"。

叶里希直挺挺地躺在床上，睁着眼睛到天亮。

待到天边泛起鱼肚白的时候，她干脆起床去菜市场。

此时街道两边的早点铺子尚未开门迎客，路上行人三三两两，偶尔驶过几辆私家车，就连空气都带着几分早晨特有的清新。菜市场倒是已经有了人气，虽不像八九点那样人山人海，但也都出摊了。

叶里希买完食材，左等右等也没等到公交车，便趁着灰蒙蒙的天色跑回去。

出门前，她就把米饭煮上了，回去的时候刚好能出锅。在厨房捣鼓了一早上，她才将独门秘制的猪扒和小菜做好，腌菜时间要比较久，要等上几天。不过看不出来，霍予深居然喜欢吃腌菜，怎么看都不符合他挑剔的品位。

叶里希信心满满地将猪扒饭装进食盒，然后满怀期待地出了门。

一到公司，她就直奔十八楼。

总裁办的秘书们都在忙，见到来者是昨天被Boss抱进办公室的人，一时间便犹豫着要不要上去拦。左右为难之际，周泽正好上来送文件，众人的眼睛不由得一亮，那是副总的小师妹啊，这下子就跟他们没什么关系了。

周泽一看到提着食盒的叶里希，就笑着揶揄："小师妹这是要贿赂上司？有我的份吗？"

叶里希面不改色道："没有你的份。"

周泽口里感叹着"女生外向"，走过来胡乱揉了一通她的头发，然后带她一起去了霍予深的办公室。叶里希狠狠瞪着周泽的背，迅速用手把头发扒拉齐整，最后还臭美地照了一下玻璃柜，确认自己的形象没有遭到破坏。

霍予深抬头就看到这一幕，不由得打量起了叶里希。

她今天看起来像是刻意打扮过，绑了头发，穿的裙子也合身了，脚上踩着一双绿色的凉鞋，衬得脚趾越发白嫩漂亮。她长得娇小，连脚也生得格外玲珑可爱。霍予深用挑剔的审美得出这么一个结论，然后不动声色地收回视线。

"霍予深，你吃早饭了吗？"她眉眼一弯，笑了起来，露出两个浅浅的酒窝。

他盯着那两个小酒窝，看了一会儿说："吃过了。"

叶里希失望地"哦"了一声："我早饭做多了，你要不要再吃一点？"

霍予深拒绝后，淡淡道："叶小姐，现在是上班时间，你的工作内容是维护公司的网络安全，而不是给上司送'做多的'早饭。"

叶里希："……"

在一旁围观的周泽忽然哈哈大笑，也不知道他在乐什么，眼角都笑出泪来。叶里希转过头，生气地瞪了他一眼。

周泽走过来，打开叶里希的食盒，一股香气就飘了出来。

"这里面放了花椒吧，还有花生油、八角、香醋……"周泽报完闻出来的配料，才慢悠悠道，"小师妹，你下的佐料可以让阿深进一回医院了。"

"胡说八道！这是霍予深最喜欢吃的猪扒饭！"而且她的厨艺那么棒，怎么可能吃了她的东西就进医院。

周泽困惑地"咦"了一声："阿深喜欢猪扒饭？"

"我也是第一次知道自己喜欢猪扒饭。"霍予深盯着叶里希说道。

叶里希："……"

"阿深是过敏体质，你放的那些佐料，他都不能碰。"周泽解释完，想了想，又加了一句，"其实除了白水煮肉，没什么适合他。不过小师妹不用太烦恼，师兄可以帮你解决'做多的'早饭。"

叶里希一瞬间想暴揍周泽，这么重要的情报为什么不早说！

而且她梦到的预言，霍予深明明就是喜欢猪扒饭。

出师不利的叶里希满腹郁闷地回到了信息科。老黑他们见她如此神态，纷纷揣测她是不是跟十八楼的魔王吵架了。但他们一群糙老爷们也不知道怎么开解小姑娘，于是就将自己私藏的零食干货贡献了出来。

叶里希推拒无果，只能收下同事的关爱。

为什么这群技术宅都是吃货！

她看着满满一箱子的零食，咽了咽口水，里面居然有一半都是她爱吃的东西。可她要真吃了，会不会直接挂掉啊？

不过，他们好像都以为她跟霍予深吵架了？

她才不会跟未来的男朋友吵架，她现在可是在拼命地刷印象分，希望早点把分数变成正数。只要想到自己在霍予深心中的形象是一个满口谎言、惹是生非的妖怪，她就难过得想撞墙。

对了，她要报恩，还得让霍予深相信自己的预言。

经过一个晚上的思考，她已经把预言里的关键信息总结出来了——失火那天是话痨姑娘的生日，或者是燕大侠的生日。

她动手做了一个小软件，自动搜索关键字"燕大侠""生日"，瞬间捕获了几万条的信息，她一下子就呆住了。思来想去，她只能又修改了软件，把信息时间限制在最近一年。然后从早上到下午，她就光看这些带有关键字的记录。

她不确定燕大侠是不是某明星扮演的角色，所以就连电视的花边新闻都不敢放过，看得头昏眼花。只希望燕大侠不是话痨小姑娘对他的特殊昵称，她可不指望一个五六岁的小姑娘会玩微博微信，时不时发个动态。

看了大半的信息后，她终于找到一个疑似"燕大侠"的男人。

电竞大神燕青，粉丝对他的昵称正是燕大侠。

他最近的一条微博是——我家瑶瑶说要给我准备生日惊喜。

配图是一个小萝莉肉嘟嘟的侧脸。

虽然是侧脸照，但叶里希还是一眼就认出这是霍予深护在怀里的小姑娘。她一喜，立刻打开浏览器，搜索燕青的资料。

生日，农历八月十二。

也就是中秋节的前三天。那，不就是今天吗！

叶里希扫了一眼电脑右下方的时间，已经四点半了。她吓得立刻跳起来，慌慌张张地冲到总裁办，一头撞上在跟Linda调情的周泽。

"霍予深呢！"她急忙问道。

"出去了。我说小师妹你怎么急成这样，找阿深有事？"

"他去哪儿了？"

听到周泽说出锦庭餐厅的名字，她的脸顿时就白了："电话借我！"

她一把抢过周泽的手机，边跑下楼梯边打给霍予深。

为什么偏偏要在这种时候赶上电梯维修！

电话"嘟嘟"响了几声，然后传来霍予深稍显冷淡的声音："阿泽？"

"霍予深，立刻离开锦庭，求你了，相信我一次！"她怕得连声音都在颤抖，眼前闪过预言里的画面，心底的恐慌止不住地冒出来。

"锦庭的火灾会在今天发生！霍予深，你快离开那里！

"我没撒谎，求求你相信我这一次。

"霍予深，相信我！"

电话那端的霍予深淡淡"嗯"了一声，说道："我信。"

她顿时松了一口气，正想催促他离开锦庭，此时却听到电话那端响起"着火了""救命啊"之类的尖叫声。

原来他说信，是因为火灾已经发生了。

叶里希的腿一软，就从楼梯上摔了下去。她狼狈地抓住扶手，整个人都被恐慌的情绪淹没，声音颤颤巍巍。

"霍予深，你不要死，你别死！

"你坚持一下，我去救你！

"对，我一定可以救你出来，我烧不死的，你等等我！"

她说着说着，就抱着电话哭出来，蛇尾变了出来，但不知道为什么又变回去。她在楼梯里跑了起来，漫长的阶梯像是没有尽头，一层又一层，她不知疲倦地奔跑，恨不得立刻冲进大火里，把心上人救出来。

"冷静点。"霍予深的声音听起来依旧从容，"你看到的预言，我死了吗？"

"没、没有。"或许是被他的冷静感染，叶里希也强迫自己冷静下来，"我只看到你抱着一个小孩子跑进房间里，然后吊灯砸下来，房梁也塌了……"

她认真地回忆预言里的场景，把自己看到的东西都描述了一遍。

霍予深说了一声"谢谢"，此时他脚边蹲着一个小姑娘，而大火正在四处蔓延，他皱着眉，镇定道："放心，我不会有事。"

叶里希赶到现场的时候，火光映红了半天的天空，和她在预言里所看到的画面一样，漫天大火，滚滚浓烟，曾经辉煌的顶级餐厅已经被火烧得面目全非。警戒线外一片混乱，许多人都在等待被困在大楼里的亲友。

救护车开走一辆又来了一辆。

一个男人冲开警戒线，不要命地往里冲，却被警察拦下："先生，请你冷静一点，我们一定会救出你的朋友。"

"瑶瑶一定很害怕，我得去救她！我得去救她！"

场面一度失控。

叶里希望着漫天的火光，整个人像是掉进了冰窟里，身体止不住地打战。餐厅已经烧成了这样，里面的人还有生还的机会吗？那些被抢救出来的客人，个个都伤得不轻，刚才那个被抬上担架的女人连呻吟的力气都没有。

霍予深不能有事！

他还没有爱上她，还没跟她共度余生，怎么能死？

对了，她也没有报恩，她不仅欠他一条命，还欠他八百万的债。她欠了他这么多，还没还清，他又怎么能死？

"小姐，你在做什么？你不能进去！"

一个警察眼疾手快拉住想往火里冲的叶里希，厉声呵斥："一个两个都别添乱了，就你们这样冲进去，那不是救人，是送死！"

"我老、老板还在里面，我要去救他！"

叶里希一把挣开警察的手，越过警戒线，直愣愣地往火里冲。此时，身后传来一个熟悉的声音："叶里希！"

她怔住了。

"叶小姐，我没事。"

她僵硬地转过身，只见被火光染红的天空下，立着一个男人。他手里牵着一个漂亮的小萝莉，形容有些狼狈，衣服烧焦了一些，头发也短了，但神色却是一派从容。

"你现在冲进去，也不会有人给你送见义勇为的锦旗。"

第四章
同居守则

市二医院，急诊室。

可以去申请吉尼斯纪录的最佳好员工叶里希，陪着自家Boss上了救护车，到了最近的市二医院。因为锦庭餐厅发生火灾，所以急诊室大部分是烧伤的病人，伤情不一，却都很幸运地死里逃生，躲过一劫。

霍予深的手臂跟背部都被烧伤了，黑红一片，淌着血，看起来有几分骇人。

医生给霍予深处理伤势的时候，Boss大人一派从容。但叶里希看得心里一抽一抽地疼，忍不住开口道："医生你下手轻点。"

穿着白大褂的男医生打趣道："小姑娘这是心疼男朋友？"

霍予深没说话。

叶里希赶紧解释："是老板，不是男朋友。"

易地而处，如果她被别人误会有男朋友，而且对象还是经常给自己添麻烦的怪物，心里一定不舒服。她不想霍予深不高兴。

男医生意味深长地"哦"了一声，含糊道："别人家的员工，我懂。"

可是她没听懂啊！

此时手机响了起来，她看到来电显示是"太后"，稍稍犹豫，还是接起电话："你好，我是周副总的……助理。"

"师妹你什么时候变成了我的助理？"

这个带着几分揶揄的低沉嗓音，不是她那个喜欢招蜂引蝶的师兄，还能是谁？叶里希略有些窘迫，喊了一声："师兄。"

"手机给我。"霍予深淡淡道。

叶里希立马缴手机。

他们说了两句就结束通话，但不知道周泽都说了些什么。挂断电话后，霍予深打开了微博，刷了一会儿，他的眉心紧紧拧起。

叶里希忍不住伸长脑袋窥屏，手机这个时候却黑屏了。

都说物似主人，果然没说错！

窥屏失败的叶里希满腹疑惑，不过此时霍予深的伤势已经处理好，需要转移到观察室挂水，她也只能暂且放下疑惑。他们还未出急诊室的大门，就见一个医生迎面走来，神情热络地跟霍予深打招呼，然后又殷切地询问起他的伤情。

霍予深神情冷淡，除了"嗯"之外，只说了一句话："麻烦林主任了。"

之后，就没叶里希什么事。

林主任给霍予深安排的病房是单人病房，不仅安静，还设备齐全。带了会客厅、浴室、阳台，堪比五星级酒店，高级得让叶里希咋舌。

林主任十分识趣，把他们送到病房就离开了，离开前还细心地交代了注意事项："体温每隔半个小时测一次，如果霍先生有发烧，就到办公室找我。只要这两天伤口不发生感染，就没什么大问题。"

叶里希一一记下。

霍予深看着忙前忙后的叶里希，眉心微微蹙起。她一脸泪痕，裙子也脏兮兮的，还光着一只脚，看起来比他还要狼狈，可她似乎并没有意识到这些。蓦地，他的脑中闪过火灾现场的那一幕场景……

"你没事，真是太好了。"

她重复着这句话，满脸的泪水，却仿佛松了口气般露出一个虚弱的笑。

在那一瞬间，他的内心深处似乎有什么东西被触动了。她的绝望，她的眼泪，她的狼狈和义无反顾，就仿佛藤蔓一般钻进他的心底。从此盘踞不去，年年岁岁，成为他记忆里永不褪色的篇章……

霍予深用探究的目光打量着眼前的人，她手上端了杯水，讨好一般送到他手上："医生说你有些脱水，需要补充水分。"

他淡淡"嗯"了一声，接过水杯，一口喝完。

"你很担心我？"

叶里希点点头："大家都很担心你，我……也是。"

"为什么要冲进火里救我？"他又问道。

她支支吾吾了片刻："因、因为我还没有报恩，而且我烧不死的。"

大概，是烧不死的吧。

霍予深没有说话。在他的注视下，叶里希有些紧张地垂下眼睑，睫毛似乎都在颤抖，看起来有点可怜的样子。

如果他继续追问下去，说不定她会直接哭出来。霍予深如此想道。

他沉默片刻，还是换了一个话题："其实我应该谢谢你，如果不是你的预言，我也不会这么容易脱险。"

他的逃生路线，是根据叶里希所描述的预言规划出来的。

叶里希呆呆地"啊"了一声："有帮到你就好。"

"你也算救了我一命，作为答谢，你想要什么。只要不太过分，我都可以答应你。"霍予深定定地看着她问。

"不用了，你之前也救过我。"

他淡淡道："机会只有一次，不说就没了。"

病房里安静了片刻。

"我想跟你一起住。"她小心翼翼地抬起眼，打量了一下他的神色，不过依旧面无表情，看不出喜怒。

以傅远川的本事，找到她现在的住所，只是时间问题。她在门窗上做的报警装置，根本拦不住阿大他们。

她很害怕，她不想再回到研究所。

关在那里三个月，她就像过了几辈子那么漫长。想起傅远川的变态手段，叶里希打了一个冷战，不，她不能再被抓回去！

除了霍予深的身边，她哪里也不想去。

叶里希顿时生出浓浓的危机感，卖力地推销自己："我很有用的，我会做饭打扫洗衣，修理各种电器，还特别会照顾宠物。而且我不占位置的，分我一个小房间，不，我只要一个角落就好了！我不吵，也不会给你添麻烦！"

霍予深神色莫测，沉默片刻，说道："我考虑两天。"

叶里希有点沮丧地低下头，又是考虑，他上次考虑完就直接把她扔给周泽，这次难道是考虑给她找个房客吗？

她正想再说些什么好听的话来刷好感度，此时却见周泽跟一位雍容华贵的太太走进来。他一手提着袋子，一手插在裤兜里，目光似笑非笑地扫过他们。霍予深看到那位太太，喊了一声"妈"，显然此贵夫人就是传闻中的太后娘娘——樊疏桐女士。

叶里希当下变得局促起来，站起来打了一个招呼，瞥见周泽带着揶揄的目光，又立刻补了一句："师兄好。"

樊太后冲她温和地笑了一笑，没说什么，上前询问起儿子的伤情。确定没有大碍才露出放心的表情，她转头打量起叶里希，最后目光停在她的光脚上，露出一个意味深长的笑："还是本人更漂亮一些。"

叶里希低头一看，顿时就尴尬了，恨不得把脚藏起来。

她的鞋应该是在楼梯上摔掉了，当时她满脑子都是霍予深，也没注意到。要是知道霍予深的妈妈会来，她刚才就躲起来了。会不会留下坏印象？这可是未来的婆婆大人啊，万一她不喜欢自己怎么办？

叶里希杞人忧天地烦恼起来。

"我说小师妹，你的鞋怎么少了一只？"周泽打趣道。他伸手把袋子塞给叶里希，眼底满满都是揶揄的笑意："喏，某人让我买的凉鞋。"

叶里希的目光转向霍予深，脸微红，细声细气地说了一声"谢谢"。

"鞋子是我买的，你谢他做什么。"周泽笑道。

"谢谢师兄！"

生怕他继续打趣，叶里希赶紧躲到一边去换鞋。尺码刚刚好，穿得也很舒服，只是有些奇怪，师兄怎么会知道她是穿35码的鞋子？不过她是怕了周泽那张嘴，哪里敢问。换好鞋子，她去卫生间洗手。

出来的时候，叶里希正好听到樊太后说："你爸跟我谈恋爱那会儿，恨不得昭告天下，你这性格不太像他，也不像我。低调是可以，但总要让家里人知道，我昨天还托一个朋友给你介绍对象，结果你今天就搞出这么大的阵仗……不过真不愧是我儿子，这一出生死相许真是太动人了！"

叶里希尴尬地站在一边，总觉得这些话透着几分古怪。

而且为什么樊太后的眼睛总往她这边看？

还有师兄为什么也要用那种饱含深意的目光看她！

难道是因为她哪里不对劲吗？叶里希低头看看自己的衣服，是有些脏了，可能是从楼梯上滚下来的时候蹭到的灰尘。

周泽坐在沙发里，感慨道："师妹啊，你还真是不鸣则已，一鸣惊人。"

她一脸困惑："什么？"

周泽本着同门情谊，帮她解了这个疑惑。叶里希接过他递过来的手机，待她看清屏幕里的内容，顿时就傻住了。这个叫作"别人家的员工"的微博话题是怎么回事，为什么不断摇晃的视频里的主角是她！

这个视频拍的正是她冲向火里的场景，声音也十分清晰。

……

"一个两个都别添乱了，就你们这样冲进去，那不是救人，是送死！"

"我老、老板还在里面，我要去救他！"

……

叶里希一脸窘迫，脸红得可以和窗外的晚霞媲美，她终于明白医生的那句"别人家的员工，我懂"是什么意思了……懂、懂个毛球啊！到底是谁偷拍她，还传到网上去了？所以刚才霍予深刷微博，就是在看这个？

"这是一个误会……"她试图解释。

"我也看了这个视频，太感人了。小姑娘在这种关头都不敢曝光你们的地下情，可见你平时欺负得有多狠。"樊太后瞪了一眼霍予深。

他淡定地靠在床头，没有解释，从从容容道："以后少看点偶像剧，影响智商。"

樊太后"嘤嘤"了两声："不孝子，我要告诉你爸去。"

"嗯，去吧。"

作为本次事件绯闻女主的叶里希，尴尬地抛下一句："我去买水！"然后转身飞快地离开病房，着实没勇气继续待下去。

刚出病房，叶里希就碰到霍予深从火里救出来的小萝莉，脸干干净净的，头发也重新扎成双马尾。一个男人牵着她的手，正低头和她说些什么，两人看起来很亲近。叶里希打量了一番，大致能猜出他的身份和来意。

他也看到了叶里希，朝她露出一个温和的笑："请问，霍先生是住这间病房吗？"

"是的没错，你是——燕青燕大侠？"

"是啊是啊，你也是我家燕大侠的粉丝吗？可以给你签名哦！"小萝莉欢快地应道，不等叶里希说话，又说了一大串的话，"你是霍哥哥的女朋友吗？是吧是吧，我都看到了哦，那时候你想冲进火里去，是霍哥哥叫住了你，你才没干傻事，不然你们就成了罗密欧和朱丽叶。不过大人就是口是心非，还说是老板什么的……"

叶里希："……"

这个小萝莉不仅话痨，还喜欢戳窗户纸啊！

"你好，我是燕青。"燕青朝她伸出手，一握即离，绅士风度绝佳。

叶里希趁机打量了两眼，燕青的手修长漂亮，白皙干净，却丝毫不显得女气。一看就是属于电竞大神的手，跟她的小短手完全不是一个画风。

"霍先生现在方便吗？我带瑶瑶来跟他道谢，如果不是他仗义相救，瑶瑶很可能……"燕青顿了一下，没有继续说下去。

叶里希"哦"了一声："那你们进去吧，我去买水。"

她从他们的身边快步越过，燕青站在原地，看着她的背影，许久没有动作。直到她消失在拐角，他才牵着小萝莉走进病房。

叶里希提着几瓶水，坐在花坛边上纠结。

就这样回家，好像有点落荒而逃的既视感，一定会被师兄嘲笑。可是上去吧，肯定会碰到想象力丰富的樊太后，以及唯恐天下不乱的师兄。可想而知，她的下场也不会太美妙，最重要的是，霍予深会怎么想呢？

万一他直截了当地告诉她："为了避免误会，我们还是保持距离吧。"

想象一下这个场景，叶里希的心顿时就凉了。

落荒而逃就落荒而逃吧，总比被自己喜欢的人浇得透心凉来得好些。她还是明天再来探望霍予深吧，现在先回家洗澡睡觉。

提着一袋子沉甸甸的水，叶里希离开了医院。

医院门口车水马龙，人流穿梭不息，她顺着香樟树往公交车站慢慢走去。此时天边的烟霞渐渐退去，半轮透明的弯月悄悄浮上枝头，蛰伏于天空深处，静静等待黑暗的降临，而路灯却尚未亮起。

盛夏的傍晚就是这样，看日头根本无法判断时间。

"叶小姐。"

叶里希循声望去，就见路边停着一辆黑色SUV，燕青坐在车内，目光仿佛温柔地注视着她。不知怎的，她心里生出一股奇怪的感觉。这并不是第一次，见到燕青的第一眼，她就觉得他的名字和他这个人充满了违和感。

他看起来像一个优雅的贵族，面容俊秀，举止得体，衣着讲究，而燕青这个名字却带着几分侠气和不拘一格的随性。不过这也怪不了他，毕竟名字都是父母取的，总比龙傲天之类的来得好吧。

"叶小姐要去哪里？我送你一程。"他含笑问道。

"不用了，我坐公交很方便的。"她想也没想就拒绝了。事实上，除了霍予深，她谁也不敢相信。平常不是搭公交车就是坐地铁，尽量不落单，以免再次遇险。

"有戒备心是好事。"燕青意有所指道，"你这样很好。"

"什么？"

他坐在车内望着她，忽然道："你喜欢霍予深？"

叶里希愣了一瞬，反应过来后，立马道："这不关你的事。"

"很抱歉，我无意侵犯你的隐私。"燕青的语气略带几分歉意，他的面容隐在暗处，以至于无法看清他的神色，"只是你们毕竟是两个世界的人……"他稍稍一顿，最后道，"不要爱上他，这是一个同类的提醒。"

"你是谁？"叶里希大惊，眼底浮起几分警备，"什么同类？我听不懂你的话。"

燕青的手抵着唇畔，轻轻笑了两声，说："下次见面，再回答你这个问题。"他说完这句话，便驾车离去。

满腹疑问的叶里希站在路边，看着渐渐变成小黑点的车子，眼底多了几分凝重。

或许是因为燕青的话，叶里希做了整整一晚上的噩梦，并且每个噩梦里都出现了傅远川那个变态。以至于一早起来，她的脸上多了两个醒目的黑眼圈。她无精打采地坐在床上发怔，直到周泽的手机响了，才慢吞吞地回过神来。

昨天她走得太匆忙，忘了把周泽的手机还给他。

叶里希拿过床头的手机，扫了一眼来电显示，没有名字，也不知道是谁打的。出于礼貌，她还是接了："你好，我不是本人，有事请稍后联系。"

"早安，小师妹。"低沉撩人的嗓音在电话那端响起。

叶里希："……"

"我是来传达太后懿旨的，她叫你有空去家里吃饭，看起来对你印象不错哦。"周泽的声音里满满都是笑意。

"师兄，这大清早的，能不这样消遣我吗？"她举白旗投降。

"不不不，师妹误解了，这不是消遣，是道喜。"

叶里希顿时想摔了他的手机，用以泄愤。不过想到自己还有求于人，就忍住了，她略显僵硬地转移话题："对了，你知道霍予深都对哪些东西过敏吗？"

"这个嘛……"周泽思索片刻，"他过敏的东西太多了，海鲜、羊肉、蒜、酱油、花生油、各种酒……我只能确定，他对白水猪肉不过敏，唔，普通的蔬菜大多能吃，不过菠菜和蘑菇不能碰，荠菜、芹菜也不行。"

叶里希一开始还拿笔记，最后干脆放弃了。

"怎么会有人对大部分食物都过敏！"她不可置信道。

"家族遗传，他爷爷和爸爸也都是这样，只是阿深比他们更严重些。"周泽一边喝水一边说，"所以你要是想征服阿深的胃，劝你放弃这个愚蠢的计划。"

"谢谢提醒，再见。"

"师妹你不能这样，用完就扔不是一个好习惯！"

叶里希没理他，十分无情地挂断电话。

她以为自己只能吃石头已经很惨了，想不到霍予深是打出生起就没吃过美食，这人生何其无趣啊。一时间，叶里希对他生出几分感同身受之意，并做出了一个历史性的决定——她要拯救霍予深的美食观，做出他能够食用的大餐！

叶里希迅速地爬起床，洗漱完，去附近的超市采购食材。

回家后，她先打电话到公司，请了一早上的事假，然后在厨房忙碌起来。考虑到霍予深的特殊体质，她熬了一锅大骨头浓汤来煮面，里头就放了五花肉和水灵灵的大白菜，调料也只撒了一点盐巴。

她自己不能吃，也不知道味道如何，心里就多了几分忐忑。

她把面装在保温桶里，就这么一路忐忑到医院。

霍予深恰巧去做检查，没在病房里，她就坐在小客厅里等。此时不过九点，正是医院查房的时间段，外面时而传来脚步声，或是轮子和地面摩擦发出的声响。她等得有些无聊，便站起来，走到阳台上去吹风。

盛夏的风，哪怕是清晨，也带着几分闷热的气息。

楼下的花园里，有几个病人正在散步。清风拂拭，花木微动，蝉鸣伴着喇叭声，震耳欲聋，扰了清晨的宁静。叶里希在阳台待了一会儿，就觉得热得慌，正要进去，此时外面传来动静，是霍予深回来了。

她刚想出声叫他，却瞧见他身边多了一个面容娇俏的女孩。

"霍哥哥，你什么时候能出院？"她的声音也十分悦耳，跟山涧泉水似的，又带着南方女孩特有的软糯，"霍阿姨说你喜欢运动，刚好我也喜欢。我经常跟朋友去攀岩，有时候也会去滑雪，不过我妈常说我不够文静，不像个姑娘家。"

霍予深看到桌上的保温桶，目光一怔。

窗帘后露出半个人影，可马上就缩了进去，仿佛受了惊似的。霍予深盯着窗帘，看了许久，皱着眉一直没说话。

陈俞晴顺着他的目光看去，有些不解："霍哥哥，你在看什么？咦，谁把门开了，难怪病房里这么热，这些护士都怎么做事的！"

"是我开的门。"他冷淡道，"还有，我现在要休息了。"

正要去关阳台门的陈俞晴脚步顿住了。听到这样明显的逐客令，她也没露出丝毫尴尬的神色，仍旧满脸笑容："那我就不打扰霍哥哥休息了。刚好霍阿姨约了我和妈妈吃早茶，时间也差不多了。"

陈俞晴前脚刚走，霍予深的手机就响了。

"儿子啊，晴晴是不是去医院看你了？"樊太后小心翼翼地解释，"之前我不是不知道你有对象了吗，刚好晴晴对你有好感。说到底，妈妈点错鸳鸯谱，也是因为你搞地下情，早把小叶子带回家不就好了。"

霍予深盯着窗帘淡淡道："谁惹出来的麻烦，谁解决。"

"你爸不在家，你就欺负妈妈。"

"如果你确定要我出手解决的话。"霍予深冷冷道。

樊太后想到儿子"解决"此类事情的前科，立刻道："呵呵呵，妈妈开玩笑的啊，这种小事哪里需要你出马！深深你好好养伤，妈妈现在就去解决！"

霍予深结束了通话，病房里顿时安静下来，只有窗帘轻轻飘荡，偶尔露出藏匿其后的身影。她却丝毫不知自己的行径已经暴露，仍旧犹犹豫豫地不敢走出来。他靠在床头，饶有兴致地猜测她到底还要藏多久。

此时一群人浩浩荡荡地走进病房，正是恋一科技的高管们来探望Boss大人。只是他们不知道打扰到了Boss的兴致，略带恭维地说起了他火中救人的事迹，纷纷表示敬佩，整个病房又热闹了起来。

"霍总，您的伤不要紧吧？"

"总裁，这是需要您签字的文件。"

……

霍予深微微蹙眉，看到窗帘后的那只脚又缩了回去，道："文件都先留下。"

一个擅长察言观色的部门主管发现总裁总是看着阳台的方向，兀自猜测了一番，大步走过去关门。然后，他就看到缩在墙角里的叶里希，顿时傻眼了，磕磕巴巴道："叶、叶小姐怎么……在这里？"

他硬生生地把"躲"这个字咽回去。

"我、我、我……"叶里希支支吾吾半天，也不知道怎么解释。

"叶里希。"霍予深叫了她一声，"去护士站拿体温计。"

恨不得挖洞钻进地底的某人顿时得到解救，几乎是感激涕零般说了一句"好的"，然后立刻跑出了病房。

高管们个个都是八面玲珑的人物，何况他们其中一些人已经在总裁办公室见过叶里希，立刻会意过来。他们刚才是打扰了Boss大人和总裁夫人吧，难怪Boss大人的神情好像比平时冷了一些……

于是等叶里希回来的时候，病房里只有Boss大人一个人。

霍予深从容地靠在床头看书，神色冷淡，看不出喜怒。她小心翼翼地递出体温计，忍不住问："他们都走了吗？"

他淡淡"嗯"了一声，放下书："躲阳台做什么？"

"啊？"

叶里希不知道怎么解释，就僵硬地转移话题："我给你煮了面，只放了盐巴、猪肉、大白菜，应该都是你能吃的东西。"不等霍予深说话，她继续说，"我回公司上班了！"

叶里希再次落荒而逃。

她躲起来不是因为看到了陈俞晴，而是因为她自卑。那么多人喜欢霍予深，那些人，每个都比她好，不管是哪一方面。她有什么呢？一个只能以石头果腹的怪物，危机重重，除了不断带给他麻烦，还能给他什么呢？

可是，可是她比所有人都喜欢霍予深。

叶里希无精打采地回公司上班，恰好信息科来了新领导，正挨个进行谈话，颇有几分新官上任三把火的架势。老黑、猴子他们几个都被训了话，出来的时候一脸郁色，以至于叶里希心里也有些不安。

新领导第一天上任，她就请假，等下不会给她下马威吧。

叶里希惴惴不安地走进总监的办公室，不料对方却十分和气。先是夸赞了她的技术，肯定了她的才华，然后话锋一转，意有所指地说了几个小故事，皆是某某女与上司暧昧纠缠不休，最后落个声名狼藉的结局。

"我这个人，脾气耿直，最看不惯一些坏风气。"陈总监笑着说，"我也是南大毕业出来的，去年回学校参加百年庆典，还听你们导师说起你，都快把你夸成一朵花了。张老可是轻易不夸人，难得你能得到他的肯定。"

话说到这份上，叶里希要是还听不懂，就对不起自己的智商了。

她的脸火辣辣地疼，感觉全身的血液都汇聚到了头顶，以至于四肢百骸又冰又冷，无法动弹。她放在膝盖上的手紧握成拳，十指青白，过了片刻，她才艰难地开口道："如果总监没有其他指示，我就先出去工作了。"

她无法自辩。

她喜欢霍予深，而霍予深不喜欢他。

她的讨好，在旁人眼中大概就是纠缠不休，妄想攀龙附凤。霍予深也是这样想的吗？她说想住进他家里，立马就有人来提醒她，不要和上司暧昧不清。怎么会有这样巧的事情？这些话……是霍予深授意的吗？

他希望她离他远一点？

叶里希恍恍惚惚地从总监办公室出来，回到座位上就不动了，魂不守舍。老黑几个人见她这副模样，不由得有些担心。猴子看了一眼办公室，随便拿了一份文件当掩护，走过去安慰她。

叶里希强打起精神道："我没事。"

"死胖子真造孽，连高手这么小的姑娘都训，也不看看这段时间公司的网络防护是谁做的。不干实事，尽挑刺。"猴子愤恨道。

老黑看了一眼办公室，朝他们道："我们上群里聊！"

各回各位，转战群里讨伐陈总监。几个技术宅齐心协力，黑进他的电脑手机，稍稍一扒，就扒出不少东西来。比如陈总监夜生活丰富，喜欢酗酒，喜欢泡吧勾搭小姑娘，诸如此类，不知虚实。

叶里希情绪低落，并不参与他们的讨论，只是开着浏览器找菜谱。不管能不能用，一股脑复制到文档里保存起来。

就算霍予深不喜欢她，她也想为他做点什么。

找完菜谱，她点开聊天群，看到猴子说陈总监给他们发了一份季度工作表，叫大家伙赶紧查收，便打开了公司的内部邮箱。

看提示，她有三封新邮件。

一封是垃圾邮件，一封是工作表，还有一封是……霍予深。

主题：请熟记所有规定。

叶里希心头莫名快了几拍，鼠标移到上面，点开查看内容，居中标题就是——同住规定暂定版。

第一条：互不干涉。

第二条：保持安静。

第三条：严禁将交往对象带回住所。

……

第十条：不得擅入书房。

......

叶里希看完邮件，心脏激动得怦怦乱跳，这是同意她搬进去住的意思吗？这一瞬间，她的失落，她的难过，她的胡思乱想，她藏在心里暗处的醋意全部消失了！霍予深同意她住进他家里，这是不是说明，或许他也有那么一点点喜欢她。

至少……不讨厌吧？

叶里希一兴奋，尾巴就忍不住想冒出来凑热闹，她暗叫一声不好，立刻以百米冲刺的速度跑进厕所。刚锁好隔间的门，她的双腿就变成了蛇尾。

她欲哭无泪地看着尾巴，这就叫乐极生悲吗？

"平心静气，平心静气，过几分钟就可以恢复了。"她十分乐观地想。

然而，一分钟，十分钟，半个小时，蛇尾还是没变回双腿。叶里希盘踞在马桶盖上，托腮幻想着跟霍予深的同居生活，越想越激动。整个人都处在亢奋中，根本冷静不下来，所以蛇尾依旧是蛇尾。

"冷静啊叶里希！"

她盯着自己的蛇尾，深呼吸几下，努力把霍予深赶出自己的脑子。也不知道她冥想了多久，泛着银光的蛇尾才终于变回双腿。

叶里希缓缓舒了一口气，洗了把脸，离开厕所。

一从厕所出来，她就看到站在落地窗前抽烟的路南，吞云吐雾，以至于周围的空气也被染上烟草味。她微微一蹙眉，没说话，直接从他面前走过去。

路南熄了烟，喊住她："小叶子，我有话和你说。"

叶里希佯装没听到，脚步不做停顿。

路南三步并作两步追上去，伸手一拦，不满道："没听到我的话吗？"

"没听到。"她一本正经地胡说。

"我在卫生间的门口等了你大半个钟头，你怎么才出来？该不是在躲我吧。"路南皱着眉不悦道，"你又何必这样。"

"路先生还是一如既往地自恋。"

看着她冷淡疏离的眉眼，路南有点不舒服："我们谈谈吧。就现在，就在这里！"

"上次已经说得很清楚了，我走我的阳关道，你过你的独木桥，互不干涉！"叶里希冷冷一笑，"不过既然你这么要求了，我就大发慈悲，勉为其难地听上一听。之后，劳烦你麻利地滚出我的世界，别时不时恶心人。"

"你！"路南脸色一黑，忍耐道，"我是来跟你道歉的。"

叶里希惊诧地看他。

这天降红雨了吗？劈腿渣男居然会道歉？以她对他的了解，不管他犯了什么错，都是别人的责任，他的字典里就没有反省这种词语。

"以前是我不好，让你伤心难过，可我现在已经和系花断得干干净净。"路南拼命洗白自己，"当初要不是她用那种不入流的手段勾引我，我也不会……小叶子，你就原谅我一次吧，我只是犯了大多男人都会犯的错，我爱的人一直是你。"

震惊中的叶里希："……"

"你离开我的这段时间，我很想你，每天都在想，每一分每一秒都想，我这才知道自己有多么爱你。"他深深望着她，"求你了，原谅我吧。"

叶里希从他的话里推断出了一件事情："这是被系花抛弃了？看来路大才子的魅力不敌当年啊。"

"小叶子，你别故意说这种话刺我，我难受。"路南刻意压低声线，略带伤感的声音十分迷人，当年他靠着这把好嗓音，不知道祸害了多少姑娘。他本来想借系花的家世少奋斗三十年，谁知道人家只是跟他玩玩。

被甩后，他就想起了叶里希的好。

"以前是我不对，以后我一定加倍对你好，用我的一生弥补你。"路南深情道，"小叶子我们和好吧，别把时间浪费在赌气这种无意义的事情上。"

叶里希却是越听越生气。

和好!

和好个鬼!

他怎么敢理直气壮地跟她说和好!

她被傅远川折磨的时候,他应该还在跟系花谈情说爱吧。现在他们分手了,就回来找她复合,当她是垃圾回收站吗?可她现在这么生气,胸口也仿佛烧着一团火,恨不得冲上去暴揍他一顿,然而尾巴却毫无动静。

这是不是说明她对路南的怨怒,已经完全被时间冲淡了?

"其实你不用道歉,我以前大概也没有喜欢过你。"叶里希想了想,又认真道,"你没有值得我喜欢的地方。以前是我眼瞎,但年少无知这种烂梗用一次就够了。"

第五章
醉酒表白

深夜。

无风亦无月，乌云笼罩了整个夜空，低沉压抑，显而易见是暴风雨即将到来的前兆。戴着棒球帽的明澜推门下车，一身黑衣仿佛融进了这浓浓的夜中。她谨慎地四下巡视，然后压了一下帽檐，疾步走进叶里希所在的小区。

阿大从保安室中走出来，里面的安保人员已经晕过去。

明澜出声问："监控系统关了吗？"

"关了。"

"这次不能再让她跑了，她对傅先生很重要。"明澜怕阿大不知道事情的轻重，又说了一遍，"等下不管发生什么事，你都要帮我拦下！"

"好的明澜。"阿大顿了一下，又说，"我想让傅先生高兴。"

"白痴！"

阿大一脸茫然："怎么，又骂我？"

"白痴，说了你也不懂。"明澜生气道，"等下听我的指挥，不要像上次一样。"

"上次，你被打，我才出来。"

"现在是法治社会，霍予深不会真的打死我。可是傅先生生气，我们就全完蛋了！"明澜解释完更生气了，边走边低声抱怨，"上次你要是听我的话，带叶里希先走，我们的任务就不会失败，后来也不用受罚。"

阿大被骂，也不反驳，就木讷地应了一声"哦"。

到了叶里希所在的公寓门口，明澜掏出工具来开锁，不消片刻，门就开了。她戴上夜视镜，小心翼翼地往里走。阿大直奔卧室，毫无隐藏行踪的警觉性。明澜见状，又在心里骂了一通白痴之类的。

"没人。"阿大说道。

明澜大惊，当即开了灯，检查完衣柜和浴室，确定这里已经没人住了。他们跟踪了叶里希好几天，才找到这个地方。今早跟傅先生汇报完情况，他们就立即行动，可怎么短短的一个白天就人去楼空？

难道她还会未卜先知？

躲过一劫的叶里希，当然不知道明澜和阿大策划了这么一场夜袭，她只是十分有先见之明地搬进了霍予深的别墅。以照顾他家的金毛为理由，不等他出院就住进去了，然而实际上是怕霍予深忽然反悔。

为了刷Boss大人的好感度，在他住院期间，叶里希每天准时准点地往医院送饭。虽然来来回回不是煮面就是煲汤或青菜粥，但Boss大人也没表示嫌弃，以至于叶里希对研究Boss大人可食用菜谱这件事情，产生了无限的热情。

某天下班还特意去买了笔记本，专门用来记录霍予深的饮食。

时间飞逝，转眼霍予深就出院了。

这一天，叶里希用有限的食材做出了满满一桌的菜。白菜猪肉馅饺子、水果羹、炒青菜、油炸肉丸子、竹筒饭、笋干肉丝等，都是他能吃的东西，绝对安全。不过看着这些称得上简陋的菜肴，她有些涩然。

"以后我们一样一样食材地试，总有一天，我会让你吃上大餐。"叶里希拍着胸脯保证道，"我厨艺还是不错的。"

霍予深的目光扫过桌上的菜，最后定定地看着叶里希，问："为什么要这么费心地讨好我？"

叶里希心道，当然是因为想让他也喜欢上她。

不过，有那么明显吗？

"因为……因为我要报恩！"她一本正经道。

"报恩就不用了，我们扯平了。"

"没扯平！"叶里希着急道，"我被抓走的时候，你救了我，我还吃了你的戒指……嗯，你现在又收留了我，这样一算，我还欠你两个恩情没还。"

她才不想跟他两不相欠。

她要一直欠着他，然后用一辈子来报恩。

霍予深见她这副模样，心底微微生出一股异样："没见过像你这样的人。"

"因为我是神族后裔，必须知恩图报，不然会影响修行的。"她一本正经地胡诌道，"所以在报完恩之前，你是赶不走我的！"

他拉开椅子坐下，将她做的菜一一尝过之后道："味道还不错，你想报恩的话，以后就负责我的一日三餐。"

叶里希"嗯"了一声，嘴角不受控制地上扬，露出了两个小酒窝。

霍予深盯着她的酒窝，不知道在想什么，眉头紧紧拧起。叶里希见状，怕他反悔，收回她报恩的机会，忙道："我要陪Lucky去散步了，你先吃饭吧。"

说完，她火急火燎地跑出餐厅。

霍予深住院的这段时间，都是叶里希在照顾Lucky，所以大狗一听到她的召唤，就颠颠地跟着她出门了。此时天幕已经暗了下来，月上枝头，白日的喧嚣渐渐退去。中秋之后，下了几场雨，气温便骤然下降，尤其是夜晚。

叶里希出来得急，没带外套，被风一吹，冷不丁打了个喷嚏。

她忽然想到一个严重的问题，以后万一生病感冒了，该找谁给她看病？她现在体质跟正常人不一样，饭都不能吃了，那药还能用吗？她琢磨许久，也没想出一个所以然，只能宽慰自己，她的自愈能力可以抵抗流行病毒。

Lucky不耐烦地叫起来，叶里希拍拍它的脑袋："别催，这就走！"

陪大型犬散步绝对是个体力活，它一撒开了跑，她根本就拉不住。每次遛完狗，她都跟跑了三千米似的，各种狼狈。不过这里是别墅区，住户寥寥，偶尔才会遇到一两个人，所以她也不用考虑形象这个问题。

叶里希拉着牵引绳，被Lucky拖着跑，一路小喘，连声道："Lucky慢点……我跟不上你的速度！"

她正想着，幸好没人看到她现在的窘态，下一刻就听到一阵清脆的笑声："她是在遛狗还是被狗遛啊！"

叶里希脸色一僵，死命地拉住牵引绳，堪堪停下，转头看去，却是认识的人。

"好巧，你们也住这里？"她惊讶道。

温柔的夜色里，微风拂过枝头，满树雪白的桂花飘洒下来，随即那股若有似无的香气也变得浓重起来。燕青一手插在裤兜里，一手牵着姚瑶，站在桂树之下，闲散清高。此时此景，他仿佛融进了水墨画般的月色里。

他与她对视片刻，在她的眼中看到了毫不掩饰的戒备。

"并不巧，我和瑶瑶就住这里。"他温和道，"你刚搬来的吗？"

叶里希听到这个回答，稍稍释疑。她是上星期搬到霍予深的家里，至今不过五天，这大概确实只是一桩意外。然而想起燕青说过的话，她心底的防备再次加深，他到底是谁，为什么要跟他说那些话？

"你上次说过……"她有些踌躇道。

燕青拍拍姚瑶的脑袋，低声道："你先回家去，我等会儿给你带烤串。"

姚瑶点点头："那好吧。"

把小萝莉支走后，燕青朝叶里希道："有兴趣陪我走走吗？"

叶里希拉着汪汪大叫的Lucky跟了上去，几步快走，与他并肩而行。见他一直不作声，她便按捺不住好奇心，再次追问："你到底是谁？"

"我母亲是第一代女娲后裔，而我父亲则是基因改造研究所的创始人。"燕青把手从裤兜里拿出来，手上裹着一层纱布，他拆开后，伸到叶里希的面前，"这个伤口是昨天被歹徒砍伤的，长约五厘米，深可见骨，但现在……"

叶里希仔细看过后，佯装镇定道："现在已经结疤了。"

他手背上的疤痕狰狞可怖，可以判断出此前伤势不轻。但她确定，一个礼拜前，他的两只手都没有受伤。

"我并没有继承我母亲的能力，但受伤后愈合的速度比普通人快。"燕青把手重新插进裤兜里，"我想，你大概也拥有自愈的能力。"

叶里希神色镇定，心里却早已掀起惊涛骇浪。

如果燕青的话是真的，那么在她之前，研究所确实存在过另一个女娲后裔，所以傅远川的手里才有那么多的女娲石。还有，燕青的父亲是研究所的创始人，那他和傅远川是什么关系？医院那次是巧遇，还是根本就是冲她来的？

"你是来抓我的吗？"她握紧牵引绳，眼底的戒备更深。

他摇摇头："你怎么会这样想？"

"你说过你父亲是……"

"我父亲已经去世了。"燕青解释道，"他太思念我的母亲，十年前就去了。"

"所以你继承了他的研究所！"叶里希与他拉开距离，Lucky似乎感受到她的紧张和不安，冲燕青恶狠狠地龇牙，将她挡在身后。

"不，并没有。"燕青用一种温和得近乎温柔的目光望着她，再次解释道，"我和父亲的理念不同，也不赞同基因改造的研究。是我父亲的学生继承了他的事业，或许你已经见过他，他叫……傅远川。"

她立刻道："我怎么知道你是不是在骗我。"

"那样我就不会把我父亲的身份告诉你。"燕青盯着她，"在你见到我之前，我就知道你的存在。你不用这样防备我，我们是一样的，我又怎么会伤害你？"

叶里希一怔，好像是这样没错，如果燕青只说他母亲的身份来历，她现在已经将他当作自己的同类。或许她太草木皆兵了，人家纯粹只是来认个亲。这么一想，再看燕青，她就有些不好意思，隐隐生出几分面对同类的亲近。

"正式认识一下，我是燕青，你的……同类。"他微笑着伸出手。

叶里希也不由得露出一个笑容："你好，我是叶里希。叶是树叶的叶，里希就是女娲的名字。你大概是知道的。"

抛开戒备后，他们的交谈十分愉悦。

燕青风度绝佳，且博古通今，跟他聊天是一件很舒服的事情。叶里希对自身的事情有许多困惑，而燕青身为第一代女娲后裔的儿子，恰恰可以给出答案。至少她知道那个恐怖的研究所已存在四十多年，傅远川也比她想象中的难对付。

翌日是个雨天，乌云笼罩，雷声滚滚，倾盆暴雨将天与地连成一片苍茫浩渺的颜色。叶里希走到落地窗前，看了许久，也不见暴雨有停下的迹象，便转身去了杂物间，翻出两把雨伞，搁到玄关处。

她拿好要带去公司的东西，然后朝餐厅里的霍予深说道："我去公司了。午饭我已经装好，就放在餐桌上。"

霍予深走出来，淡淡道："坐我的车去公司，雨太大了。"

"这样……会不会不好？"

"所以你是想在暴雨中步行十分钟到公交站，淋成落汤鸡？"他拿起客厅衣架上的西装穿上，整了整衣领，淡淡瞥了她一眼，"或者这是你们一族的特殊爱好？"

"当然不是！谁会有这种奇怪的爱好。"叶里希斟酌了下用词，说，"最近公司里有些传言，是……关于我们的。我要是坐你的车去上班，万一被人看到就解释不清了。我是没什么关系啦，可是这对你的影响不好。"

"想得倒挺多的。"霍予深笑了一下。

叶里希心道，她是因为喜欢他，才会想那么多。绯闻有时候是促进感情萌芽的因素，可也有可能是扼杀好感的大凶器。而且从理论上而言，追求霍予深这样高冷的男人，比较适合温水煮青蛙的招数，不动声色地靠近、追求。

以上，是学霸叶里希冥思苦想多日的结论！

"流言不会对我造成任何影响，而且，我想我的员工更关心的是他们的工资。"霍予深看着她，说，"等我一会儿，我去开车过来。"

随即，他撑着把伞走进雨中，挺拔高大的背影里透着一股不容拒绝的意味。

叶里希抱着他的公文包和便当，傻乎乎地笑了起来。

南市的交通一向拥堵，何况暴雨天。急促的喇叭声和噼噼啪啪的雨声相互交错，叫人不免生出几分烦躁，唯独叶里希的心情分外明媚。她看着玻璃窗，倒影中的她唇角上扬，眉梢眼角都是藏不住的笑意。

只是一起上班而已，这么荡漾做什么呢？

矜持啊矜持！

周泽说，霍予深喜欢的是那种矜贵清冷型的神女，她的相貌已经不符合，只能朝气质这方面来努力了！不过她好歹被叫作女娲后裔，勉强也算神女吧，努力一下，或许就能变成霍予深喜欢的类型。

狭小的空间里，气氛略显沉默。

叶里希随便找了一个话题道："你还记得燕青吗？就是瑶瑶的监护人，上次他们还一起去医院跟你道谢。"

霍予深淡淡"嗯"了一声。

"我昨晚带Lucky出去散步，在小区里遇到了他们，是不是很巧。"她答应了燕青帮他保守秘密，所以不能将认亲的事情告诉霍予深，只能挑其他的事情说，"燕青说瑶瑶有些偏科，想请我帮她补数学。"

"你答应了？"

"是啊，反正离得很近。"

霍予深的一只手搭在方向盘上，看着前面拥堵的路况，面无表情道："你们之前只见过一次面，关系就这么好了？"

叶里希有些语塞："因为……因为瑶瑶很可爱啊！"

"帮小学生补课这么烂的借口，也就你这种蠢妖怪才相信。"霍予深冷冷道，"你能平安活到现在，真该感谢你的运气。"

"你这样说，是不是有点伤人？"

"你是人吗？"

叶里希："……"

"或许你可能并不蠢，只是没对我说实话。"霍予深的语气无波无澜，听起来似乎不带任何情绪，"不过这是你的隐私。"

叶里希："……"

要不要猜得这么精准啊！可是她又不能直接告诉霍予深，燕青的妈妈跟她一样是女娲后裔，所以燕青也算是她的同类。

十楼，信息科。

叶里希刚到办公室，还没来得及放下湿漉漉的雨伞，就被猴子他们围起来盘问为什么她会坐总裁大人的车子来上班。难道真如传言所言，他们已经同居了！她当下一惊，这八卦也传得太快了吧，他们抵达公司不过十分钟。

"你们怎么就入错了行？"叶里希惋惜道，"这么喜欢八卦，怎么不当狗仔！"

"不要转移话题！"大白冷笑道，"我们可都是你的娘家人，结果呢！我们还是从别人那里得到风声，你这样对得起我们吗？"

猴子立刻附议："就是就是！"

"其实我们只有一个问题。"老黑慢慢悠悠地说。

"什么问题？"叶里希迟疑着看着他们。

猴子"嘿嘿"笑了两声，郑重其事地问："你和总裁大人什么时候摆喜酒？周副总说，你已经见过太后娘娘，而且她老人家对你很满意。"

"我师兄的话你们也敢信！"她神色一敛，认真道，"其他人就算了，但你们别跟着瞎凑热闹，我和霍总的关系单纯得就跟白纸似的……"

我还想在这里继续干下去，要是他听到这些流言，把我开除了怎么办？"

几人纷纷表示不信，就说了一件陈年旧事。以前公司里也有一个人和Boss大人传过绯闻，但不到一天的工夫，流言就被遏制了，连绯闻女主角都主动离职。他们的Boss大人是随随便便就跟别人传绯闻的吗？后果可是很严重的！

某次会议上，总裁大人还特意说了一句："希望大家把心思放在工作上，不要过分关注一些无关紧要的流言。"

叶里希听完，呆呆地出了一会儿神。

此时刚好陈总监出来，老黑几个人便赶紧各回各位，佯装忙碌。陈总监负手在背，踱着步子走到叶里希的面前，意有所指道："希望师妹能记得我的提醒。"

叶里希脸色一僵："这声师妹，我可不敢当。"想了想，她终是意难平，带着几分赌气的意味道，"再说，男未婚女未嫁，我就是喜欢他又怎么了？"

陈总监却只是笑了一下："现在的小姑娘啊。"

仿佛是嘲讽般感慨了这么一句，然后他就回自己的办公室去了。

叶里希胸口堵着一口气，有些难受。她想起老黑他们的话，就赶忙打开了公司的内部论坛。置顶的帖子名为"这是同居还是同居了？"，她点开一看，果不其然，主角正是她和霍予深，并附有高清照片为证。

她看完回帖，用鼠标滚回首楼，移至照片，按右键保存，然后黑掉了这个八卦帖。

正在刷八卦的大白疑惑道："谁把帖子给黑了，我还没看完啦。"

"除了高手，还能有谁。"猴子幽怨地回道。

"高手你干吗黑掉那个帖子，这不是掩耳盗铃吗？"

叶里希黑完帖子，心里舒服了一点，她头也不抬道："这种虚假消息留着做什么，以及，掩耳盗铃不是这么用的！"

大白琢磨一番，不耻下问道："那掩耳盗情？或者暗度陈仓？"

叶里希低头敲击键盘，没说话。过了一会儿，办公室里响起大白痛心疾首的道歉："大神对不起！放过我电脑里的小泽玛利亚、苍老师、川滨奈美吧！她们是无辜的！我保证再也不乱用成语了，求您把我的后宫放回来！"

叶里希"嘿嘿"笑了两声，将他的视频一一复原，说："大白，你好歹把防火墙升级一下，两分四十秒就能推倒它。"

围观的猴子发出感慨："无耻！"

"无耻！说不过我们大白，就仗着技术欺负他！"老黑说道。

"如果靠实力说话也是一件无耻的事情，那么我承认，我是很无耻。"叶里希往椅子后面一靠，抱臂而坐，一脸坦然无辜。

众技术宅们："……"

同住一个屋檐下，那么彼此之间一些不为人知的秘密或者喜好便藏不住了。比如叶里希就没想到，高冷的Boss大人居然喜欢看冷笑话。她时常能在周末或者不加班的晚上看到Boss大人懒洋洋地躺在软塌上面，捧着一本书，以看学术报告的神色看冷笑话，而且他还很懒，躺到那里了，就一动不动。

通常Lucky静静地蹲在他的脚边，听他的口令，帮他叼东西。

不过霍予深对她不用吃饭这件事情，却没有表现出任何诧异。她本来准备了一堆说辞来解释，但他一直没问，她在松了一口气的同时，隐隐生出几分失落。只有在意一个人，才会关注他的一举一动，反之则漠视。

所以，霍予深并不在意她？

叶里希胡思乱想了几日，也没理出一个头绪，便约了戚敏敏出来逛街。

刚发了工资，又赶上换季，她正需要买几身衣服。

两人在商场的东门碰面，许久未见，戚敏敏并没有太大的改变，性格还是风风火火，一见着她，就八卦兮兮地问："你和你的债主有进展了吗？什么秘密被他发现了？如果是尴尬的事情，他不问才比较正常。"

不用吃饭，是尴尬的事情吗？

她纠结许久，才回道："我死皮赖脸住进他家里，算是进展吗？"

戚敏敏正在喝奶茶，听到这个爆炸性消息，猛地一口呛住，咳了半天才把喉咙里的珍珠吐出来。她用纸巾一包，随手扔进旁边的垃圾桶。

"你们同居了！"戚敏敏一脸震惊道，"你撩汉技能肯定满级了！"

"你脑补得太多了，只是借住而已。"叶里希想了想，补充了一句，"之前我帮到他一次，他问我想要什么报答，我就借机住进去了。"

"你怎么不让他以身相许？这样你就功德圆满了。"她贱兮兮地笑道。

叶里希："……"

"对了，我前几天遇到了路南那个人渣。"戚敏敏忽然想起来，"他说你们分手是因为你傍大款去了，这货嘴太欠，我一时没忍住，就把他揍了一顿。听他的意思，你们现在是在一个公司上班，你注意着点，别遭了他的算计。"

叶里希顿时了然，难怪前两天在公司看到路南，他的脸又青又肿，而且还用那种愤恨的目光盯着她，原来是被敏敏揍了。以敏敏的武力值，十个路南绑在一起也不是她的对手。真是大快人心。

"系花甩了路人渣，所以路人渣回来找我复合，但我拒绝了他。"她用一句话总结了事情的来龙去脉。

戚敏敏将拳头捏得啪啪响："上次揍轻了！"

"算了，反正现在桥归桥路归路，犯不着为他这种人生气。"

听到叶里希无所谓的语气，戚敏敏着实松了一口气，她就怕好友放不下路南："你现在都和男神同居了，近水楼台啊。"

"这有什么用，喜欢他的女人那么多，我一点优势也没有。"

预言里，他们会彼此相爱，可是她完全看不到霍予深动心的迹象。或许，那些预言根本不会变成现实。

"啧啧，这语气幽怨的啊。"她贱兮兮地感慨道，"也是，名不正言不顺，吃醋都没立场，难怪你一脸郁闷样。"

叶里希："……"

两人边逛边聊，不知不觉到了中午，戚敏敏便提议去吃烤羊排。叶里希提着购物袋的手一紧，佯装自然道："今天不能一起吃饭了，我还有别的事。"

"哦，是回去给男神做饭吧。"戚敏敏笑着揶揄道。

叶里希点头默认。

回去的路上，叶里希心里有些难受。她坐在公交车的最后一排，看着前面一个边玩手机边啃面包的女孩，怔怔出神。有时候她会忘记自己已经不是人，上班下班，逛街工作，过着正常人应该过的生活。

但每天一到饭点，办公室里的其他人结伴而去，她只能偷偷躲到天台，生怕有人发现她的异常，知道她是彻头彻尾的怪物。

无法进食，不会受伤，只能以石头为生的怪物。

公交车慢吞吞地行驶着，走走停停，报站的声音时不时响起。正值初秋，这个城市的街景也或多或少有了几分变化，透出瑟瑟秋意。叶里希看着窗外掠过的各色行人，眼底闪过羡慕的情绪。

她忽然想起了以前的一些小事。

当年敏敏要填高考志愿，家中意见各一，敏敏被烦得不行，就跑去学校找她玩，抱怨地说起这些家长里短。那时她就是这样的心情，羡慕她父母双全，羡慕她手足和睦，羡慕她会有这样的烦恼……

因为这些烦恼，有的人，一辈子都不会遇到。

想着想着，她就迷迷糊糊地睡了过去。

梦里是盛夏时节，阳光沙滩，海风拂拭，空气里溢满了浪漫的异国气息。霍予深走在前面，她踩着他的脚印走在后面，神色郁闷。

过了很久，她才开口道："刚才跟你搭讪的金发美女漂亮吧。"

"没注意。"

她冷冷"哼"了一声，简直醋意横飞："怎么可能没注意，你们明明聊了很久。虽然我听不懂法语，可是她对你笑得那么暧昧，你还收下了她的小纸条！霍先生真是魅力不凡，走到哪里都能来一场艳遇。"

"冤枉啊夫人。"霍予深的声音里满满都是笑意，"她只是跟我介绍他们的蜜月情趣套餐，我也只是在想哪一种才能满足我家夫人。"

她的脸顿时就红了，一番脑补后，她的耳朵和脖子也染上了烟霞之色。

"你你你！"她支支吾吾了半天，说不出话来。

海面上，一轮夕阳渐渐下沉，仿佛没进水中。金色的余晖洒满海滩，脚下的细沙也被镀上一层浅金色。他站在原地，神色是她从未见过的温柔："至于艳遇，我这一生只经历过一场，便是初次与你相遇。"

公交车依旧在缓慢行驶中。

睡迷糊的叶里希脑袋一歪，磕到了玻璃窗上。疼痛之下，她便从预言中醒了过来。她摸摸脑袋，有些懊恼，恨不得再次入梦。

"明湖小区站到了，请下车的乘客从后门下车，开门请当心，下车请走好，下一站是终点站王府路……"

呆板的报站音响了起来，叶里希慌忙回过神，随着其他乘客匆匆下了车。

她的心脏还在怦怦乱跳，脸上的热度慢慢消退，又立刻烧起来。这或许是命运大神给她的鼓励，所以她才会梦到这个预言。

她不能气馁，总有一天，她可以亲耳听到那句表白。

被预言鼓励到的叶里希，热情满满地冲向超市，采购午饭和晚饭所需的食材。经过生鲜区的时候，脚步不由得顿住了。

稍稍思索后，她要了五斤牛肉，十斤猪肉。

从超市出来的时候，叶里希的两只手都提满了东西。而从超市到别墅区，至少还要步行十分钟，她看着前方长长的石板路，顿时有些后悔。刚才大脑充血，有点神志不清，所以才买了这么多东西。

沿着路边的香樟树走了一会儿，一辆似曾相识的悍马停到她身边。

"上车。"

她侧过头，看到车内的霍予深，脑中猛地闪过那段遭遇表白调戏的预言场景，脸顿时又烧了起来，根本无法直视那张英俊的脸。

就像做了一场春梦，醒来后看到被自己意淫的男主角，满满的羞耻感！

"我、我自己回去！"她低着脑袋，嗫嚅道。

霍予深见她一副羞愤欲死的模样，有些莫名其妙，难道"上车"二字还有其他含义，比如带有调戏之类的潜台词？她低着脑袋站在太阳下，鼻尖冒着细细的汗，耳根子都是红的，偶尔偷偷看向他的眼神又可怜又无辜。

简直就像在说，她被他欺负了。

或者是，调戏了。

"东西这么多，步行不方便。"霍予深伸手打开车门，以不容拒绝的语气说道，"我送你回去。"

叶里希"哦"了一声，紧张地捏紧了手中的购物袋，不得不硬着头皮坐上车。刚刚才梦到那样的预言，这个时候和他同处一个空间，还是这样狭小的车内，对她而言可谓是一个艰巨的考验，心脏不会承受不了而罢工吧。

尾巴好想露出来啊。

不行，要忍住。

霍予深从后视镜中看到她如临大敌的模样，依旧是满头雾水。但为了避免某个小怪物因紧张而晕过去，他随便找了个话题来缓解气氛："怎么买这么多东西？下次去超市，可以叫我开车送你。"

"我、我看到牛肉和猪肉都很新鲜，就多买了几斤，想做成牛肉干和猪肉脯。"她有些拘谨地坐着，双手放在膝盖上，解释完，又小声地补充了一句，"我很会做这种东西的，以后我也会努力研究出你能吃的肉干。"

话完，她的脸更红了。

"你做这么多的肉干做什么？"霍予深随口一问。

"卖啊！"

"你很缺钱？"

"我要赚钱还你，还要买女娲石。"叶里希顿了一下，有些尴尬地说，"你大概也是知道的，我不用吃饭，准确来说，是不能吃。我的食物就是女娲石，一旦长时间没有补充，可能就会饿死吧。"

"所以你对我是感同身受。"霍予深笑了一下。

"这样说也没错。"

不出两分钟，他们就到了家门口。这一路闲聊，叶里希渐渐恢复正常，终于不再紧张兮兮的。她下车的时候，一眼就看到住在隔壁的姚瑶，她趴在栅栏上，冲他们摆摆手，露出了一个又软又萌的笑容，简直甜得人的心都化了。

随即，燕青也出现在院子里。

"你们好。"

霍予深手里提着东西，冲他微微颔首。

"燕大侠你的围裙真可爱！"叶里希笑眯眯地揶揄道。

燕青系着粉红色的猫咪围裙，一脸坦然，听到叶里希这样说，甚至露出了有些得意的笑容："是吗？我家瑶瑶挑的。"炫耀完，他朝红衣小萝莉道，"瑶瑶开饭了，今天有你最喜欢的糖醋小排。"

姚瑶高兴地跳了两下，然后蹦蹦跳跳地进去了。

这一幕让叶里希生出几分温馨的感觉，她看着居家好男人模样的燕青道："没想到你还会做饭，真令人意外。"

"你们这是刚从超市回来？要不要来尝下我的手艺。"燕青望着他们问。

"不用了。"她赶紧拒绝，"你们慢慢吃，再见。"

看着叶里希近乎落荒而逃的背影，燕青摸摸鼻子，笑了笑，下次不捉弄她了。他在院子里站了一会儿，直到隔壁的大门关上，才转身走回去。

四季春俱乐部。

众人看着霍予深身后的小尾巴，纷纷露出了饱含深意的笑，你一言我一句地揶揄。周泽放下球杆，横了他们一眼："我家小师妹的脸皮最薄了，你们要是把人吓跑，看阿深不找你们算账。"

叶里希一脸窘迫，早知道就不来了。

她以为师兄只约了霍予深，所以才跟来的。刚才霍予深把她送回去之后，不知道为什么忽然问她要不要一起出去玩。她心想可以和心上人一起过周末，就算被师兄嘲笑一回也没什么大不了，顶多当耳旁风。

谁知道会有这么多人，不过这才符合师兄张扬的性格吧。

只恨自己色迷心窍，以至于现在进退维谷。

"从左开始，陈俞风、莫朗生、林昆、叶崇行，前面几个人你可以无视，崇行算是你的前辈，你应该听过他的名头。"霍予深帮她介绍完，对其他人道，"叶里希，阿泽的师妹，你们别乱说话。"

"我们是可以随便无视的人吗？"林昆抗议，其他人附议。

叶里希赶紧一一打招呼，但目光转到陈俞风的时候，略显僵硬说："陈总监好。"

"陈胖子最近好像在恋一科技上班，这么说，你们认识？"

"不厚道，八卦共享知不知道。"

"鄙视他！"

陈俞风一脸和气，也不反驳，等他们消停了，他才说："刚出门的时候，我家小妹吵着闹着要跟来，不过我想我们一群糙老爷们的聚会，她一个小姑娘瞎凑什么热闹，就没答应。早知道霍大少会带女伴，我也把我家小妹捎上了。"

叶里希越琢磨越觉得这话不对味。

是讽刺她死皮赖脸也要跟着霍予深来这里找虐？用她一百五的智商来打赌，陈胖子绝对是在找碴儿，毫无疑问！

"打一场。"霍予深走到球桌前，朝陈俞风道，"输了就给我闭嘴。"

正欲发火的周泽听到这句话，又坐了回去。他朝叶里希招招手，示意她过来坐。叶里希下意识地去看霍予深，见他点头才走过去。

陈俞风脱下外套，扭扭肩关节："行啊，那就来一场。不过比赛怎么能没彩头，要是我赢了，你霍大少就亲自去我家，把我妹子接过来。"

霍予深淡淡"嗯"了一声，走到球桌前，开始擦杆。

叶里希目不转睛地盯着霍予深，觉得他的每个动作都充满了难以言喻的魅力。她不会打斯诺克，可见过别人打，但没有一场看得如此热血沸腾，整个过程充斥着美感和绝对力量的碾压，叫人生出几分崇拜。

不过他是在帮她出气吗？叶里希不敢细思，唯恐是自己想太多。

"师妹，要矜持啊。"周泽小声地揶揄道。

"什么？"

他伸出两指比画了一下，笑言："你的双眼在冒光，绿色的。"

叶里希认为自己很矜持了，便无视了他的嘲笑，她边盯着霍予深打球，边小声问："陈胖子好像很讨厌我，为什么，我得罪过他吗？"

"陈胖子的妹妹喜欢阿深。"周泽一句话道出重点。

"他妹妹是陈俞晴？"

"师妹冰雪！"

"师兄过奖了。"只是稍微对比了下霍予深仰慕者的名字。托了八卦三人组的福，她对这位大小姐的背景知之甚详，比如她是樊太后朋友的女儿，据说刚从国外留学回来，倒不知道她和陈胖子还是兄妹。

周泽拍拍她的肩膀，鼓励道："不过你放心，阿深对陈胖子的妹妹没兴趣，其实他对别的女人也没兴趣。你是唯一的例外，师兄很好看你哦。"

叶里希心道，他对我也没有兴趣。

周泽见她一脸苦相，稍稍思索，塞了一杯饮料给她："先喝点东西。"

叶里希心不在焉地一口喝完，才记得自己的特殊体质，暗叫一声糟糕。她咂咂嘴，满满都是醇厚的酒香："还挺好喝的。"

"那当然，师兄的品位不容置疑。"他叫来服务生，又点了几杯。

叶里希推拒不掉，且被勾起了馋意，意志力顿时崩塌，一杯又一杯下肚。然而她等了又等，除了有点飘飘然之外，并没有出现任何不良反应，既没有腹痛不止，也没有中毒的迹象，便一喝不可收拾。

周泽从一开始的劝酒，到后面是拦都拦不住。

于是等霍予深赢了球，帮叶里希出完气，回来却看到一个东倒西歪的醉鬼。他谴责地看了一眼周泽，伸手将叶里希扶起。

叶里希摇摇晃晃地抓着他的手站稳，目光迷离，软绵绵地说了一句什么话。

包厢里太吵，霍予深没有听清。

"什么？"他问道。

怀里的小怪物仰着一张无辜的脸，冲他微微一笑，大声道："我说，我想亲你。"

宣告完，她扒着他的胳膊，踮起脚，一口亲在他的下巴上。

第六章
同居日常

翌日，叶里希是被刺眼的光线照醒的，她微眯着眼睛看去，窗外艳阳高照，看日头大概快正午了。她拥着被子从床上坐起来，脑袋一片混沌，额角隐隐作痛，这种醉酒的后遗症真是陌生又熟悉。

其实有些意外，她居然能喝醉，而且还喝断片了！

也不知道她昨天有没有发酒疯，或者说了什么不该说的，做了什么不该做的。据说她酒品还不错，喝醉了就倒头大睡……所以，应该没出什么幺蛾子吧。叶里希捧着昏沉沉的脑袋，思索良久，也没回忆起一星半点的事情。

"什么味道……"

窗门紧闭的卧室里，酒气和某种臭味混在一起，不断刺激着叶里希的鼻子。她抬起胳膊闻了闻，眉头不由得皱起。

还真是臭，她居然就这样睡了一晚。

叶里希一脸嫌弃地奔去浴室。洗完澡，换上干净的衣服后，她走出来关了空调，打开窗户通风，并将被套床单换下来清洗。整理完房间，她扫了眼手机，已经十点多了，差不多该出门买菜做饭了。

一下楼，她就看到坐在客厅沙发里看书的霍予深。

"你……你的脸怎么了？"她惊诧地看着"毁容"的Boss大人——

下巴上遍布着红色的小疙瘩，看着有些像过敏了，可是过敏的话，怎么就只有那一块地方起疹子？难道是碰到了花粉之类的东西？

霍予深放下书，冷冷道："过敏。"

"怎么好端端的就过敏了？"叶里希担心地问，"看过医生了吗？要不要紧？"

"叶小姐还记得昨天发生了什么吗？"

叶里希一惊，小声地试探道："你过敏……是我害的？"

霍予深没有说话，默认了。

"我不记得了……"叶里希一脸内疚，懊恼道，"昨天我都干了什么蠢事啊？"

霍予深皱着眉看她，浑身上下都在冒冷气，眼前的小怪物看起来无辜极了，但昨天又是哪儿来的胆子调戏他？还有她用的是什么劣质唇膏，碰一下就过敏。也幸好是回家之后才起的红疹，不然又是一桩可供人娱乐的笑话。

想到今早周泽打的电话，霍予深的脸更黑了。

"Boss大人您大人有大量，宰相肚里能撑船，就请原谅我一回吧。"叶里希双手合十道歉道，"我真的不是故意的。"

不过她到底干了什么，居然害他过敏了？

喝酒误事，果不其然啊。

"不是既傲慢又冷漠，说话刻薄，对你一点也不好吗？"霍予深看着她呆呆的傻样，不疾不徐道，"都说酒后吐真言，看来此言不虚。"

叶里希听得目瞪口呆，她她她她她真的这样说了？

她偶尔是会在心里抱怨一下，但其实不是这样想的！虽然他看起来不太好相处，可是他帮了她那么多，还收留了她，其实是很好的人。

她喜欢的人，自然哪里都好。

有胆子亲却没胆子表白的叶里希立刻表忠诚："喝醉酒说的话不算数，你对我那么好，给我工作，给我地方住……我要是还有什么不满，那就太不是东西了！Boss大人，我绝对绝对绝对不敢非议您啊！"

"我对你很好？"

"当然！"

霍予深摇摇头，表示不信："可是你昨天哭着说，要我对你好一点。"

"我、我、我……"叶里希这下子说不出话了。

她昨天到底都说了些什么啊！苍天啊大地，她现在的分数该不会又减了一截吧，但多了一个"忘恩负义"的大标签。

"可不可以让我们把昨天的不愉悦翻过去？"叶里希欲哭无泪，思索良久，才勉强想出一个补救的办法，"我去超市买菜！最近我想了几道你能吃的菜，中午做出来给你尝尝，不好我再改进！"

霍予深站起来，神色莫测道："我开车送你。"

叶里希的拒绝卡在喉咙里，良久也没勇气说出来。一路上，她诚恐诚惶地跟在霍予深的身后，不管说什么，都是再三思量，反复斟酌。

超市里人来人往，霍予深顶着一张毁容脸，气定神闲地走在中间，偶尔看到感兴趣的东西，就往推车里放。叶里希推着车子，恭恭敬敬地在一旁陪驾，希望Boss大人能大度地忘记她昨天干的蠢事！

经过饮料区的时候，她忍不住拿了几罐啤酒。

正要放进推车，却被霍予深半路拦截，从她手里抽走："你不能喝酒。"

"为什么我不能喝酒！"

霍予深的神色有些微妙，他静默一瞬，回道："因为这是新增的同住守则，我不希望经常在家看到一个醉鬼。嗯，在外面也不许偷喝。"

听起来是很有道理，可是……

"可这是我唯一能入口的东西啊！"叶里希可怜兮兮地哀求道，"我保证以后不会再喝醉，你看啤酒的度数这么低，偶尔喝一点也没关系吧。"

霍予深低头对上那双乌黑的眼眸，仿佛汪着碧水，清澈见底，一眼就能看到里头的哀求和委屈。

他鬼使神差地问了一句："你的男神是谁？"

"当然是……"她险险地咽回最后一个"你"字，改为敏敏喜欢的一个男明星，"不过这是脑筋急转弯吗？回答对了就能得到啤酒当奖励？"

霍予深冷淡地"嗯"了一声，将两罐啤酒扔进购物车里，然后双手插在裤兜里，大步往前走。叶里希看着他透出寒意的背影，一头雾水，Boss大人好像不高兴，可是她说了什么让他不高兴的话吗？

难道是因为啤酒？

如果能让霍予深高兴，她也是可以不喝酒的。这样想着，她把啤酒放回货架，然后朝前面的霍予深喊了一声"等等我"，迅速地跟上去。

下午的时候，霍予深在书房批阅文件。叶里希闲来无事，就开始研究Boss大人可食用的点心，摊了几张香葱面饼，还用玉米油炸了一些南瓜饼。这些点心的佐料只有糖、盐巴、胡椒粉、香葱以及绿豆。

其中胡椒粉是近期开发出来的非致敏佐料。

做完这些，霍予深还是没有从书房出来，她等得无聊，就装了些南瓜饼送去隔壁。之前答应帮姚瑶补课，但是一直没有兑现，刚好下午没事，可以过去辅导她写作业。而且听燕青的语气，他平时好像很忙，根本没时间陪姚瑶。

果然到了隔壁，家里只有姚瑶一个人。

"你家燕大侠呢？"叶里希换了猫咪拖鞋走进来。

姚瑶边往嘴巴塞南瓜饼，边含糊地回道："他出去工作了……呼呼，好烫好烫，你做的南瓜饼没有燕大侠做得好吃，都不甜，我喜欢甜一点。"

"那下次我多放点糖。"她笑着回道。

"算了啦。"她大度地摆摆手，一副小大人的模样，"又不是专门做给我吃的，我也不好挑剔，反正只要霍哥哥喜欢就好了。"

再次被戳穿窗户纸的的叶里希："……"

"不过你不考虑考虑我家燕大侠吗？他又温柔又优雅，还会做饭，赚钱也很厉害，很多女孩子喜欢他的哦。但是燕大侠都不喜欢那些女生，每次都让我装他的女儿来吓唬她们，哈哈哈哈哈哈真好玩。"

叶里希忽略前半段，抓住重点："燕大侠不是你爸爸吗？"

"当然不是，我是燕大侠捡回家的小可怜。要是等我长大，他还打光棍，我就以身相许来报恩好了。"姚瑶用勉强的语气说道。

叶里希半蹲下身，捏捏她的脸："小姑娘，你想得可真多。"

"因为瑶瑶不是草履虫。"

跟不上小萝莉思维的叶里希只好换了话题："你的数学作业做完了吗？有没有不会的题目，拿出来让我检查一下。"

姚瑶用一种微妙的语气"哦"了一下，然后迅速道："燕大侠已经帮我检查过了，不用再检查一遍。小叶子你喜欢《海贼王》吗？我们一起看动画片！"

"好吧。"

于是两人坐在沙发里看了一下午的《海贼王》。日落黄昏之时，叶里希忽然想起一件事情。火灾那天，她在锦庭门口见到一个男人要往火里冲，他口中不断喊着"瑶瑶"，神色绝望而悲切。那天她满脑都是霍予深，所以并未将此事放在心上。但之后，这个场景却反反复复出现在她的预言里。

她琢磨许久，却参透不出这个预言的含义。

叶里希将这个男人的相貌跟姚瑶形容了一遍，问道："你认识他吗？那天我在火灾现场见到他一直在喊你，还不要命地往火里冲。"

"我……"姚瑶低着脑袋，轻轻道，"不认识，可能是别人和我重名了。"

叶里希见她神色古怪，看起来似乎都要哭了，可却说不认识。没等她细问，姚瑶扔下一句"要睡觉"，就嗒嗒嗒地跑上楼。

此时玄关传来动静，门一开，就见燕青缓步而入。

这人生得真好。叶里希的脑中忽然闪过这个念头。他的五官并非多精致，但组在一起就是有种说不出的韵味。尤其是他的一双眼睛，清清濯濯，如春山碧水，其韵色减一分显得寡淡，增一分，对一个男人而言则太艳。

"刚好要找你，没想到你就在我家。"燕青微微一笑，这一笑顿如空山雨初霁，叫人打心里觉得舒坦自在。

叶里希从惊艳中醒过神，立马将姚瑶的异常说给他听。

"没关系，她大概是想起了被困在火里的遭遇，害怕了。"燕青走进厨房，泡了一壶茶出来，示意她坐下再说。

"你不用担心，过一会儿她就没事了。"

叶里希没有和小孩子打交道的经验，他这么说了，她也就这么信了。两人围桌煮茶，天南海北地闲聊，谈及第一代女娲后裔，燕青颇为伤感，看着她的眼神带上几分怀念，并主动说起了他父亲的一些事情。

这是他第一次提到自己的父亲，语气明显疏离冷淡。

"不要爱上任何人，那将是你最大的灾难。"他再次警告道。

叶里希见气氛有些沉重，就转移了话题："女娲后裔只能靠女娲石为生，完全不能吃别的东西吗？"

"据我所知，是这样的没错。"

她有些困惑道："可是我昨天喝了酒……"

"什么！"燕青的神色骤然一变，手边的茶杯应声碎掉，他厉声道，"你怎么能喝酒？你知不知道自己是不一样的！"

叶里希吓了一跳，觉得燕青的反应有点过了。

"你别紧张啊，我是喝了酒，可是除了喝醉外，什么不良反应都没有出现，没中毒，也没腹泻。你说，我是不是有可能变回正常人？"

女娲石动辄百万天价，而且是长期消耗品，她只要想到余生都将靠这个烧钱的玩意来活命，整个脑袋都疼了！哪怕不能变回人，只要能摆脱女娲石，那也是好的。所以她想，既然她能喝酒，是不是就能找到女娲石的替代品？

"这是不可能的事情。"燕青深呼吸两下，神情严肃道，"基因进化或改造都是不可逆的过程。我明白你的心情，但我的建议是，不要再尝试任何食物。你已经离开了研究所，出现任何状况都无法施救，懂吗？"

她失望地"哦"了一声："我以后不会了。"

气氛忽然就沉默了下来，叶里希望着院中盛开的桂树，脑袋里忽然闪过什么东西，可她还未来得及捕捉就消失了。

不过燕青还真是喜欢桂树，居然种了整整一院子。

"等我一下，我去拿个东西给你。"

燕青站起来，走进书房，过了一会儿，他拿着一封类似请柬的东西走出来。叶里希接过来一看，竟是某个拍卖会的邀请函。

"你怎么知道我需要它！"叶里希惊喜道。

她最近一直在为食物的问题烦恼，可镶嵌了女娲石的珠宝大多昂贵，除了偶尔能在拍卖会寻到踪迹，平常难得一见。她在网上找了很久，才知道近期有个拍卖会将有未切割的女娲石出售，可是那种等级的拍卖会需要邀请函。

她正打算下周一上班的时候，去找师兄帮忙，没想到燕青跟她想到一处去了。

"急人之所急，燕大侠你真是个好人！"

"听你提过一次，刚好主办方又给我寄了邀请函，我也用不上，不如借花献佛。"燕青一边沏茶一边说道。

他语气随意，叶里希却不傻，怎么可能有这么恰巧的事情。

"总之，谢谢啦。"

最近几日，叶里希很是忧愁，一桩是因了醉酒事故，导致Boss大人过敏；二是发愁女娲石的价格，虽然有了拍卖会的请柬，但没钱有什么用？敏敏给她转了两次账，加起来也破了六位数，可还是不够买石头！

其实比起后者，她更在意霍予深什么时候才能消气。

这几天她都是自己坐地铁去公司，和霍予深一起上班的福利被取消了，简直伤心。所以她喝醉那次，到底都胡说八道了什么？又做了什么天理难容的事情？叶里希感觉自己攻略Boss的进度条又下滑了。

要怎么赎罪呢？这可真是一个大难题。

叶里希魂不守舍的模样落在其他人眼中，却成了她和霍予深闹分手的铁证。一时间论坛上谣言纷纷，说什么的都有，比如太后娘娘不喜欢她、第三者插足、前男友闹场等乱七八糟的猜测。

恰好这几天他们不再一起上下班，不是分手了也是吵架了！

就连周泽看到八卦帖子，都特意绕到信息科来"关心"叶里希。见到周泽，叶里希就想起了周末醉酒的事，急忙询问。

周泽含义不明地笑了两声，抱拳拱手道："师兄服了！"

"别啊师兄，你倒是和我说清楚，我到底干了什么惊天动地的事情？"叶里希有种不祥的预感，这几天霍予深总是对她冷着一张脸，也挑剔了许多——当然她很乐意为霍予深做任何事情，可她总要知道哪里得罪了他。

周泽拍拍她的肩膀道："不是师兄不说，而是有人下了封口令。"

"周泽你就是来消遣我的吧。"

"师妹冰雪！"

"您老还是快走吧，万一我不小心冲动了，干出殴打同门的事情，那多辜负老师的殷殷教诲。"叶里希咬牙道。

"不过我记得那天……"

她没骨气地哀求一声："师兄。"

"那天有人抱着阿深一边哭一边说，你对我好一点……啧啧啧，那委屈的啊，师兄十分好奇，他都怎么对你不好了？"

原来她真的说了这种话……太丢人了，简直刷新了她的黑历史！众目睽睽之下，她居然借酒"行凶"，毁了Boss大人的名誉！

"他对我挺好的，我喝醉了就爱胡说八道！"

"矜持啊师妹。"

"我已经很矜持了，再矜持，他就要被别人抢走了！"比如陈胖子的妹妹，太后娘娘安排的相亲对象。比如十楼的姬美人，她对霍予深的觊觎之心，公司上下谁人不知。再比如昨天来找霍予深的女同学，那气质那相貌，比电视里的洛神还要有神女气场。

她与那些爱慕者对比了一下，发现自己一点优势也不占。

从种族到相貌，再到性格出身，她哪一样都比不过那些人。唯一勉强算优势的地方就是住在霍予深的家里，或许可以日久生情。

所以她能不急吗！

"对了，我那天还做了什么，怎么就害得霍予深过敏了？"

"这个嘛……"周泽摇摇头，笑道，"佛曰不可说。"

殴打同门的邪念又蹦了出来，叶里希用左手按住右手，拼命忍耐。

周泽"关心"完自家的小师妹，心情愉悦地离开了信息科，又借送文件之名，去了总裁办。见Linda不在，顿时舒了一口气，这些女人为什么不能老老实实跟他谈恋爱，非要走上逼婚这条死路？

他走进办公室，立马关上了门。

"你可以不用这么紧张，Linda已经辞职了。"霍予深冷冷道。

"那你不早说。"

"托你的福，我又少了一名得力干将。"

"所以？"

霍予深合上文件，抬头说道："所以请你以后收敛点，我不想三天两头换秘书。"

"Linda是个好女人，我也不想辜负她。"周泽一脸为难，"但是我不辜负她，那就只能辜负我自己。"

霍予深懒得评价他混乱的私生活。

周泽拉开椅子，坐到他对面，敲敲桌子，意有所指地说："刚才我去信息科找我家小师妹，啧啧，就跟霜打过的茄子似的，无精打采，神色恍惚。难怪公司上下谣言四起，说什么的都有，可怜啊。"

他翻了几页卷宗："你对她……倒是特别。"

"我怎么越琢磨越觉得这话不对味啊。"周泽用试探的语气澄清道，"我是小师妹的娘家人，对你没威胁的。"

霍予深往后一靠，神色莫测，既没有立刻反驳，也没有说其他的话。但以周泽对他的了解，他要是真对小师妹没有一点想法，肯定是冷冷地叫他闭嘴，而不是这么一副高深莫测的表情。

"我家小师妹很讨人喜欢吧。"他笑着问。

霍予深的脑中闪过小怪物可怜兮兮的样子，还有她脸上的小酒窝，眸光微闪，语气却没有任何变化："还好。"

"男人闷骚是病，得治。说句实话又不会怎么样。"

"你会难受。"

"……"

周泽离开之后，霍予深打了一个电话给叶里希，让她下班后等他一起回家。最近她好像是没什么精神，难道肉干的销量不好？他思索片刻，打开淘宝，凭印象找到她的店铺，生意果然惨淡，评价也就寥寥数条。

他花了点时间注册账号，然后一口气将库存全部拍下来。

至于地址，则是填了林特助的住址。

而电脑另一端的叶里希，看到淘宝显示的信息，整个人都呆住了。这是哪儿来的土豪啊，居然承包了她所有的肉干！

她发了一条感谢的消息过去，可惜土豪买家已经下线了。

不过就算再卖掉一万份肉干，她也买不起女娲石。她反复思考了很久，一个负债八百万的穷光蛋想要买女娲石，除了抢银行外，没有其他选项。所以在蹲大牢和饿死之间，她深思熟虑一番，不得不选择了后者。

或许她可以尝试一下用啤酒果腹，至少它没有任何副作用。

眨眼到了下班时间，叶里希关掉电脑，整理好桌面，就离开了办公室。去地下停车场找霍予深的时候，她遇到了陈胖子，打完招呼，便想躲开他。可并不是每个胖子都有一副宽广的心胸，比如被抢了准妹夫的总监大人。

陈胖子用他丰富的语言系统，对她表达了鄙夷之情。

她觉得陈胖子可以去写书，名字都帮他想好了，叫作《论如何优雅地骂人》。她本着礼貌待人的态度，听他大段的冷嘲热讽，然后说了自己的感想："你对令妹真好，不知道的还以为我是抢了你男朋友。"

陈胖子："……"

此时地下车库里响起遥控钥匙开车门的声音，两人同时转头看去，就见霍予深一手插在裤兜里，一手拿着钥匙，正朝中间那辆悍马走过去。

"叶里希，上车。"霍予深冷冷道。

她应了一声"哦"，听话地跑到他身边，开门上车，不过特意坐到了副驾驶位。这样回去的路上，就可以一边看他开车一边和他说话。

他立在车旁，面无表情地看着陈胖子："这已经是第二次了。"

陈胖子听懂了他的话，然后怒火烧得更盛了。

"晴晴不好吗？她都为你那样了，你就不能去见她一面吗？"陈胖子的语气里带着浓浓的失望和愤怒。在他眼中，他的妹妹是世上最好的姑娘，他不明白为什么好友拒绝了她，这太不可思议了。

霍予深想到这是母亲引起的闹剧，也有点头疼："我很抱歉。"

"怎么说我们也是从小玩到大的朋友，你这样对我妹妹，当真是一点情分都不念！"然后他话锋一转，对准了叶里希，"你就是为了这种不知廉耻的拜金女而拒绝晴晴，霍予深，你眼睛瞎了吗？总有一天你会后悔的！"

"俞风！"霍予深的脸色蓦地一沉，语气里压抑着几分怒意，"有气就直接冲我来，别迁怒到小姑娘的身上，这有些没风度。"

"我……"陈胖子语塞。

叶里希透过车窗，看到陈胖子双手紧握成拳，似乎想冲上去和霍予深打一架。但他的一张脸黑了又白，白了又青，最后却愤然离去，大大出人意料。或许陈胖子也知道霍予深的武力值逆天，所以才不自讨苦吃。

回家的路上，叶里希沉浸在压抑不住的兴奋里，尾巴都变出来两次。

霍予深拒绝了陈胖子的妹妹。

霍予深帮她说话。

以上不管是哪件事情都让她兴奋得控制不住尾巴，她觉得必须说点什么来转移自己的情绪，不然尾巴一定又忍不住冒出来。

幸好霍予深不知道她的尾巴和情绪有关。

她想了想，问道："陈胖子的妹妹怎么了？为什么陈胖子要你去看他妹妹？"

"听说在闹绝食。"

叶里希惊了一下，随即问："她闹绝食是为了让你去看她？你和陈胖子是发小，不去看他妹妹，不会影响你们的感情吗？"

"不会。"霍予深稍稍一顿，道，"上次不知道他也在，所以才带你过去。"

叶里希："……"

这句话到底几个意思？算是委婉的解释？叶里希觉得如果阅读理解分等级，那一定要满级才能解读霍予深的话！

"没关系，你后来不是用球技狠狠地碾压了他，帮我找回了场子吗？"

他看着前方的路况，淡淡"嗯"了一声。

所以"嗯"的意思是，她没有自作多情，上次他和陈胖子打球真的是为了帮她出气。这样一想，叶里希的嘴角就忍不住上扬。她看着车窗上倒映出来的蠢模样，赶紧敛去了笑，摆出一副矜持的神情。

过了一会儿，她忍不住又问："你……真的不去看陈小姐吗？"

霍予深语气一冷："怎么？你想劝我去看她？"

"不是！"

她又不是忘吃药的傻白甜，为什么要劝自己喜欢的人去见情敌。

以前她常在电视小说里见到男主角因为某个人的自残行为而对她妥协，十分之鄙视，姑且不论真假，一次妥协就等于永无止境的退让。尤其是面对自己的爱慕者，拖泥带水，当断不断反受其乱。

而且她敢用自己的智商来打赌，陈俞晴闹绝食也就是做做样子。

饿肚子的滋味没人比她更清楚了，在真正的饥饿面前，很少有人能拒绝食物的诱惑。所以听过割腕自杀，跳楼自杀，开煤气自杀，却没听过用饿死这种极度需要勇气和意志力的方式来自杀的。

但是这么告诉霍予深，会不会显得自己不够善良？

于是叶里希沉思了片刻，说："陈胖子那么宝贝他的妹妹，她不会有事。可你要是去看她，这事就没完了，以后只要你不能满足她的要求，她就会用这种方式威胁你。从某种意义上来说，这是道德绑架。"

霍予深似乎很满意她说的这些话，眉心渐渐舒展。他放慢车速，一手搭在方向盘上，一手拿出手机，拨完号，递给身侧的叶里希，不紧不慢道："刚才那些话，你对着电话再重复一遍，要一字不漏地说完。"

叶里希一头雾水地将手机放到耳边，轻轻地"喂"了一声。

"咦？是小叶子吗？"

叶里希张口结舌："太太太后娘娘……"

电话那端传来一阵魔性的笑声，中间还夹着几句甜腻腻地召唤："老公快点来听听咱儿媳妇的声音。"

"你按免提，我就能听到了。"

"老公你真聪明！"

过了一会儿，太后娘娘的声音再次传过来："小叶子你什么时候回家吃饭啊，我和你公公大人都等着你的媳妇茶。"

"啊？"

"是不是深深不肯回家，所以也不带你回家？臭小子，就知道气他妈妈，早知道就不生了。"抱怨了一顿后，太后娘娘转头对太上皇气冲冲道，"都怪你不争气，我就想要软绵绵香喷喷的女儿！"

太上皇咳了两声："当着儿媳妇的面别胡说。"

太后娘娘傲娇地"哼"了一声，然后对叶里希道："小叶子，你周六有空吗？我叫老张去接你回家吃饭，你婆婆大人我亲自下厨，你喜欢吃什么？深深跟他爸只吃白水煮肉，一点都不能体现我高超的厨艺。"

"我周六加班！"叶里希脱口而出。

霍予深看了她一眼，没说话。

"那就这样说定啦。"太后娘娘拍板决定，完全无视叶里希的意见，"对啦小叶子，你打电话回家是不是有事？难道是深深欺负你了！"

"是、是有事。"

叶里希转过头，为难地看了一眼气定神闲的霍予深。最后眼一闭，心一狠，就抱着手机复述了一遍刚才的话。

然后电话那端忽地安静了。

霍予深拿回手机，不知道太后娘娘说了什么，他就回了五个字：

"嗯……好……我看看……"挂断电话后，他似笑非笑地瞥了一眼叶里希。

"太后娘娘是不是生气了？"她不安道，"都怪你！"

霍予深含笑揶揄道："没有，你婆婆夸你聪明。"

叶里希的脸顿时烧起来，窘得不行，嗫嚅道："我刚才想解释的，可是没机会说……你自己干吗不解释？"

"解释太麻烦。"

"……"

霍予深你知不知道我对你心怀不轨啊，你这样很容易让人产生误会的！

叶里希和总裁大人分手的流言以光速破碎，取而代之的是他们同居的绯闻。大家都是怎么知道的？当然是因为他们每天一起上班，一起下班，还有人在超市见到他们一起买菜，不是同居了还能是什么情况？

而处在风波中心的叶里希，对此一无所知。

后来有一次去十楼，姬美人问她见过太后娘娘了吗？她就如实说了。然后姬美人露出一副被谁辜负了的绝望模样。接着走到哪里，都能收到几声意义不明的恭贺，整得叶里希更加困惑，也无从解释。

时间在流言中过去，眨眼就到了国庆。

对欠了一屁股债且时刻处在高度警惕中的叶里希而言，放假最舒服的状态就是在家睡觉、看电视、打游戏，以及研究Boss可食用菜谱。不过因为某个不可言喻的预言，她最近没办法直视游戏，暂时AFK了。

霍予深的假期却过得十分忙碌，深圳的一个项目出现问题，他一号凌晨就走了。叶里希怕打扰到他工作，没敢打电话，就一天给他发两条短信。一条是早上固定的天气预报，一条是汇报她新开发的菜谱。

霍予深出差，叶里希的假期也变得索然无味，不过这期间却出了一桩不大不小的事。起因是霍予深出差不在家，周泽受人之托来探望哀怨的小师妹，而作为闺密的敏敏在电话里也听出了一股深闺怨妇的味道，便决定来陪她几日。

也不知道怎么的，这两人就恰恰好遇到了。

作为资深颜控的敏敏对周泽一见钟情。但不久后却目睹他和不同类型的女人调情，刚萌芽的暗恋就此幻灭，难过伤心了一场。叶里希却是大大松了一口气，幸好禽兽师兄还有一点良知，没有祸害恋爱经验为零的窝边草。

霍予深打电话回来的时候，她就说起了这桩桃色八卦。

"我师兄简直就是种马文里面的男主角，他交往过的对象都能组成一个后宫。从我们认识开始，我就没见他谈过一场认真的恋爱……你和师兄认识的时间比我长，他以前是不是受过情伤，所以才变成现在这副令人发指的模样？"

"并没有。"电话那端时不时地响起纸张翻动的声音，隔了一会儿，他继续说，"不过他在小学二年级的时候喜欢上了一个漂亮的转学生，但表白的时候才知道他是男孩子。当时受了很大的惊吓，或许是那个时候留下了阴影。"

叶里希忍不住哈哈大笑："我觉得那个小男孩才会留下终生阴影。"

"大概会吧。"

她想到哪里就说到哪里："对了，昨天我看到一个女人跟燕大侠表白，但是他很严肃地拒绝了那个女人，说'对不起，我不打算跟我妻子以外的女人交往'。我觉得这句话很棒，燕大侠可真是一个好男人。"

"所以燕青是你的男神？"

他问得随意，她也答得轻松："不是啊，我男神是你。"话说出口了，她才意识到自己说了什么，顿时整个人都僵住了。

霍予深意义不明地"嗯"了一声，淡淡道："我去开会了。"

"再见……"

挂完电话，叶里希摸摸自己滚烫的脸，一头扑进枕头里，懊恼地捶了两下。怎么就实话实说了呢！霍予深会不会觉得她在拍马屁，或者察觉出她的"企图"？要不……干脆表白好了？不行不行，要是被拒绝，以霍予深的脾气，肯定不会再让她住在这里。或者拜托师兄去试探一下，可他只会看热闹。

苦恼了两日，叶里希也没理出一个章法，便索性丢开不想。

这天下午，她在厨房做霍予深能食用的调味品，放在客厅的手机忽然响了一下，竟是霍予深的短信：两个小时后到机场等我。

"这是要我去接机的意思吗？"叶里希抱着手机傻笑半晌，觉得他们的关系稍微迈进了一小步。不过有些奇怪，前两天在电话里问他，说要到八号才能回来，可今天才六号。但是能提早两天见到心上人，真是太棒了！

叶里希关了灶火，冲回房间，打开衣柜，开始一件一件衣服地试。艰难地选好衣服，又开始化妆、绑头发。全部弄完之后，她对着镜子将自己从头到尾打量了一番，然后没什么信心地自我鼓励道："没关系，相貌不够内涵来凑。"

看了一眼时间差不多，她就出门去打车了。

在机场等了一个钟头后，叶里希终于看到霍予深的身影出现在通行道中。熙熙攘攘的人群里，她一眼就看到了他，脚步不疾不徐，神情里带着旁若无人的傲慢和冷淡，她兴奋地冲他招手喊道："霍予深！"

霍予深朝她走过来，嗓音有些沙哑地问："等很久吗？"

"没有，你好像有点感冒。"

"只是没睡好。"

"哦，那我帮你拿行李吧。"

霍予深淡淡瞥了她一眼："不用。"

没有发挥任何作用的叶里希有点恹恹的，不过很快又高兴了起来，喋喋不休地问："我最近做了很多调味品，以后做的菜会越来越好吃，你晚上要不要试试猪扒饭？超市买的番茄酱已经扔了，我自己做了一罐，里面成分绝对安全可靠。"

"晚上没空。"

"……"

看着一脸失望的叶里希，霍予深淡淡地解释："晚上我们要去参加一场拍卖会，没空回家吃饭，不过我需要一份夜宵。"

叶里希一愣，试探地问道："是海华公馆那里的拍卖会？"

他"嗯"了一声。

说话间，两人已经走到停车场。秋天日短，此时不过六点多，天却已经完全黑了，天幕中很难得地显出了几颗星子，没有因为城市的灯火而暗淡。霍予深找到自己的车子，打开后备厢，将行李放进去。抬头见叶里希还是一副呆呆傻傻的样子，就走过去帮她开了车门："作为奖励，你看中什么，我都可以拍下来送你。"

"什么奖励？"

"脑筋急转弯，回答正确就能得到奖品。"

温柔的秋夜中，他的声音似乎也染上了几分温柔。然而她并不确定，于是转头去看身边的人，半明半昧的光线中，他的神色也是如此，只能隐隐看到他眉宇之间的倦怠。而且……脑筋急转弯是什么？他说话真是越来越难解读了。

她心里充满了困惑，为什么他会提早两天回来？为什么要带去她想去的拍卖会？是因为看到了被她扔掉的邀请函吗？

第七章
撩汉宝典

叶里希苏醒的时候，身在漆黑狭窄的集装箱中。

她被迫弓着脊背，难受地蜷缩成一团，脑袋里一片混沌，脖颈处还残留着重物敲击过的疼痛感。她强迫自己冷静下来，慢慢回想起昏迷之前的事情——海华公馆的拍卖会是专门为她而设的圈套，以女娲石为诱饵。

拍卖会刚开始，霍予深就被医院的一个电话叫走。樊太后被一辆电动车撞伤脚，伤情不明。她本来想陪霍予深一起去医院，但他似乎知道她参加拍卖会的原因，给了她一张黑卡，让她留下来竞拍。

阿大闯进包厢的时候，场上正在拍卖女娲石。

她还未来得及呼叫，就被他重重打晕了。而她晕过去之前，听到的最后一句话是："三十万，一次；三十万，两次；三十万，三次。成交！"

这次拍卖的女娲石是还未切割过的瑕疵品，起拍价才五万，感兴趣的人也不多，她有很大的概率拍下来。想起与自己失之交臂的女娲石，叶里希便痛心疾首。阿大似乎感受到她的怨念，敲了敲集装箱，安慰道："回去，有食物。"

叶里希毛骨悚然，回去？回哪里去？

"呜呜呜……"嘴巴上的胶布贴得十分牢固，让她一丁点的声音都发不出。

她不要回实验室！怎么办，怎么办，谁来救救她？谁能救救她……

叶里希的脑海中忽地闪过霍予深的脸，顿时多了几分勇气。

他一定会来救她。

就像她所看到的预言那样，他是她的救世主。

天色已经泛白，半轮弯月渐渐消隐。一辆装满货物的卡车，正朝码头快速地驶去。这一路，他们已经换了三辆车，且专往没有探头的小路走。前车之鉴后事之师，霍予深就算手眼通天，这一次也追踪不到他们。

思及此，明澜的嘴角弯出一个愉悦的笑。

"把人送到岛上，我就可以休假了。"她难得和气地问阿大，"你呢？要不要跟我一起去日本玩几天。"

阿大认真地开车："不玩，陪傅先生。"

"白痴。"明澜习惯性地骂了一声，过了一会儿，又问，"你不怕傅先生吗？"

"傅先生，是好人。"

明澜嗤笑一声："傻了也不是件坏事。"

傅远川于她有恩，她敬他，但更畏惧他的手段。其实追随傅远川的人，又有几个不怕他呢？除了阿大这个白痴，他的脑子里大概只有对傅远川的忠诚。让他替他去死，他也不会有丝毫犹豫，真是傻得让人不忍心。

"你以前是什么人？算了，你都傻了，还能记得什么。"明澜忽然就打开了话匣子，"我出生在农村，家里有七个姐妹，我阿妈生不出男娃，阿爸就从外面买了一个回来，当眼珠子似的宝贝。为了让那个野种吃好喝好，他们把我大姐嫁给了一个瘸子，把我二姐嫁给一个赌鬼……等野种要上高中的时候，家里就只剩下我和小妹。"

如果不是傅远川，她的心脏已经被父母卖掉，成为一具无名的尸骨。

傅远川给了她新生，她心甘情愿成为他的实验体。

她羡慕叶里希，因为她成功觉醒了远古的血脉，拥有了两个形体。但她是一个彻彻底底的失败品，甚至没有任何研究的价值。有些人，一出生就注定了悲惨的命运；有些人，却幸运得让人嫉妒。

"到了。"阿大停下车子。

明澜打开车门，跳下车："快点搬东西。"

阿大应了一声"哦"，立马开始将集装箱搬到轮船上。明澜警惕地看着四周，码头停泊着数艘货船，也有刚刚远航归来的渔船，人来人往，十分热闹，没有丝毫异样。但不知道为什么，她却脊背发凉，无端冒出几分危机感。

见阿大已经将藏着叶里希的集装箱搬出来，她当机立断道："剩下的货不要了。"

阿大向来听指挥，自然不会有异议。

此时天色微亮，不远处传来渔船扬帆出海的鸣笛声。明澜已经踏上他们的货船，而阿大抱着集装箱正准备走上甲板。

就在此时警笛大作，一群持枪的警察冒了出来，将阿大团团围住……

七个小时前。

霍予深将樊太后送回家后，驱车去海华公馆接叶里希，此时才发现她失踪了。手机的定位无法显示，拍卖会现场的监视器也没捕捉到任何异常。霍予深稍稍一想，就得出和叶里希一样的结论——这是一场有预谋的绑架。

他想起了明澜和阿大，一个力大无穷，一个身上带有鱼鳞。

南市这么大，要上哪里去找两个藏起来的人？

霍予深叫人调出南市各个主干道的监控录像，但一无所获，很显然，绑匪是刻意避开了探头。他犹豫了片刻，决定报警，并提供了明澜和阿大的影像："这两人是我的仇家，为了打击报复我，他们三番五次对我的未婚妻下手。"

报完警，他飙车回去找燕青。

他似乎刚洗澡完，头发还滴着水，看到敲门的人是他，有些惊讶："霍先生？"

"叶里希在哪儿？"

"什么？"燕青的眼底浮起微微的困惑，但很快就反应过来，神色变得焦虑，"是小叶子出事了吗？她怎么了？"

霍予深紧盯着他，看不出任何演戏的痕迹。

"她失踪了。"

燕青猜出前因后果，脸色顿时变得难看："小叶子是在拍卖会上不见的吗？她怎么敢一个人出门，难道不知道傅远川的人一直盯着她吗？海华公馆有女娲石拍卖的消息又不是秘密，以傅远川的智商，怎么会猜不出她的行踪。"

"你知道的倒是清楚。"

霍予深没有继续追问，转身就走。燕青似乎很担心叶里希的情况，那么讲究风度的一个人，居然穿着睡衣就追出去："或许我可以帮上一些忙。"

霍予深脚步微顿，报了一串数字："燕先生要是有线索提供，可以打这个电话。"

话音刚落，他的手机就响了。

霍予深一手关车门，一手去拿耳机："阿泽？"

"有线索了！"周泽哑着声音道，"我们按照你说的方法搜索那两个绑匪的踪迹，发现他们四天前曾在一家批发市场出现过，以'张彰'的名义订了五十个集装箱。警方的人已经给老板做过笔录，但暂时没有其他发现。"

霍予深将车调了一个头，朝公司的方向开去："让技术部的人继续搜索监控，还有叫人盯着动车站、火车站、码头等地方，重点排查集装箱。"

过了一会儿，周泽回道："都安排好了。"

霍予深"嗯"了一声，一路飙车，赶到公司和周泽会合。技术部灯火通明，半夜被叫到公司加班的技术宅个个面带倦色，却不敢多问一句——老板的未婚妻被绑架了，他们是安慰呢还是继续找线索？

夜色沉沉，无风亦无月。

时间缓缓地走动，窗外的路灯一点点地暗下来，天色开始透出微微的曚昽光线，泛出清晰的鱼肚白。

霍予深的眼睛里透着疲倦的血丝，脸色也是异常难看。他坐在电脑前，将下属搜索到的消息整合起来做分析。他盯着手绘的活动区域，片刻后，做出决定："绑匪的终点站是桥北码头。阿泽，打电话给陈局长，让他加派警力。"

周泽也不多言，立马打电话给警局。

霍予深拿起椅背上的外套往外走，示意周泽跟上。两人出了公司后，霍予深却道："你去隆丰码头。"

"什么？"

"北路岔口往东是桥北码头，往西是隆丰码头。"霍予深冷静道，"我去桥北码头，你去隆丰码头，一定要注意，千万不要让其他人在你之前见到叶里希。她的情况有点特殊，你要保护好她。"

周泽听得有点糊涂，但霍予深没有解释的意思。

"还有一点，不要让绑匪落到警察手里。"霍予深简明扼要，"他们要是落网，你的小师妹也要跟着遭殃。"

交代完这些话，霍予深就开车走了。

明澜和阿大都不是正常人，叶里希的状态也不稳定，她的尾巴如果被人看到，一定会引起轩然大波。他并不希望警方介入，但为了找出绑匪的踪迹，不得不这么做。想到种种隐患，霍予深的心里浮起浓浓的担忧。

桥北码头。

装在集装箱中的叶里希被摇晃得头晕，她听到外面的声响，心不由得提到嗓子眼。一个好消息，一个坏消息——好消息是警察来救她了，坏消息是她的尾巴缩不回去！怎么办怎么办，不管谁抢到集装箱，她都要完蛋。

外面的动静很大，阿大和明澜似乎和警察动手了。

混乱中，明澜暴怒道："白痴，抱紧箱子！快点上船！"

然后集装箱摇晃得更厉害了，叶里希觉得自己就像是被扔进洗衣机里的衣服，上上下下左左右右地随机搅拌，晕得她眼冒金星。她难受地蜷缩在集装箱中，心里头一阵绝望，不由得哭了出来。

她不想再回到实验室，也不想在众目睽睽之下露出尾巴。

谁来救救她？

谁来救救她？

傅远川是不折不扣的变态，他折磨人的手段层出不穷，她不想再当他的小白鼠。或许他的研究真的能破解人类的基因密码，让人类进化，可是这些事情跟她又有什么关系？她的人生才刚刚开始，凭什么就要成为一只怪物？

"叶里希——"

"……"她好像出现幻听了。

集装箱的盖子猛地被人撬开，一缕天光驱散了她眼前的黑暗。雾蒙蒙的光线中，她看到了她的心上人——这个幻觉有点太真实了。

霍予深脱下外套，盖在她的尾巴上，然后撕开她嘴上的胶布，解开她手上的绳子。看着眼前哭得狼狈又可怜的蠢妖怪，他心底的怜悯又"咕噜咕噜"地冒出来，不由得放软了语气："没事了，你已经安全了。"

"霍、霍予深？"

"嗯。"

"你真的来救我了……"原来不是她的幻觉。

霍予深把她抱出来，他能明显感觉到她的身体在颤抖，神色惶恐而无措，而眼底却满满是对他的信赖。

"对不起，我来晚了。"

叶里希紧紧抓着他的外套，将尾巴裹得严严实实。

"霍予深，谢谢你。"

天色蒙蒙亮，云层透出几缕金色的光线，海平面升起半轮朝阳。她仰着脸，看着她的心上人，此时此刻，他忽然就和预言中的那个霍予深重合在一起了。她心里的彷徨绝望，也在这一瞬间退去。

明澜和阿大逃了。

叶里希也不希望他们落网，虽然他们是危险分子。阿大是个傻子，警察问他为什么要抓她，说不定他张口就说"她有尾巴"。

不知道这是一个巧合，还是霍予深的安排？

警察本来想带她回警局做笔录，但被霍予深拒绝了："她身体不舒服，而且受了很大的惊吓，我需要送她去医院。"

"你和你未婚妻的感情真好。"警察感慨道。

坐在车里的叶里希听到警察的话，微微有些疑惑。霍予深什么时候有未婚妻了？他的未婚妻是谁？从字面意思来理解，这个未婚妻好像是指她，难道霍予深报案的时候是这么定义他们的关系的？

未、婚、妻……霍予深亲口承认的未婚妻！

叶里希春心荡漾，导致刚刚缩回去的尾巴又冒出来了，并且兴奋地摇了几下，幸好有衣服盖着，没人看到这一幕。

周泽收到消息后，立马赶到霍予深的家里。

叶里希的尾巴已经缩回去，恢复了人身。她抱着一罐压惊的啤酒，盘着腿，和金毛一起坐在地毯上，精神看起来还不错。见到他的时候，还能笑着打招呼——这精神何止不错，整一副少女怀春的模样。

周泽稍稍一想，就明白了前因后果："师妹，矜持啊。"

叶里希摸了一下自己的脸，压低声音道："师兄你眼神有问题，我现在难道不是看起来很虚弱很苍白，就跟小花一样娇弱吗？"

"面色红润，眼带桃花，一看就是在思春。"

"咳咳——"叶里希被啤酒呛到，过了好半晌才缓过来，忍不住为自己辩白，"我也不想这样的啊，可是霍予深那么帅，就像偶像剧的男主角，千钧一发，从天而降，啪啪啪干掉了绑匪……还说我是他的未婚妻，我本来就对他心怀不轨，他这样，我怎么忍得住，没有立刻扑上去表白，已经很矜持了。"

"师妹，你脑补太多了。"周泽严肃地更正，"干掉绑匪的人是警察。"

叶里希捧着脸，陶醉道："你不知道他有多帅。"

"嗯嗯，光芒万丈，自带背景特效。"

"我要表白！"她忽然豪气万丈道，这个念头一冒出来，简直一分钟都忍不住了，"万人斩师兄，求指点！"

"不行！"周泽立马反驳，他还想看闷骚禁欲的好友举白旗，小师妹先表白，那还有什么乐子可以瞧。

"为什么啊？"

无良师兄一本正经道："矜持点，要等阿深主动表白。"

"可是我想不出霍予深表白的样子。"

周泽忽悠道："或许他会准备钻戒、鲜花，你不想听他对你深情款款地说'小叶子我爱你'吗？而且要是你先开口了，以后肯定被他吃得死死的，可是他主动就不一样了，毕竟男人都有劣根性嘛。"

"听起来很有道理。"叶里希脑补了一番霍予深表白的场景，心跳加速，鼻子发痒，腿部冒出一股熟悉的感觉——兴奋过头，要变出尾巴了！她暗叫一声糟糕，捂着鼻子，在周泽惊诧的视线里奔向浴室，并迅速锁上门。

在她锁好门的一刹那，双腿变成了尾巴。

叶里希看着镜子中还在流鼻血的人，欲哭无泪，脑补过头也是一种病啊！

门外响起周泽略带担忧的声音："师妹你怎么了？"

"我我我拉肚子了，你别管我。"

叶里希有些焦虑地滑动，转了两圈，看到马桶旁边的座机，眼睛忽地一亮。她拿起话筒拨号，打给楼上的霍予深。

她压低声音道："我的尾巴又变出来了，现在躲在厕所里。"

"你师兄呢？"

"他还在客厅，你可以下来救场吗？"

霍予深有些无奈地挂了电话，下楼拯救总是在犯蠢的小怪物。周泽倒没有起疑，只是有些担心叶里希的身体状况，都关在厕所半个小时了，居然还不出来。

"对了，小师妹怎么会被绑架？"周泽想到这一茬，便问了，"难道是哪个搞黑科技的团伙看上了她的技术？"

霍予深喝了一口啤酒道："不知道。"

"天才总是招人嫉妒的，你以后要看好我家小师妹，别让她被人欺负了去。"周泽脑补了一出剧情，以娘家人的姿态道，"我师妹很厉害的，拿过好几个国际大奖，对VR技术也很有研究。导师一直想让她去实验室帮忙，没想到她却留在你的公司。果然美人计，古往今来都十分好用。"

霍予深："……"

"小师妹很受欢迎的，以前念书的时候，我就经常看到有男生给她递情书。要不是她一进公司就打上你的标签，估计有不少人想追她。前几天我去他们程序部，看到一个男人约小师妹吃饭，还有上上次，你带小师妹来四季春，结果莫朗生这厮一直在和我打听她，一看就有鬼，所以说你得有点危机感。"

霍予深神色如常，看不出任何端倪："八点半了，你该去公司上班了。"

"闷骚是病，得治。"揶揄完，周泽拿起西装外套就走了。

霍予深放下空啤酒瓶，走过去敲了两下洗手间的门："没人了，你出来吧。"

过了一会儿，门开了，叶里希小心翼翼地探出脑袋，冲霍予深讨好地笑了笑。霍予深盯着她脸上的酒窝，神色高深莫测。

"你的状态不稳定，所以不要随便和人出去玩。"

"哦。"

"出门要报备，手机要二十四小时开机。"

叶里希乖顺地点头，心道，他这么关心我，是不是有点喜欢我？那我要不要表白呢？可是被拒绝怎么办？

霍予深看着她神游天外的蠢模样，却愣是瞧出了几分可爱。

"在家好好待着，我开个会就回来。"

叶里希躺在床上翻来覆去，久久没有睡意。身体很疲倦，可是脑袋里有无数个霍予深在闹腾着，以至于她在两个形态之间不断切换。

所以霍予深对她到底有没有好感呢？她的印象分到及格线了吗？要

不要表白呢?

表白——被拒——被霍予深扫地出门。

表白——接受——从此和心上人过上幸福的生活。

"啊啊啊好烦!"叶里希甩了一下尾巴,从床上坐起来,苦恼地抓了抓头发,正想上网刷刷论坛,此时手机响了起来。看到来电显示是戚敏敏,她立马接电话,虽然敏敏只有暗恋的经验,但好歹恋过啊!

她把周泽的意见说了一通,又说了自己的担忧,最后问:"以你的经验来看,我表白被拒的概率有多大?"

"不表白的话,你们HE的概率为零。"戚敏敏十分老到地建议,"所以表白吧。"

她犹豫道:"师兄让我矜持点……"

"那种没节操的种马男,谈过恋爱吗?"戚敏敏冷哼道,"再说了,你能想象得出霍予深手捧鲜花钻戒向你表白的画面吗?"

暗恋经验丰富,表白被拒经验也丰富的戚敏敏为了好友的幸福,贡献了几个方案。比如要送礼物啊,表白的方式要浪漫,小情话说得甜一点。叶里希听完她的建议,总觉得哪里怪怪的,不过却还是老老实实地拿笔记下来。

解决完一桩大事,叶里希顿时轻松了起来,挂电话没多久就打着呵欠睡过去。

她做了一个很奇怪的梦。

一个面容模糊的男人抱着一具尸体在哭,压抑而绝望,仿佛一头负伤的野兽。他喉咙里发出嘶哑的声音,不断道:"对不起,对不起,我没有保护好你……"

她在梦里静静看着这个男人,忍不住为他心痛。

这是很奇怪的感觉。

她想看清他的脸,可他的样子始终模模糊糊。

"小叶子,你别怕,我不会让你死的,我会复活你。"他低头亲吻面目全非的尸体,虔诚而温柔,"小叶子,等我。"

那一瞬间,她看清了那具尸体的模样。

竟是她自己的模样。

小叶子，小叶子，那个看不见脸的男人一直在喊她。她在梦里为他心碎，为他心痛，却不知自己为什么这样难受。

你是谁?

你是谁!

叶里希从这场诡异的梦里醒来，一睁眼，就看到了坐在床畔的霍予深。而她的手背扎着针，竟是在输液。她一脸茫然，想张口询问，却发现喉咙疼得厉害。

霍予深按住她扎针的手，沉声道: "别乱动。"

"我，我怎么了?"

不过做了一个噩梦，怎么就挂上输液了? 想起梦里那个看不见脸的男人，她心口就疼得厉害，真是一桩怪事。

"发烧。"

他一开完会就回家，那时叶里希已经烧得神志不清，怎么喊都叫不醒。考虑到她的特殊体质，他不敢随便给她喂药。后来实在无法，只能去隔壁找了燕青，试探道: "叶里希在发烧，你家里有没有退烧药?"

燕青闻言，脸色大变，拿起药箱道: "我去看看她。"

"不方便。"

"你放心，我不会伤害小叶子。"燕青的神色十分坦然，"我知道她是女娲后裔。何况现在除了我，也没人知道怎么给她用药。"

"所以输液是燕青自己配的药?"叶里希想到他的身世，顿时就释疑了，"没想到他还会这些东西，那我以后就不用担心生病啦。"

"你们关系很好吗?"霍予深问道。

"还行吧。"叶里希顿了一下，做了补充，"是可以信任的朋友。"

霍予深神色莫名，坐回椅子里，也不说话了。叶里希靠在床头，偷偷地打量他，怎么就这么好看呢? 被子底下的尾巴又悄悄地冒出来，昭示着主人蠢蠢欲动的一颗春心。

此时气氛正好，不如表白吧!

"霍予深……"

"嗯？"

"我我我……"我喜欢你，你喜欢我吗？你愿意和一个怪物共度余生吗？虽然我不是你的理想类型，但是我会对你很好很好的，比爱自己更爱你，比爱全世界的人都爱你，所以你可以考虑一下我吗？

这些话涌到了她的喉咙，又咽了回去。

"你要说什么？"

"没……"

霍予深意有所指道："看在你生病的分上，不管你提什么要求，我都会考虑的。"

"我……"叶里希深呼吸两下，话到嘴边却变成，"我明天不想上班，Boss，我可以申请带薪休假吗？"

霍予深："……"

此时瓶子里的药水正好输完，霍予深拿起一旁的棉签，帮她拔了针："我去书房，你有事就叫我。我开着门，听得到。"

"哦。"

霍予深离开后，叶里希跳下床去找她写的"表白大作战"，结果翻箱倒柜找了老半天也没找到。难道是被她扔进垃圾桶了？思及此，她就把垃圾桶里的东西倒出来，翻了一遍，却仍旧没有找到。

隔壁书房。

霍予深盯着书桌上皱巴巴的纸，看了许久，神色越发高深莫测。

表白大作战？那只蠢妖怪打算向谁表白？难道是燕青？对蠢妖怪来说，信任两个字的含义不可谓不重，居然这么轻易相信一个刚认识不久的陌生人，果然蠢死了。那个燕青一看就不是等闲之辈，也不怕被他给卖了。

他沉着脸把"表白大作战"捏成团，扔进抽屉，锁好。

第二天，霍予深去公司，带薪休假的某人趁机出门买道具——表白道具！虽然写着作战计划的纸不见了，但是敏敏说的那些步骤，她都记得。先买对戒，再订鲜花、红酒，然后等霍予深下班回家，她就立马表白！

叶里希边思索表白台词，边往对面马路的珠宝店走去。

——你愿意死了以后和我葬在一个地方吗？

——我想嫁给你，你愿意娶我吗？

——阿深，我爱你的心至死不渝，我的尾巴可以做证！

敏敏说情话要说得甜一点，可什么样的话才算甜呢？学霸工科女苦恼万分，掏出手机给戚敏敏打了一个求助电话，于是两人就着这个严肃的话题展开讨论。比如"我爱你"三个字要怎么表达才能显得有内涵、有情调，既小清新又霸气。又比如，剪断家里的电线，买点红烛来营造浪漫的气氛……

"古代人成亲用的红烛吗？"叶里希觉得不靠谱，"烛光晚餐不是这么搞的。"

"烛光晚餐早过时了，听我的，就这么搞！"戚敏敏信誓旦旦道，"你想想，一片红光之中，母猪都能扮貂蝉，以你的姿色，还怕Boss大人不上钩吗？到时候你再深情款款地说一句'今晚月色真美'，太完美了，就这样办！"

叶里希："……"

"拿出你念书时的气势，压倒Boss不是梦！"敏敏似乎在吃东西，声音有点含糊，"事成之后要给我媒人红包哦，我可是连压箱底的撩汉宝典都贡献出来了。"

叶里希："……"

想不出更好办法的叶里希，去珠宝店挑了一对银戒指，又去百货大厦买了九十九根红蜡烛，还有鲜花、红酒等道具。采购完毕，叶里希一手提着一个袋子往回走。快到明湖小区的时候，她见到一个胖嘟嘟的小男孩在闯红灯，而车辆来往穿梭，看起来险象环生，叫人一颗心都提到了嗓子眼。

此时一辆卡车开过来，司机因为视野受限，并没有看到马路中间的小孩，就这么直直地往前开。小胖子似乎吓呆了，一动不动地站在原地。叶里希见状，忍不住冲上去，一把将小胖子推到人行道上。

卡车撞飞她的一瞬间，叶里希痛得想骂贼老天。

刹车声，小胖子惊恐的哭声，路人的尖叫声，各种声音汇聚在一起，传进了叶里希的耳朵。她暗叫一声糟糕，忍痛从地上爬起来，捂着脸跑了！

不跑难道要等120吗？不跑等着尾巴在众目睽睽之下冒出来吗？

叶里希一鼓作气冲回家，锁好门的一瞬间，双腿再次变成尾巴。

Lucky闻到血腥味，大叫着围上来。

"别担心，我好着呢。"叶里希想伸手摸摸它的脑袋，却发现自己双手都是血，又缩了回去，"别看我一副血淋淋的样子，但我可是死不掉的女娲后裔。"

"汪汪汪——"

叶里希的肚子发出"咕咕"声响，她蔫蔫道："好饿。"

"汪——"

叶里希拖着长长的尾巴，滑到厨房，打开冰箱，拿出两罐啤酒喝完，却一点饱腹感都没有，似乎更饿了。随着饥饿感的加深，她身上的伤口渐渐愈合，直至雪白光滑，看不出任何受伤的痕迹。

洗掉一身血迹的叶里希绝望地躺在沙发上，果然见义勇为这种事情不适合娇弱的女娲后裔，要是生命值能像游戏里一样显示，她现在的血槽估计是个位数。她暴躁地大骂每天都在打盹的贼老天，就不能给她一条活路吗？

价值八百万的女娲石，居然就这么消耗没了！

此后数天，叶里希的尾巴时常冒出来，别说去上班，出门倒垃圾都做不到。霍予深本以为这是发烧带来的后遗症，直到他看到网上的视频——画面很清晰，记录了超人少女救下小男孩的全过程，以及血淋淋的少女捂着脸跑掉的样子。

"还知道捂脸，不错啊！"霍予深指着视频冷声道。

叶里希早就看到这个视频，她删了好几次，可是过一会儿又有人上传。

"Boss，你有办法彻底删除这个视频吗？"

"没有。"

"哦。"

"现在知道怕了？救人的时候不是很英勇吗？"

叶里希抱着尾巴坐在地毯上，看起来有些可怜无措的样子："没想那么多……我又撞不死，而且那小孩才那么一点大……"

耷拉着脑袋的小怪物透着一股子惨兮兮的味道，霍予深默默地按下又在"咕噜咕噜"翻腾的怜悯心。这不是一个好现象，而且这个不知天高地厚的蠢妖怪需要得到一个深刻的教训，不然不会意识到她将自己推向了一个什么样的险地。

"其实要是多给我一点思考时间，我应该不会去救人，被车撞很痛的。

"我只是死不掉，又不是关闭了痛感功能。

"幸好视频没有拍到我的脸，不然我都不敢上街了。"

在叶里希软绵绵的声音里，霍予深心底的"咕噜噜"冒得更欢了，他微微蹙眉，冷着声音说道："没有下次了。"

"……"

"视频我已经叫人去处理了。"

叶里希又乖顺地"哦"了一声，心里头有些高兴，嘴角一弯，小酒窝就露了出来。

"你现在的身体怎么样？还能撑多久？"霍予深盯着她的酒窝，心道，又是这招，每次惹祸完就给他看酒窝，是卖萌的意思吗？

对面瘫总裁的内心世界一无所知的叶里希，摇摇头道："不知道。"

"无知者无畏。"

叶里希："……"

霍予深紧拧着眉，嫌弃道："怎么会有蠢成这样的神？"

"你是不是已经猜到了？"

同样对蠢妖怪的内心世界一无所知的高冷总裁："……"

他不说话，就是默认的意思吗？

叶里希尴尬地低着头，蔫蔫道："你可能已经猜出来了，我不是女娲后裔，在今年六月之前，我和你一样是不折不扣的人……"

她将自己如何出车祸，怎么被傅远川弄到实验室改造成怪物的经过娓娓道来。

"以前为什么撒谎？"

叶里希不敢抬头，弱弱道："因为我怕你会讨厌我。"

他又问："为什么我会讨厌你？"

"你不觉得由人改造成的怪物很恶心吗？人不人，鬼不鬼，只能靠石头为生，还长了很可怕的蛇尾。我第一次看到自己的尾巴，吓得都晕过去了……"叶里希埋着脑袋，生怕一抬头就看到他眼中的嫌恶，"你、你会把我赶走吗？"

"以己度人是一种很不好的行为。"

"……"

"我并不觉得你的尾巴很恶心，还有你吃的也不是石头，而是价格昂贵的女娲石。"霍予深拍了一下她的脑袋，动作看起来就像平时安抚金毛一样，"你很好，只是稍微难养了一点，蠢了一点。"他顿了一下，又补充道，"其实看久了，你的尾巴还是很可爱的。"

叶里希傻愣愣地抬起头，眼圈发红，鼻头也红红的，一副被人欺负的模样。她看着眼前的心上人，觉得自己的一颗心都变得软绵绵的，就像泡在了蜜糖里。她有些想哭，又有些感动，琢磨了许多天的小情话脱口而出："霍予深，今晚月色真美。"

霍予深看了一眼窗外的天色，艳阳高照，晴空万里："现在还是白天。"

"……"她这是被婉拒了吗？

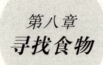

第八章
寻找食物

今晚的月色果然很美，出现了百年难得一遇的天文奇景。

霍予深站在阳台上赏月，心思却不在这上头，他的脑袋里满满都是蠢妖怪那张泫然欲泣的脸。此时放在书桌上的手机响了起来，是短信提示音。他走进去，点开屏幕一看，就是和周泽的聊天框。

——"今晚月色真美"是什么意思？

——就是"我爱你"的意思。等等，谁跟你表白了？这种含蓄又文艺的表白方式可不像我家小师妹的风格！

霍予深微微一怔，蠢妖怪是在向他告白？

他打开抽屉，掏出一团皱巴巴的纸，小心地将它展开铺平。他盯着这份表白大作战的计划书，神色高深莫测。

过了许久，他把纸夹在书里，重新锁进抽屉里。

"霍予深，夜宵做好了！"

门外传来叶里希精神奕奕的声音，完全听不出表白失败的沮丧。或许那句话没有任何潜台词，她就只是告诉他，今晚会有天文奇景，月色将会很美。

叶里希坐在落地窗边的沙发里，仰着脸看月亮，金毛趴在她的脚边打鼾，尾巴却时不时地摇两下。她看了一会儿月亮，觉得没啥滋味，一颗春心却在这样浪漫的月夜里蠢蠢欲动起来，发酵成一团。

要不要再表白一次呢？

白天的氛围不浪漫，霍予深似乎也没听懂。

可如果他懂，只是用了这么一种方式婉拒她呢？她要是再表白，他会不会烦透她？然后把她扫地出门。以霍予深的性格，不可能若无其事地和自己的暗恋者同住一个屋檐下。

等一下，他该不会已经在帮她找房子了？

她惴惴不安地偷窥正在吃夜宵的霍予深，也不知道是番茄炒面的色泽看起来太美味，还是因为刚刚洗完澡的心上人散发着强烈的荷尔蒙，以至于她的肚子不争气地叫起来，打破这一室的安静。

霍予深听到声响，抬头看她："我已经叫人去收购女娲石了，你再忍几天。"

"哦。"叶里希红着脸应道。

霍予深吃完夜宵，将碗筷放进水槽里洗干净。叶里希拖着蛇尾爬进厨房，盯着他英俊的侧脸，忍不住道："霍予深你是不是在……"

是不是在帮我找房子？是不是听懂了我的表白？是不是不想和我谈恋爱？

这些话涌到她的嘴边却变成："你明天早上想吃什么？我熬了排骨浓汤，可以煮面。我还包了很多的馄饨、水饺，馅料都很安全。"

"馄饨吧。"

"那中午呢？我现在知道怎么做猪扒饭了，唔，蛋包饭呢？"

霍予深刷完炒锅，拿了罐啤酒去客厅。叶里希跟在他的身后，东扯一句西扯一句，就是没胆子把口袋里的戒指送出去，更没胆子来一个激情告白。

霍予深没有像往常那样，吃完夜宵就回书房加班，而是留在客厅看书。

叶里希问一句，他就回答一句。

直到壁钟的时针指向十二点，叶里希偷偷摸摸地打了一个呵欠，他才放下书，说："你该去睡觉了。"

"我还不困。"

霍予深盯着她睫毛上因为打呵欠而沁出来的泪珠，一本正经道："我困了。"

"可是……"可是戒指还没送，表白也还没表。

"嗯？"

叶里希支支吾吾了半晌，最后蔫蔫道："没什么，我去睡觉了，晚安。"

她耷拉着脑袋爬走，背影都透着一股沮丧的味道。

霍予深侧首去看窗外的夜色，明月当空，星光交织，晕染出一幅鬼斧神工的画卷。他收回目光，喊道："叶里希。"

"……"

"你说得对。"看着蠢妖怪一脸茫然的表情，他愉悦道，"今晚月色真美。"

叶里希顿时石化了。

啊啊啊啊啊啊啊男神在对她表白吗？一定是吧是吧是吧，可是他的语气那么随意，说不定根本就不知道这句话的真正含义。

所以——到底是知道还是不知道？

叶里希睁着眼睛到天亮，却仍旧没有猜透这个高深莫测的问题。她神思恍惚了一天，终于想到打电话跟戚敏敏求救。可是只有暗恋经验以及表白失败经验的国民好闺密，也猜不透Boss大人的心思。

"为什么昨晚要有天文奇景啊！"

"怪你自己没翻皇历。"

"关皇历什么事……"叶里希像咸鱼一样躺在地板上，一动不动，Lucky见状，担心似的跑过来，用鼻子嗅了嗅。

"这种事情讲究的就是一鼓作气。"

"哦，我现在是三而竭。"

"哦你个头。"戚敏敏吼道，"不就是一句我爱你、我喜欢你，很难说吗？老娘每个月都要表上几次白！以前去食堂抢肉的时候，也不见你这么矜持。"

"大概是被师兄催眠了太多次，所以变矜持了。"

"别在我面前提你师兄。"

叶里希大惊："难道你对我师兄旧情难忘？"

"谢谢，旧情难忘不是这么用的！"戚敏敏咬牙道，"昨天我和张医生出去吃饭，碰巧他就坐在我隔壁，一个女的怀孕了，嘤嘤嘤地求他负责。结果他拿我当挡箭牌，害我被泼了一身咖啡不算，连张医生也跑了。"

"呃……"

"上帝是怎么造出这么一个祸害的！"隔着电话，叶里希都能感受到她的怒气值，"你说他渣不渣，女朋友怀着他的孩子，他却甩了人家。真想毁了那家伙的脸，看他以后还怎么招摇撞骗。"

"如果小孩不是我师兄的，他为什么要负责？"

"叶里希，你的三观呢！"

"其实我师兄很喜欢小孩的，只是……"叶里希纠结了片刻，为了闺密不被种马师兄迷惑，还是默默吞回了后面的话——只是风流滥情的师兄为了杜绝后患，在N年前就跑去结扎了，所以他是被人戴绿帽子啦。

在叶里希被活活饿死之前，霍予深终于收到了女娲石的消息。

云南福寿村有个年轻人，意外发现长辈供奉在神庙里的贡品是女娲石，顿时大喜，决定高价出售。霍予深本打算派人过去收购，但返约需要时间，担心叶里希的身体等不了这么久，所以他们决定亲自前往云南。

福寿村是这个古村落的原名，它在开发成旅游景点后，便更名为女娲村。相传女娲娘娘曾在此地修行，并留有遗址。其中以女娲神像、娲皇庙、伏羲洞几个景点最为有名，并配有大量一看就知道是杜撰的神话传说。

虽然这个地方听起来和国内其他景区没有太大的区别，但叶里希因为可以和心上人单独出去"度假"而兴奋了好几天，脑补了各种浪漫的剧情。打算趁此良机，向霍予深讨一个名分，将他们的关系从同住变成同居。

然而——

"好巧啊师妹，你们怎么也来这里玩？"

民宿大门口，戴着墨镜的周泽笑眯眯地冲他们招手，而他怀里正依偎着一个千娇百媚的大美人。看这架势，是和女友来度假，叶里希为此满腹哀怨——你一个土豪，怎么不带女友去巴厘岛，去日本，去塞班，去任何地方都好，为什么偏偏要来这里玩！

"师兄你怎么会来这种小地方？"叶里希咬牙问道。

"前两天听阿深提起这个地方，觉得还不错。淳朴自然，空气清新，所以就带微微过来玩几天。"周泽毫无愧疚之心道，"师妹放心，我不会打扰你和阿深的，咱们各玩各的，不当彼此的电灯泡。"

"师兄你可真'贴心'！"

周泽坦然地收下叶里希的夸奖，跟她一前一后迈过民宿的门槛。他们进去的时候，霍予深刚好办完入住手续，一手拿着钥匙，一手拖着行李箱，正往楼上去。周泽摘下墨镜，冲他笑着打招呼，却得到一个冷淡的回应："你现在不应该在香港出差吗？"

"……"这个问题有点尴尬啊。

"年终奖扣一半。"

"这是惩罚我破坏了你们二人世界吗？"周泽一脸正色道，"阿深你得讲讲道理，如果你家可爱的妹妹和一个男人偷偷摸摸地跑出去度假，你难道不会担心得寝食难安吗？所以我跟过来保护小师妹也是情有可原的事情。"

"不要胡说八道。"叶里希被他调侃得脸红，"我们来这里是有正经事的。"

"谈恋爱确实是一桩正经事。"周泽笑道。

霍予深冷冷道："你说得很有道理，但年终奖还是照样要扣。"

"有道理还扣我的年终奖……等等，你是觉得我上一句有道理，还是再上上一句有道理呢？"他扫了一眼霍予深手上的两把钥匙，继续揶揄道，"啧啧啧，都一起出来玩了，居然还开两个房间。美女，一间豪华大床房，听说你们民宿有温泉，可以一边泡温泉一边赏花赏月赏美人？"

服务员涨红了脸："客人如果有需要的话，我可以带你过去。"

旁观的叶里希："……"

师兄，你的女友还在这里，你的绅士风度呢，你的节操呢，都被你吧唧吧唧吃掉了吗？

"阿泽，当着女友的面约别的女人，你可真干得出来！"微微大美人踩着九寸高的鞋子走过来，全身没骨头似的靠进周泽怀里，还冲无措的服务员露出一个前辈式的微笑，"小姑娘，少和衣冠禽兽说话，会怀孕的哦。"稍稍一顿，又对周泽冷冷道，"差点忘了，你没种。"

周泽闻言，神色没有任何变化，也没推开微微，反而以十分理所当然的语气道："可是我们已经分手了，作为一个正常的单身男人，见到一个可爱的姑娘，对她产生好感，有什么不对吗？"

三观已碎的叶里希："……"

因为有周泽这个电灯泡在前，所以当她发现隔壁客房住着回乡扫墓的燕青时，已经不是那么惊讶了。燕青见到他们倒是很意外，听说她的状态不稳定后，主动给她配了一些药。但霍予深却把这些药收起来，不让她服用。

稍作休息后，两人出去拜访女娲石的卖家张平。

女娲村的村民大多住在未开发成旅游景区的山脚下，和景区稍微有段距离，需要坐车过去。不过风景倒是不错，一眼望去，满满都是雪白的桂花，掩映着红砖绿瓦的仿古建筑，土地平旷，屋舍俨然，颇有几分陶然之意。

张平的家十分好找，最大最豪华的那一栋房子就是了。

一个年轻男子从屋内迎出来，态度很热络："霍先生来了，里面坐。"

三人客套了一番，进屋坐下。

叶里希一进来，目光就被铺在桌上的手工吸引住。各种精巧的木雕，女娲村的服饰，还有水墨风的竹板画。她在景区的摊子上见过类似的东西，只是没有张平家做得漂亮。她在心中盘算着，要买几个纪念品带回去才够分。

等她算完数量，霍予深和张平的交易也谈得七七八八了。

一方诚心要卖，一方诚心想买，商谈过程自然顺利，但张平提了一个附加条件——供奉在山顶小神庙里的女娲石，需要买主亲自去取，以示诚心，不然他们张家会遭到女娲娘娘的责罚。

霍予深眸光一闪："可以。"

叶里希紧张地踩了一下他的脚，要求这么古怪，怎么能答应？霍予深没理她的暗示，反而和张平约定了明天上山的时间。

回民宿的路上。

叶里希急道："你难道不觉得张平的要求很奇怪吗？又不是毒品交易，还得买主去指定地点取货。明天绝不能上山！"

"你担心这又是傅远川设下的陷阱？"

叶里希点点头，一副心有余悸的模样："傅远川很可怕的，我们不如回去吧，我喝啤酒也能饱的，不要那块破石头了。"

不是她杯弓蛇影，而是她真怕了神通广大的傅远川。张平为什么不直接拿出女娲石，非要他们亲自上山呢？

"可我不想天天面对一个醉鬼。"

"……"

"何况，"他不疾不徐道，"既然都来了，就没有空手而归的道理。"

就算小神庙是龙潭虎穴，他也要闯一闯。女娲石不算罕有，但也不好收购，既然现在有一块摆在他们的面前，又怎么能错过。

叶里希没办法说服霍予深，反倒被他三言两语说服了。

她或许真的太紧张了，一点风吹草动就能触到她的神经。是啊，傅远川怎么会知道他们来了女娲村？霍予深也查过张平的背景，他从小长在这个村子，身份清白，没有任何可疑的地方。而且福寿村家家户户都信仰女娲娘娘，张平将长辈供奉给女娲娘娘的贡品私下卖掉，心里难免不安，提出这样的要求倒也合理。

翌日是个阴雨天，豆大的雨珠顺着屋檐滑下来，打湿了门前的芭蕉。

叶里希不知道从哪里搬了一把板凳，坐在民宿的屋檐下剥莲子。莲蓬是她在门口的摊子上买的，看起来很新鲜，她便想给霍予深煮一碗莲子羹。昨天到现在，他入口的东西除了那两碗米饭，就是淡而无味的白菜汤。

因为这场突如其来的暴雨，他们上山的时间改了。

她其实有些高兴，这样今天整整一天，她都可以和霍予深独处。电灯泡师兄和已经分手的女友去娲皇庙求姻缘签，燕青去扫墓，如此天赐良机，她要是不好好把握，简直对不起这场浪漫的暴雨。

然而，她的莲子还没剥完，就有人先回来了。

燕青撑着一把黑色的伞，顺着蜿蜒的石子路走进民宿。大约是去扫墓的关系，他今天穿得格外正式，黑西装黑裤子。他慢悠悠地从雨中走来，就像老电影里放慢的镜头，有一种说不出的韵味和禁欲感。

"你回来得好快啊。"她举了一下手里的莲蓬，"要不要吃莲子瘦肉羹？"

"嗯，正好我还没吃早饭。"燕青收了伞，站在屋檐下和她说话，"昨晚的暴雨冲垮了山骨，把上山的路给堵了，所以我就先回来了，等天气放晴了再做打算。这几年山上的树木被过度砍伐，再没人管的话，这片山就毁了。"

"燕大侠对这里很熟？"想到这个地方的传说，她有些好奇，"昨晚我碰到了民宿的老板，他说以前真的有女娲娘娘在这里住过，只是后来又走了。他们说的是你母亲吗？我只是有些好奇，不方便的话，可以不用回答。"

"并不是什么不能说的秘密。"

燕青将雨伞搁到角落，见旁边的盆栽被风刮倒，不由得伸手将它摆好，却让盆上的泥土沾到了手。他掏出一方雪白的帕子，一边擦手，一边随意地和叶里希说起那段过往。他略去了父母的恩怨，从母亲来到福寿村开始说起。

女娲后裔怀孕后便无法维持人的形态，燕母出于安全考虑，便躲进了山中。但有一次为了救人，被当地的猎户看到了尾巴，身份因此曝光。福寿村的人信仰娲皇，而她的形态与传说中的女娲娘娘一致，所以他们对她十分尊重崇拜，并在山顶修建了女娲庙。因后来村里建了娲皇庙，所以当地人称山顶的女娲庙为小神庙。

起初村民与燕母的关系十分友好，但自从燕母产下男婴，村中又接二连三发生灾祸，地震、灾荒、泥石流，死伤不计其数。而相传女娲后裔只会生下继承血脉的女孩，所以燕青的存在便成了她是妖怪的铁证。

无论燕母如何解释，他们都不相信这些灾祸与她无关。

村民认定燕母是冒充女娲娘娘的蛇妖，便打算用火烧死他们母子，以平息老天爷对福寿村的"不满"。好在当时燕母恢复了与天地万物沟通的特殊能力，在百兽的保护下逃进了大山的最深处，躲过了一劫……

"后来呢？"叶里希紧张地问。

"后来……"燕青看着雨幕，脸上浮起明显的嘲讽，他是个温和内敛的人，很少会表露出这样强烈的情绪，"后来她死了。她死的那一日，霞光万丈，百兽哀号，于是那些村民便又觉得她是女娲娘娘，日日在庙中忏悔。"

"她……是怎么死的？"

燕青沉默许久，低头看她："下次再告诉你。"

"哦。"她顿了一下，"你不要太难过，节哀顺变。"

"你还真是不会安慰人。"燕青叹气，"至少也应该陪我出去走走，散散心。"

叶里希捧着剥好的莲子，十分仗义地说："那你想去哪里逛逛？或者吃点什么？我以前心情不好，就喜欢吃东西。"

燕青微微一笑："有美相伴，做什么都可以。"

叶里希故作惊恐状："燕大侠，你是在调戏我吗？"

"不，是赞美。"

"被一个大美人这样说，就算我脸皮再厚，也还是会尴尬。"叶里希看着他那张漂亮的脸，忽生感慨，"我要是长成你这样，霍予深一定会爱上我。"

燕青："……"

吃过早饭后，散步的队伍里却多了一个霍予深。燕青见到他，神色微沉，言辞上却是十分客气温和。他们以叶里希听不懂的方式，刀光剑

126

影地交手一番，对彼此的心思都了然于心，互相生出了戒心。

因为暴雨的关系，街上没有昨天热闹，而且这样的天气也不适合逛街。

叶里希想到周泽的科普，便提议去娲皇庙："听说娲皇庙的姻缘签很灵，既然都来这里了，怎么能不去求一支签呢。"

去娲皇庙的路上，气氛莫名有些古怪。

叶里希为了打破僵局，只能拼命找话题，但似乎并没有什么改善。好在娲皇庙不远，半刻钟的工夫就到了。这座有着和月老祠一样神奇功效的娲皇庙，建造得十分宏伟壮丽，气势磅礴，又融合了当地的建筑风格，显出几分古朴。

庙门口摆满了撑着厚厚雨布的摊位，哪怕正下着雨，生意也很好，可见娲皇庙的香火十分鼎盛。据说很多单身狗因为来这里求了一次姻缘签，回去立马就脱单了，这样不知虚实的小道八卦甚多，倒也为它罩上一层噱头。

叶里希在小贩的推销下，买了许愿必备的红线和花灯。

付钱的时候，她才发现自己的钱包落在民宿里，有些不好意思地喊了一声霍予深。他一手撑着雨伞，一手提着叶里希塞过来的花灯，就说道："左边的口袋，自己拿。"

叶里希"哦"了一声，等付完钱，又自然而然地把钱包放回去。

他们这一番互动做得自然，可燕青却从刚才的举动里品出几分旁若无人的亲密来。他握着伞的手一紧，面色却无异常。

或许是下雨的关系，庙里的游客非常多，显得有些拥挤，求签和排队解签的人尤其多。叶里希跪在蒲团上，万分虔诚地拜了拜，心里默默道："女娲娘娘，看在我们都长了尾巴的分上，你一定要保佑我表白成功，和霍予深HE。"

拜完女娲娘娘，叶里希拿着签筒摇了摇，过了一会儿便掉出一支竹签。

"你不求姻缘签吗？"叶里希站起来，笑眯眯地看向霍予深，"对了，燕大侠呢？他去上厕所了吗？我也想去，怎么不叫我。"

"他去添香油了。"

"哦。"叶里希伸出一只手，说，"借我十块，我去解签。"

霍予深把钱包放到她手里，眼中浮起几分淡淡的笑意："这支签，到底算谁的？"

"唔，这个嘛。"叶里希思索片刻，一本正经地胡诌道，"解完签再说。如果签文的含义好，那就当是我们一起求的签。寓意不好，那肯定是因为女娲娘娘分不清这签到底是谁求的，所以不灵验。"

一起求的姻缘签，她喜欢这个说法！

意图调戏心上人最后却撑不过三秒就破功的蠢妖怪，顶着一张大红脸跑去排队。霍予深站在原地，看着她落荒而逃的背影，嘴角忍不住微微上扬，但一捉到某人偷偷摸摸看向他的目光，却立马变回面瘫脸。

很快就轮到叶里希解签，老和尚慢吞吞地念了一遍签文："桃之夭夭，灼灼其华，之子于归，宜室宜家……上上签，大吉。"

"大师，我文盲，听不懂的。"叶里希含蓄地问，"能心想事成吗？"

老和尚不着痕迹地看了一眼霍予深，然后微微垂下眼，特别有高人气势地念了一声"阿弥陀佛"，悠悠道："姑娘，今年宜出嫁。"

叶里希顿时心花怒放，直接拿了一百块放进功德箱里："谢大师吉言！"

她拿着签文跑回霍予深的身边，十分顺手地把钱包放进他口袋里，神采飞扬道："上上签哦，你这钱没白花吧。"

霍予深看了一遍签文，饱含深意道："不错。"

"嘿嘿。"

或许是老和尚的话让她胆肥了起来，她从口袋里摸出戒指，张口道："霍予深，你愿不愿意……"娶我？

最后两个字还未来得及出口，就被一个温润的声音打断了。

"你们求完签了吗？"

燕青回来了，回来得十分之刚好，十分之电灯泡。叶里希怒冲冲地瞪了他一眼，后者却露出一个茫然的表情。

"求、完、了！"叶里希满怀遗憾地把银戒指塞回口袋里。

燕青饶有兴趣地问："求了什么签？"

"上上签。"如果你没有那么及时地出现，这座娲皇庙就又能增添一桩好姻缘，但想到今天是陪燕青出来散心的，她的怒气值便降了下来，"你要不要也去拜拜？"

燕青从善如流，也去求了一支签。

老和尚取下黄纸签文，念道："中庭地白树栖鸦，冷露无声湿桂花。今夜月明人尽望，不知秋思落谁家……施主可是求姻缘？"

"求姻缘又做何解？"

"签文有'镜花水月一场空'之意，但施主不必太过忧心，娲皇仁善，给有缘人留了一线生机。"老和尚说了一堆玄乎的话。这是庙里营生的一种手段，引游客捐钱添功德，以求得他口中的"一线生机"。

燕青眼神一暗，却没按照老和尚的套路走："是吗？我却不信这些东西。"

"……"这位施主可真讨厌。

暴雨骤停，天气忽然放晴，雨后青空，湛蓝如洗。庙内避雨的游客在求完签之后便都离去了，待叶里希他们离开娲皇庙后，小沙弥忍不住问老和尚："师父，您不是常说出家人不打诳语吗？那您刚才为什么要说谎？"

"徒儿，那叫善意的谎言。那位女施主拿到上上签，多高兴啊。"老和尚摸着白花花的胡子，一脸正气，"出家人，要懂得助人为乐，这也是一种修行。"

"那您为什么要收霍施主的钱？"小沙弥又问。

"你都看到了？"

"看到啦，霍施主给了您好多钱，还说不管那位女施主摇到什么签，您都要帮她解出心想事成的上上签。师父，徒儿想吃庙门外的糯米糍。"

老和尚怒道："小兔崽子，还学会了敲诈自己的师父！"

"师父，不要打我的头！"

第九章
深山遇险

这场突如其来的暴雨，下了整整三日。

民宿的老板忧心忡忡地看着外面阴沉沉的天色，因为暴雨的关系，游客骤减，民宿的生意自然跟着受影响。他这两天有些神神道道，时不时说几句奇怪的话，什么女娲娘娘发怒了，报应一定会来的，谁都逃不过。

这样的天气，这样的环境，让叶里希也变得有些烦躁。

她这几日总是反复地做同一个噩梦，那个看不见脸的男人抱着她的尸身在哭，他痛苦地喊着她的名字，虔诚地亲吻她——老实说，她的尸体有些可怕，他却视若珍宝。

昨晚这个噩梦终于出现了后续，却越发诡异。

……

周泽从门外走进来，用沙哑的声音道："大师兄，节哀顺变。"

"我那么爱她，要怎么才能节哀？"

"小师妹不会想看到你这样……"周泽沉默了片刻，艰难道，"大师兄，就算你这样不吃不喝，小师妹也活不过来。"

"不，我会复活她。"他又说了一遍，"我会复活她。"

……

叶里希被这个诡异的噩梦折磨了几天，有些无精打采。她找周泽问过了，他们是不是还有一个大师兄，他道："张老就收了我们两个学生，哪里来的大师兄？做梦而已，当不得真，有空胡思乱想，不如趁机和阿深培养感情。"

想到这里，叶里希幽幽地叹了一口气。

她撑着下巴，坐在屋檐下看雨，此时燕青从楼上走下来。她盯着他看了一会儿，觉得他的身材和梦里的无脸男有点像，修长清瘦，手指也都漂亮得像艺术品。也真是怪了，就算梦到有人亲她，那人也应该是霍予深。

难道她对燕大侠还存了非分之想？

这绝对绝对绝对不可能！

燕青见她一直在发呆，便问道："有心事？"

"就是有些没睡好。"叶里希打了一个呵欠，无精打采地转移了话题，"其实一直想问你，小神庙里的女娲石是你母亲的遗物吗？"

"不是。"

叶里希惊道："咦？女娲石居然不是你母亲留下的。"

"不是遗物，是吃剩的食物。"燕青纠正了她的说法，"我以前不知道这个石头可以卖钱，走的时候也就没注意收拾。"

叶里希打趣道："敢问大侠家中可还有吃剩的食物？"

"不知道，要找找看。"燕青认真道。

叶里希"哈哈"笑了两声，忽然想起另一件事情："听说今晚村里有祭天仪式。因为山骨垮了，雨又一直下，种种迹象证明女娲娘娘在发怒，所以他们要祭天来平息娘娘的怒气。他们说的女娲娘娘好像是指你母亲。"

听村民说起祭天仪式的由来，她才明白为什么燕青选这个时间回来扫墓。

"他们倒是会自欺欺人。"燕青冷冷讽刺道，"就算世间真有神佛，也不会庇护这些面目可憎的一群小人。"

叶里希若有所思地叹气："所以说封建迷信害人啊。"

"……"

"不过话说回来，娲皇庙里的女娲雕像是以你母亲为原型做的吗？那天你去求姻缘，她怎么不给你发个上上签？"

燕青静默许久："看着不像。"

"我看了今天的皇历，诸事不宜，他们竟然选今晚祭天，真的适合吗？对了，你母亲以前是不是有牵红线的特殊能力？前辈好像很厉害的样子，能与天地万物沟通，能自愈，能使姻缘顺遂。"

"帮人牵红线，保佑姻缘的，那是月老吧。"

两人有一搭没一搭地闲聊，直到周泽懒洋洋地走下来，叫他们一起去后院泡温泉。叶里希兴致缺缺，只想回去睡回笼觉。

"阿深也去哦。"周泽贱兮兮地笑道。

叶里希忽然就精神了："去去去，我最喜欢泡温泉了！"

然而，民宿的温泉分男汤和女汤，所谓泡温泉就是他们三个男人祖露相见，在一个池子里喝酒吃肉聊天。而叶里希一个人孤零零地泡在女汤里，听着隔壁传来的声响，咬牙切齿地嫉妒燕青和周泽。

至于那位微微大美人，前几天在娲皇庙遇到了真爱，愉快地和前任说拜拜了。

她后来特意和敏敏打了一次电话，通过相貌比对，确认微微就是"奉子逼婚门"的女主角。其实她挺喜欢微微的，长得漂亮，人豪爽，发嗲也不讨厌，身材更是好得没话说，那叫一个风情万种啊。

老天爷真不公平，师兄的后宫有那么多美人，可是她一个也没有。

温泉泡到一半的时候，叶里希的眼前忽然闪过一个画面。

看地点应该是家里的泳池，霍予深穿得严严实实，衣服却全湿了，他浮在水中，抱着她一直亲。她面色泛红，激动得化身出了蛇尾，在水下摇晃，激起阵阵水花。

好想剥了他的衣服！

可是要矜持矜持……矜持是什么鬼！

然后她便看到预言中的自己把手伸进霍予深的衣服里，尾巴也摇得更欢了……叶里希被这个豪放不要脸的自己惊住了，又有些羡慕。

"噗"的一声，她的尾巴也蹦出来了。

一低头，水面浮着淡淡的血花，她有些无语地摸了一把自己的鼻子。

看预言看得春心荡漾的蠢妖怪，害羞似的把头埋进水里，结果水中浮现的画面却是预言的另一半——水下不断摇晃的尾巴，被一只手慢慢攀上，他摩挲着她的尾巴，慢慢游移，从下至上，极其耐心。那条被他夸赞过"可爱"的尾巴轻轻挣扎了一下，似乎想躲开他的触碰，可又舍不得，很快就停下了那并不剧烈的挣扎。

"这也太限制级了吧……"

叶里希从水里钻出来，捂着几乎冒烟的脸，一颗心脏都差点罢工。

她平静了半个小时，尾巴却仍旧收不回去。她从温泉里爬出来，穿好衣服，拿出手机给霍予深发了一条短信：Boss大人，SOS！

不到三秒，霍予深的电话就打了过来："出什么事了？"

"尾巴……收不起来……"

"你的声音听起来不太对，怎么了？"

"可能是泡太久了，有点头晕。"叶里希随便扯了一个理由，总不能告诉他，她是因为看到了限制级的预言，所以春心大动，以至于整个人都不好了。

两分钟后。

只披着一件浴袍的霍予深赶到了隔壁的女汤，将蠢妖怪藏在他的大衣里抱回来。显而易见，特定环境下的公主抱很容易引发误会。周泽目瞪口呆地看着他们，一副"你们也太速度了吧"的表情。

本来他想和燕青分享一下他的感想，但想到刚才的意外，就闭嘴了。

祭天仪式后，暴雨毫无预兆地停了。

雨后碧空，飞鸟成群，被阴雨笼罩了数日的古村落，终于恢复了往日的喧嚣热闹。民宿老板也不再神神道道地说些反科学的话，走路的脚步都透着几分轻快。

可能这就是信仰的力量。

天气放晴，也就意味着可以上山了。

吃过早饭之后，霍予深一行人稍作休整，和张平在山脚下会合。叶里希不放心他一个人上山，坚持要跟着一块去。然后燕青不放心叶里希的身体，背着一个药箱也跟来了。而周泽见他们都上山玩，当然也跟来凑热闹。

暴雨冲垮了山骨，堵住了上山的大路，所以他们必须绕路上山。

叶里希乖顺地跟在霍予深的身边，左看看右看看，还是觉得不对。师兄今天怎么这么安静，居然没调侃昨天的公主抱。燕大侠也好沉默，之前他和师兄不是很聊得来吗？怎么泡了个温泉，就友尽了？

于是她落后两步，凑到周泽的身边："你和燕大侠怎么了？"

"师妹。"周泽语重心长道，"女人太聒噪就显得不可爱，阿深喜欢有气质的。"

叶里希撇撇嘴巴："师兄，你可真没意思。"

她不理周泽，颠颠地跑回霍予深的身边，八卦兮兮地问："昨天你们三个泡温泉出了什么事故吗？师兄有点不对劲哦。"

霍予深淡淡道："昨天你师兄和初恋情人在温泉中重逢。"

"师兄的初恋情人？谁？"叶里希的脑子一转，就想起来了，然后哈哈大笑道，"那个被师兄当成女生表白的男孩子居然是燕大侠？后来呢，师兄被揍了吗？"

"后来你把我叫走了。"

"痛心疾首！"

"你可以去问问当事人。"霍予深笑道。

"好主意！"

叶里希又兴奋地跑去采访周泽。他见老底已经被好友戳穿，索性破罐子破碎，满足了她的好奇心。当时他抱着看好戏的心态提议玩真心话，主要是针对霍予深。所以燕青中招的时候，他特意放水："说一件小时候的糗事。"

燕青思索了一会儿，说："小学二年级的时候，被一个男生表白，吓得直接退学。"

他说完，全场静默。

霍予深看了一眼呆怔状的好友，不疾不徐地说了一句："真巧，阿泽在小学二年级的时候，对一个小男孩表白过。"

"哈哈哈——"叶里希听了捧腹大笑。

"师妹，做人最重要的就是良心，如果不是为了帮你套阿深的真心话，我会因此失去我的挚友吗？"周泽严肃地谴责道。

她同样严肃道："你失去的不是挚友，而是初恋情人。"

说完，她又"哈哈哈"地狂笑不停。

暴雨冲刷过的大山青翠欲滴，与碧空相映，染出怡人的景色。一行人呼吸着山中清甜的空气，便也不觉得脚下崎岖的山路难走。

大约走了半个多小时的山路，天气忽然转阴，金色的太阳被厚厚的云层挡住，只隐隐透出刺目的天光。不过一瞬的时间，头顶便是乌云密布。深山空旷，狂风大作，激起阵阵回声，渲染出几分莫名的不祥。

叶里希环顾四周，又仰头看天，忽然觉得眼前的情形有些眼熟。

"霍予深……"

"嗯？"

"我们回去吧。"叶里希小声地说，"我、我有些害怕。"

霍予深握住她的手，又冰又软。她似乎被他的举动惊到，睫毛颤了颤，然后瞪圆了眼睛看他，模样傻乎乎的。

"别怕，有我在。"

是他考虑得不周全，错估了这一趟的危险性。现在摆在他们面前的只有一条路，上山拿到女娲石，解决蠢妖怪的食物问题。打从她化身超人救人后，隔三岔五就抱着啤酒猛灌，醉了之后就发酒疯。

一喝醉就胡乱亲人，这臭毛病到底是哪儿学来的！

为了杜绝过敏这种事情，霍予深不得不偷偷换掉了某人的唇膏。

"啧啧啧，他们这是秀恩爱秀上瘾了？"走在他们后面的周泽忍不住揶揄道。

燕青没有说话，他这一路都很沉默。

叶里希对周泽的话充耳不闻，她脑子里除了"牵手了牵手了牵手了"，就是拼命控制自己变身的冲动。好想摇尾巴啊！好想亲一口！就像看到的预言里，把他这样那样，再那样这样地耍流氓。

"啊，下雨了。"叶里希惊道。

这场突如其来的大雨，打消了叶里希满脑子的绮丽幻想。

此时离山顶小神庙尚有一半的路程，但下山更难走。一行人披上雨衣，商量之后，决定继续赶路。周泽心里有些担忧，但见霍予深坚持，便没有劝阻。

在暴雨中赶路，并不是一个明智的决定。

脚下是泥泞曲折的山路，寒风夹着冷冰冰的雨水，迎面打来，一阵涩涩地疼。叶里希怕冷地缩缩脖子，心底冒出几分莫名的不安。

山雾袅袅，雨势渐大。

巍峨的青山，滂沱的大雨，雷声轰隆作响，暴雨在曲折蜿蜒的山路上砸出一个个或深或浅的水坑，低压压的黑云仿佛要从天边坠下。叶里希的脑子忽然"轰隆"一声炸开了，她眼前闪过一幕久违的预言。

那是她第一次预见霍予深的情景。

他为她奋不顾身，为她挡下所有的危险。

她对预言中的霍予深一见钟情，从此之后，他便成为她的信仰。那一幕预言的前兆，正慢慢地和眼前层层叠叠的山浪峰涛重合在一起。

"霍予深……"她惊恐道，"山洪要来了！"

话音刚落，他们就听到几声"轰轰轰"巨响，然后便见山洪从上而至，朝他们这边凶猛地冲过来。张平在第一时间跑到岩石上。燕青踉跄了下，差点摔倒，走在他身后的周泽眼疾手快，一把拉住他，免去一场事故。

但当他们回过神时，却发现霍予深和叶里希不见了。

"阿深！小师妹！"

周泽朝茫茫山洪看去，哪里还能见到他们的身影。

燕青脸色苍白，神色异常难看，他茫然地喊了一声："小叶子——"此时此景，仿佛和当年的噩梦重叠在一起，叫他五内俱焚。

向来理智的燕青方寸大乱，顿时就想跳进洪水之中。

周泽慌忙地拉住他，喝道："你冷静点！"

燕青这才清醒了几分，勉强将脑中的念头压下去。小叶子不会有事，她是拥有自愈能力的女娲后裔，只要剩口气，用女娲石就能救回来。虽然洪水看着恐怖，但要不了小叶子的命。"他们可能被山洪卷走了，我们去下游找人。"

"我刚才好像听到炸药爆炸的声音。"

燕青对这里的地形比较熟悉，稍稍一想，说道："半山腰有个废弃的水库，如果有人炸了水库，刚好能制造一出完美的意外。"

两人齐齐看向张平，他面色发白，一副心有余悸的模样。

周泽却在他眼底看到一闪而过的精光。他走过去，二话不说直接卸了他的胳膊。张平没有防备，中了招，发出一声痛呼。

"周先生，你太过分了！"张平怒斥道。

"你到底是谁？有什么目的？不要说你不知道水库是怎么爆炸的。"周泽沉着脸，凶狠道，"他们要是出事，我不会放过你！"

"这不关我的事。"张平喊冤，"我真不知道是怎么回事，我们这儿经常发洪水……肯定是因为这几天下暴雨！"

燕青铁青着脸，眼底充满了怒意。张平触到他的目光，哆嗦了下，似乎有些畏惧。他看着眼前的局面，心中暗道一声糟糕，一咬牙，转身就跑。他的速度很快，眨眼工夫就消失在茫茫的大山里，仿如山魅。

燕青和周泽慢了一拍，没能将他拦下。而且两人急着去下游寻人，联系救援队，根本错不开工夫去追张平，只能暂时放过他。

张平在山中跑了许久。

暴雨打进他的眼睛里，他难受地眨了一下眼。他有一个喜欢的姑娘，在他心底没有谁比她更好，可她的目光从来只为傅先生停留。真是糟糕又绝望的爱情啊。不过就算这样，他还是想为她做点什么。

比如，在任务中动手脚，帮她铲除情敌。

她能利用他，他很高兴。

据说人在临死之前，才会想起这些往事，他大概是要死了。他背叛了他们的神，无路可逃。

他不想逃，就想再见一见心爱的姑娘。

他在暴雨中跑了很久，终于来到山顶的小神庙。这本是为捕捉叶里希准备的场地，里面不知藏了多少埋伏。傅先生下达的命令是分毫不伤地抓住叶里希，他们原本有两组计划。如果叶里希留在村里，他们的人会立刻将她带走；如果她跟着霍予深上山，那么小神庙里的狙击手是专门为霍予深准备的。

张平义无反顾地走进庙中。

庙里很干净，供桌上放着新鲜的糕点和花束。女娲的雕像一尘不染，显然被人细心地擦拭过。阿大躺在梁上打盹，而明澜跪在蒲团上，闭着眼诵读往生经。她披着一件藏蓝色的连帽斗篷，一张没有血色的脸，看着就和透明的玉石似的，漂亮得没有一点人气。他当年第一次见到她，她就是这副冷冰冰的模样。

他怎么就着了魔，爱上了这样一个心狠手辣的姑娘？

"你走吧。"明澜站起来，抄手而立，语气淡淡的，"就当我们没看到你。"

张平咧嘴一笑："这里怎么就你和阿大？"

"我把其他人派出去搜索叶里希的踪迹，水库爆炸，傅先生肯定第一时间过问叶里希的安危，原本的计划自然作废。"明澜看了一眼张平，"你炸了水库，毁了傅先生的任务，我应该把你交给傅先生。但看在同事一场的分上，这次放过你。下次再见面，我不会再留情。你是个聪明人，该明白我的意思。"

张平怎么会听不明白，这是把全部的事情推到他头上。

水库是他炸的，要杀叶里希的人也是他，这些事情和明澜有什么关系呢？

真是个狠心的姑娘，但到了这个时候，他居然还会担心她："我走了，你怎么和傅先生交差？他要是……"

他要是怀疑你，你怎么办？

"我不会有事。"明澜看着他，目光复杂，她觉得自己就像电视剧里的恶毒配角，辜负了一个痴情的好男人，难得有了几分负罪感，"你……去内蒙古避避风头吧。要是有路子，出国也行，别再回南市了。"

傅先生对叶里希那样重视，每一次下达命令都强调"以叶里希的安危为主"，不然他们早将她抓回去了。真是讽刺，叶里希是拥有自愈能力的改造人，受伤又不会死，他却一副小心翼翼的态度……

傅先生不会放过张平，他不会放过任何伤害叶里希的人。

明澜心里充满了嫉妒和痛苦，她望着张平，忽然明白了这一刻他的心情。

叶里希不会游泳。

作为一只死不掉的怪物，她有恃无恐，但溺水的感觉实在太糟糕了。

到底是怎么被山洪卷走的呢？当时她站的位置有点糟糕，山洪冲下来的时候，正好砸在她的脑袋上，宛如一头咆哮的猛兽，将她叼走。腥臭的洪水一瞬间就冲进她的鼻腔里，她难受地挣扎了几下，却没有呼叫。她不想预言中的情形重演，可在乱石树木砸下来的时候，霍予深仍旧出现在她的身边，为她挡去种种危险。

鲜血从霍予深的额头流下来，染红了她的视线。

"你、你流了好多的血……"叶里希慌张道，"霍予深，你放开我吧，我可是死不掉的女娲后裔。"

霍予深一手抱着她，一手抓住岸上的枝条："别怕，有我在。"

说话间，山上又有东西砸下来。

霍予深闷哼一声，却没有松开手："别乱动，抱紧我。"

"我受伤可以自愈，你别护着我。"她鼻子一酸，眼泪就涌了出来。他满脸的血，背上手上都是伤，狼狈极了，也难看极了。

"你太蠢了。"

"……"这算什么理由。

叶里希正要说话，此时却见岸上的槐树朝他们砸过来。霍予深也看到了，立马松开了手里的枝条，却已避之不及。仓促之间，他只能调了一个方向，将吓傻的叶里希护在怀里，用后背去挡那棵槐树。

槐树砸下来的时候，叶里希的脑袋一片空白。

霍予深不能有事，他不能死……叶里希完全是凭着本能，奋力一甩尾巴，硬生生地将槐树推开。

她"啊"了一声叫起来，痛死了，比被车撞还痛。

她的尾巴一定断掉了！

被活生生痛晕之前，她费力地看了一眼霍予深，老槐树没有砸到他，真好。

后来她似乎短暂地醒过来几次，而她每次睁开眼都能看到一张英俊而狼狈的脸，他好像抱着她在上山。她脑子晕乎乎的，也听不清他在说什么，耳朵里充斥着"嗡嗡嗡"的声响，恍惚之间，这些画面又像是她的幻觉。

叶里希做了一个很奇怪的梦。

海涛时涌，蝉鸣声不绝，正值昏黄日落，海平面染出动人景色。远远看去，好似海市蜃楼，许多游客都拿着手机在拍照。

她穿过乌压压的人群，走到霍予深的面前："好巧，我们又见面了。"

"叶小姐似乎有跟踪的癖好？"

"是缘分！"

霍予深没有说话，她在他的目光里，忍不住红了脸。天气似乎真的很热，她的鼻尖微微冒出了汗，显得有些窘迫。

"我……"她忽然道，"霍予深，我对你一见钟情。"

霍予深轻轻望着她，面无表情道："真巧，我也恰好对你一见钟情。"

叶里希恢复意识之时，是在一处潮湿阴暗的山洞里。

霍予深就坐在她的身侧，头抵着墙，闭着眼睛在睡觉。她看着她的心上人，没有动，也没有发出任何的声音，静静地等他睡醒。梦里的甜蜜喜悦似乎还留在她的身体里，让她一颗心都变得轻盈起来。

有所思便有所梦，看来此言非虚。

她不认为这是一个预言，现在已经快冬天了，根本不可能发生梦里的事情。何况霍予深也不会对她一见钟情，他们第一次相遇的场景有点糟糕。唔，日久生情这个设定也不错，她觉得霍予深好像有点喜欢她。

她摸了一下口袋，戒指还在，要不要偷偷给他戴上去呢？

——这是什么东西？

——求婚戒指，你戴上了就是我的人。

叶里希自己一个人乐呵了半天，忽然生了贼心，秀色可餐，不餐则浪费。她拖着血淋淋的尾巴爬起来，偷偷摸摸地亲了一下霍予深。

见霍予深还在睡，她又亲了一口。

他的唇形生得很漂亮，色泽也好看，看起来就很适合接吻，色心大动的叶里希忍不住凑上去舔了一口。她暗自耍完流氓，正想躺回去继续装睡，却被人一把拽住胳膊。霍予深反客为主，狠狠地亲了下去……

"这才叫接吻。"他喑哑着声道。

傻眼的叶里希："……"

"为什么偷亲我？"

"……"心上人睡在自己身边，她要是忍得住，就是柳下惠！

"说话。"

叶里希磕磕巴巴地"我我我"了半天："说、说什么？"

"说你心里在想的话。"霍予深意有所指道，"什么话都可以说。"

"那个……"她犹犹豫豫地问，"你是不是亲过很多人？"

"没有。"

"骗人！"她刚才就被他吻得神魂颠倒，技术那么熟练，肯定亲过很多人。

霍予深认真思索了一番："就亲过你一个。"

"又骗人！吻技明明那么好。"

她郁闷又纠结的表情取悦了闷骚的Boss大人，他大发慈悲地说出真相："某个蠢妖怪一喝醉，就会化身接吻狂魔，我们大概一起练习了十几二十回。"

蠢妖怪："……"

"没有其他要说的话吗？"

"我我我……"叶里希深深呼吸了两下，鼓起勇气，掏出口袋里的戒指，"霍予深，我喜欢你，你愿不愿意娶一个怪物当老婆？"

他接过两枚戒指，拿起其中一个戴到叶里希的无名指上。

"我已经做好了爱上一个怪物的准备。"霍予深望着傻乎乎的叶里希，眼底浮起淡淡的笑意，"在很久以前。"

"很久是多久？一见钟情吗？"

霍予深看到她眼中的期许，难得说出了一句情话："如果重来一次，我一定对你一见钟情。"

小神庙里的是是非非被暴雨冲刷得一干二净。

包括张平来过的痕迹。

明澜下山之后，回民宿洗了一个澡，她换上漂亮的长裙，化了妆，戴上在路边买的小首饰。她看着镜中面色微红、眼底饱含期待的女人，忽然冲进洗手间，将精致的妆容洗得一干二净，然后又换回了那身黑漆漆的衣服。

没用的明澜，就算你匍匐在他的脚下，他也看不到你。

你的天神，永远在注视另一个人。

她压下满腔的嫉妒和爱意，拿起放在角落里的雨伞，下了楼。街上人烟稀少，暴雨连绵，她撑着伞，一步一阶梯，慢慢走进了娲皇庙。

殿中只有一个在打盹的小沙弥。

她跪在蒲团上，磕了三个响头，然后摇了一支签。

小沙弥还在打瞌睡，她也没叫醒他，兀自在桌上放了张一百的钞票。她迟疑了下，似乎怕钱给少了，又掏出一张一百，然后才伸手去拿对应的签文——我本将心向明月，奈何明月照沟渠。

明月照沟渠，还真是应景。

她把签文装回锦囊，随手放进了口袋里。

明澜把那天叶里希做过的事情，都做了一遍，求签、放花灯、在姻缘树上系红线。她偷偷摸摸地从树上解下一根红线，绑到了自己的手上。然后站在树下等了等，过了一会儿便见到一人缓步而入。

"傅先生。"她恭敬地喊道。

黑色的雨伞下，却露出了那张独属于燕青的脸。

"小叶子呢？"

"她……"明澜握紧了手，平静道，"她和霍予深在一起，没有生命危险。我不敢靠太近，怕被发现，只知道这些。"

他似乎松了一口气，但语气却更冷了："我允许你对小叶子动手了吗？"

"……"知道你不会允许，所以我才先斩后奏。

他又问："你想杀了她？"

真是遗憾，没弄死她。明澜低下头，掩藏住眼底的恶意。

"她是你重要的实验品，我怎么敢动这种心思。是……是张平擅作主张，毁了傅先生的布局。其实有霍予深护着她，别说只是炸开一个水库，就算炸了整座山，霍予深也会把她护得滴水不漏。"

他露出一个奇怪的表情："你……是不是喜欢霍予深？"

第十章
死亡预言

这是他们被困在山里的第二日。

暴雨不停，洪水一直上涨，一夜的工夫，就淹到了洞门口。叶里希蹲在洞口，望着外面低压压的云层，心里不由得有些担忧。霍予深一早就出去了，到现在也没回来，会不会是出了什么状况？

这场意外的背后，她隐隐看到了傅远川的手笔。

只是傅远川不怕一不小心就把她的小命折腾没了？不太可能啊，他应该更想要能喘气的实验品，而不是她的尸体。

胡思乱想了一通，叶里希也没想出一个所以然。

"在画什么？"

她一抬头，就看到了从雨中走来的霍予深，眼睛顿时一亮。她扔掉了手里的树枝，随口胡诌道："我正在推算这天气何时转好，洪水何时会退。"

"不用算了，马上就会停。"霍予深脱下湿漉漉的衣服，拧干后摊在石头上。

叶里希拖着长长的尾巴爬到他的身边，光着上半身的心上人看起来很可口，她有点想亲一下，可是要矜持，矜持。

"你怎么知道？"她佯装自然地问。

"常识问题。"他抱起叶里希，将她放到干燥的岩石上，"尾巴都要烂掉了，就不能安安静静地坐着吗？"

"放心吧，过两天就会长好。"叶里希浑然不在意道，"其实变成怪物也有好处，至少能自愈啊，还自带祛疤磨皮的效果。哦，还有近视眼没了，鼻炎痊愈了，也不痛经了。这么一算，不亏！"

"你还少说了一样。"

"什么？"

霍予深笑道："多了一条很可爱的尾巴。"

叶里希的尾巴仿佛害羞似的蜷缩起来，一张苍白的脸也染成胭脂色。她觉得在谈恋爱这件事情上，自己没有霍予深有天赋。

"尾巴还疼吗？"

叶里希色迷心窍道："亲一下就不疼了。"

霍予深亲下来的时候，叶里希却蒙了，傻乎乎的也不知道回应。过了许久，她才意识到害羞和矜持为何物。

洞中春光无限，洞外的暴雨也正如霍予深所言，很快就停了。

叶里希因为腹中饥饿难挨，说了一会儿话就睡过去了。霍予深看着那条血淋淋的尾巴，眸光渐暗。早上他去小神庙寻女娲石，却在庙里见到了明澜。

……

"别找了，庙里根本没有女娲石。"

"傅先生让我转达一句话——如果不想叶里希被活活饿死，就把她还回来。"

"霍予深，你护不住她。"

……

霍予深紧紧拧起眉，按照燕青的诊断，叶里希只能再撑半个月，没有女娲石，她将活活饿死。事到如今，他可以肯定张平是傅远川的人，这桩买卖从头到尾就是一个局。如果不是那场诡异的山洪，他们应该会在庙里中伏。

傅远川给他的两个选择，他一个都不会选。

女娲石并不罕见，只是因为这几年被炒成天价，收藏的人都当宝似的捂在手里，不好收购。但他在离开南市之前，已经放出风声以市价的两倍收购女娲石，不论品相大小，不问货源来历，相信闻风而来的卖主必定不少。

霍予深做事向来讲究稳妥，尤其在对待叶里希的事情上。而事实证明，两手准备是非常有必要的。他看着昏睡过去的小怪物，低低地说："你可真是太难养了，幸好我家底厚，吃不垮我。"

叶里希一觉醒来，却是在直升机上。

她顿时大惊，差点以为自己又被绑了，扭头见到躺在她身边的霍予深，才缓缓舒了一口气。放松下来后，她发现尾巴不痛了，应该是燕青帮她处理的。她盯着手上的戒指，想起了刚才梦到的预言，笑意顿时就僵在嘴角。

叶里希一动，霍予深就立马睁眼："醒了？"

"我们怎么在飞机上？"

"你睡了之后，阿泽就找到了我们。"霍予深言简意赅道，"再过十分钟，飞机就能在南市的机场降落。"

他顿了一下，忽然道："你伤了脚，等下不要乱动。"

叶里希立刻明白，乖顺地"嗯"了一声，然后有些担心地问："我师兄呢？他和燕大侠没受伤吧。"

"敢情我和燕大侠都是透明人？"

坐在角落里翻报纸的周泽瞥了一眼没良心的小师妹，揶揄道："两日不见，师妹的桃花倒是开得正好。不过师兄有一事不明，还望师妹解惑。"

叶里希不敢乱动，怕衣服底下的尾巴露出来："什么？"

"荒山野岭的，你们是从哪里找来了一对定情戒指？还是说，这对戒是某人天天带在身边的？"周泽眼睛尖，兵荒马乱之中，还能注意到他们的无名指多了东西，"果然适当的灾难戏可以促进奸情……错了，是爱情。"

叶里希尴尬地咳了两声，有点招架不住周泽的"拷问"。

"戒指是我的，你有意见？"霍予深冷冷道。

"没有，当然没有。"周泽大笑两声，戏谑的目光从叶里希的身上滑过，"恭喜师妹，师兄可就等着喝你们的喜酒了。"

叶里希沉默地装傻，霍予深却淡淡地"嗯"了一声。

周泽看了一眼坐在窗边的燕青。

窗外白云成簇，茫茫一片，几缕天光透进来，打在燕青的脸上。他捧着一本书，似乎看得入迷了，根本没有注意到他们在说什么。

许是他的目光太明显，燕青抬起头，朝他看过来。

"晚上一起喝酒。"周泽说道。

"好。"

周泽看着故作平静的燕青，他这两日不眠不休地跟着救援队在山中寻人，完全不顾自己的安危。无论是谁，都能从他的眼中窥出他对小师妹的情意，可是小师妹和阿深已经修成正果，燕大侠注定要伤情。

何况就冲着小师妹那傻傻的样子，肯定也不知道燕大侠对她的心思。

飞机一落地，霍予深就被送到医院，而叶里希则是在燕青和周泽的护送下回了家。

叶里希虽然想陪心上人去医院，但也知道轻重，以她现在的状态，随时可能暴露，不如老老实实地回家。到了此时，她才发现自家师兄是个温柔又体贴的人。他在山上就发现了她的尾巴，但一句话也没问过她。

可是为什么非要师兄也一道陪她回来呢？

难道是不想她和燕大侠独处？

霍予深的伤势不算严重，但也不轻，断了两根肋骨，差点插伤心肺，手臂和后背都被利物划出长口子。樊太后赶到医院，见到这番情形，"嘤嘤嘤"地哭倒在太上皇的怀里。听说儿子是一个人上的救护车，他的朋友都去陪妹子，她顿时就怒了。

"阿泽平时风流就算了，这个时候怎么能扔下深深呢？"

"还有小叶子呢？她怎么不来看深深？"

"不对，深深怎么会和阿泽跑出去玩？孤男寡女的，难道他们……所以阿泽才不敢陪深深来医院，他是没胆子见我！"

樊太后有一颗善于想象的少女心，一个人脑补了几出耽美大戏。

"戒指！谁给你套上了戒指！"

霍予深包扎完，穿上衣服，淡淡道："你儿媳妇。"

"阿泽？"樊太后小心翼翼地问道，"那小叶子怎么办？妈妈的小孙孙怎么办？"

霍予深不说话，扣好衬衫扣子，拿起外套就往外走："我回去了，你们也回吧。过几天我伤好了，就带媳妇回家。"

"阿深，你得留院观察几天。"太上皇也开口了。

"不用了，就这点小伤。"

"行吧，我开车送你回去。"末了，太上皇又说了一句，"改天把你媳妇带回来给我们看看，你年纪也不小了，该定下来了。"

霍予深急着回家，便将助理留下排队取药。

今天的交通难得顺畅，不到半个小时，就到了霍予深住的小区。樊太后本来想进去探探情况，但被毫不留情地拒绝了。

回老宅的路上，樊太后道："我觉得，你儿子金屋藏娇了。"

"这不是好事吗？"

"咱儿媳妇是不是有什么毛病？比如性别不对？不然儿子为什么藏着掖着不给我们看？"樊太后越想越纠结，脑洞越开越大，"该不会是仇敌之女，又或者是商业间谍？外星人？未来特工？"

太上皇端着一张和霍予深一样的面瘫脸，淡定道："过几天不就能看到了。"

然而一星期之后，他们也没有见到儿媳妇。

樊太后顿时急了，这儿媳妇肯定有问题，还是大问题！于是她以一天三次电话的频率打给霍予深，催他立马把对象带回家。

这天晚上，霍予深皱着眉挂断樊太后的电话。

他觉得，有必要和叶里希谈谈。

在他养伤期间，叶里希堪称完美女友，每天变着花样给他弄好吃的，遛狗、拖地，又勤快又听话，却不像以前那样黏他。她总是发呆，还很容易一惊一乍，经常把自己关在房间里，精神也一天比一天差。

而且每次提到见家长这个话题，她总有各种拒绝的理由。

叶里希从厨房走出来，手里端了盘玉米饺子，见到霍予深定定地看着她，略感困惑："怎么了？难道我脸上有脏东西？"

"过来。"

叶里希走过去，放下盘子道："你快趁热尝尝，是玉米和五花肉做的馅。"

霍予深吃了两个饺子就放下筷子。

"不好吃吗？"

"等一下再吃。"霍予深示意她坐下说话，"你上次说，等尾巴变回腿，就跟我回家见父母。明天可以吗？"

"我明天没空，和敏敏有约了。"叶里希想也不想就拒绝了。

"那后天呢？"

"后天也不行，瑶瑶的学校要开运动会，我得去帮她录像。"

"这周六呢？"

在霍予深逼人的目光里，她仍旧拒绝道："周六……周六我也有事情。"

"你什么时候有空？"

"……"

"你不想去见我的父母，为什么？"霍予深见她一脸紧张，不由得放软了语气，"我的父母很开明，对你的印象也很好。"

"我……"

"你还有什么顾虑？"

叶里希耷拉下脑袋，磕磕巴巴了半晌，忽然道："霍予深，我们分手吧。"

"你要分手？"霍予深盯着她，"看着我再说一遍。"

"我们不合适的，还是趁早分开吧。"她抬起头，颤抖着声音说，

"等你伤好了，我就搬出去，你这么好……很快就能再找到一个女朋友……其实我也不是很喜欢你，只是因为你能保护我，我才产生了那样的错觉……"

霍予深看了她半晌，有点无奈："被分手的人是我，你哭什么？"

"……"

"看起来就像被人逼迫，不得不说出这些违心的话。"霍予深抽了一张纸，擦掉她的鼻涕眼泪，问道，"为什么要分手？"

"我……没人逼我，分手是我自己的想法。"

"可是你一脸舍不得，好像在说'求求你，别抛弃我'。"霍予深站起来，"我先去睡了，不管什么事，都等明天再说。"

"哦。"

霍予深凑过来，在她的额头亲了一下："晚安吻。"

"……"

这样很犯规好不好，她万一真的被美色攻陷，狠不下心分手怎么办？

初冬的夜晚，带着瑟瑟寒意。

霍予深回到房内，给周泽打了一个电话。听完前因后果，周泽立马道："不可能！就我家小师妹的痴汉属性，怎么舍得和你分手。"

"她没找你说过什么吗？"霍予深问道。

"以前经常说些花痴你的话，但从女娲村回来后，她就没有找过我。"周泽也觉得这事不对头，"戚敏敏说不定会知道些什么，你等等，我去打听一下。"

周泽挂断电话。

过了十多分钟，他的电话就打过来了："二敏也不知道是怎么回事，不过她说最近小师妹有点奇怪，以为她表白失败了。按常理推断，小师妹功德圆满，应该是兴高采烈地昭告天下，怎么反倒一副生无可恋的样子。"

霍予深看着楼下的人影，眸光渐深。

叶里希提着一袋垃圾，正往外走，燕青从家里走出来，追了上去。

两人并肩而行，不知道说了些什么，她的神色一扫刚才的沮丧无助，微微一笑，就露出了脸上的酒窝。

和他闹分手，却给别的男人看酒窝。

霍予深烦躁地拧紧眉："你有什么主意？"

"灌醉她！"

霍予深吐出一个烟圈，没有说话。

"酒后吐真言，先问出她闹分手的理由，再来想对策。"周泽不愧是驰骋情场的浪荡公子哥，主意一大把，随手拈来，"或者你可以'牺牲'下美色，把人迷晕了，还不是想问什么就问什么。"

霍予深"嗯"了一声："我挂了。"

"等等。"周泽喊道，"有个八卦，关于女娲村的，要不要听？说不定和小师妹这事有关联。"

"说。"

一听这语气，周泽就知道他正暴躁着，顿时对小师妹肃然起敬。

近日女娲村发生数起灵异事件，死了好几个村民。景区那边的娲皇庙也被雷劈了，还露出埋在院中的棺材，顿时引起轩然大波。之后有人实名举报当地村民以活埋小孩的方式来祭天，并附上前段时间的祭天仪式视频。

"就是这样，现在景区都被封了。"

"所以？"

"所以小师妹肯定中邪了。网上说，之前去过女娲村的游客，有不少都出现了奇怪的症状，比如觉得自己重生了，穿越了。"

霍予深直接挂断电话。

他又点了一支烟，走到阳台，目光沉沉地盯着楼下。

燕青的母亲曾受到当地村民的欺辱，而在他离开女娲村之后，村子立马就出事了。这两者之间有关联吗？

霍予深拧着眉思索片刻，忽然想起了一桩事。

他走进房内，找出角落里的相册，抽出小学时期的集体合照。那年学校组织春游，全班都去了，拍照的时候，周泽死活要拉着燕青的手。

他盯着照片里漂亮的小孩，和现在的燕青倒有几分神似。

他沉思许久，打了一个电话给助理。

叶里希倒完垃圾回来，就看到坐在客厅里喝酒的霍予深。她低下脑袋，努力稀释自己的存在感，试图悄悄地从他身边路过。

"过来。"

她乖顺地走过去，嗅了下，闻到一股浓浓的烟草味："你怎么抽烟了？"

"烦。"

"烦什么？"她脱口问道。

"未婚妻和我闹分手，烦。"霍予深把她拉到身边坐下，塞给她一罐啤酒，"一个小时又十五分钟，所以你是步行去垃圾场倒的垃圾吗？"

"不是……"

霍予深不说话，喝了一口啤酒。

"还碰到了燕大侠，他给我吃了一块糖，可以充饥。"叶里希回忆了一下，"很香很甜，和女娲石的味道有点像。"

"我以后不会让你饿肚子。"他郑重地保证道。

叶里希沉默地喝酒，她心里很难受，霍予深这么好，这么好，她舍不得。可是她又想不出其他的办法，一闭眼都是绝望的血红色。

她喝完一罐啤酒，霍予深就默默地再塞一罐。

一个小时后，两个小时后，三个小时后，桌上的空罐子越来越多，空气里飘浮着淡淡的酒香。醉眼迷离的叶里希抱着霍予深哭得一把鼻涕一把眼泪，全无美感。不等霍予深开始盘问，她就自己把底掀了个干净。

"你会被我害死的，我不能害死你。"

"我看到了，我把你害死了。"

"他们都不让我参加你的葬礼，师兄也不理我，只有我一个人……他们都怪我，怪我把你害死了……我不想的，我那么喜欢你。"

叶里希号啕大哭，积压了许多日的彷徨无措齐齐宣泄出来。

"蠢妖怪。"

霍予深帮她擦干净脸，见她一副可怜兮兮的模样，没忍住就亲了下去。喝醉酒的叶里希全然不知羞涩为何物，被心上人一亲，顿时狼血沸腾，毫不矜持地扒开他扣得严严实实的衬衫，双手不安分地摸了下去。

未婚妻都这么主动了，这个时候还能忍得住的，绝对是性无能。

霍予深又哑着声说了一句"蠢妖怪"，然后将她抱到自己的膝盖上，从眼睛一路亲到胸前的柔软，手指灵活地拉下她背后的拉链，脱去了她身上的长裙。她两眼泛红，软绵绵地喊着他的名字……

孤月照双影，正是春宵苦短的时刻。

此时霍予深却眼睁睁地看着怀里的人化出了蛇尾，她一脸无辜地看着他，就好像在谴责他为什么停下了……

叶里希又梦到了那场葬礼。

阴沉沉的天，阴沉沉的雨，阴沉沉的出殡队伍。她站在门外，看着那张黑白遗照，神色木然。师兄从里面走出来，劝她离开。

她摇摇头："我不走，我要陪他走完最后一程。"

师兄的脸色很疲惫，他沉默了许久："那是阿深自己的选择，谁都无权责怪你。可是伯父伯母看到你，很难不受刺激。"

她低下脑袋，转身就走。

樊太后的哭声飘了出来，绝望又崩溃，一点点钻进她的耳朵里。她走到拐角处，躲在墙后，远远地看着这场黑色的葬礼。

叶里希哭着从梦里醒过来。

哭了一会儿，她才发现这是霍予深的房间，而自己身上都是痕迹。她抱着脑袋，努力回忆了半响，依稀记起了自己扒人衣服的壮举。

她都那么主动了，为什么霍予深却没有吃掉她？

这到底是为什么为什么为什么？难道她看起来一点也不可口吗？叶里希的内心纠结成一团，恨不得立刻去找霍予深问个明白。可转念一想，他们都要分手了，好像也没必要在意这种事情，说不定这就是他答应分手的暗号。

想到分手，想到死亡预言，叶里希忍不住又哭了出来。

在浴室里冲冷水澡的霍予深听到门外的哭声，无奈地关掉水，披着浴巾就出来了。他走过去，抽了几张纸，动作熟练地擦掉她的鼻涕眼泪："又梦到了什么？"

"……"

"我死了，还是你去参加我的葬礼却被赶走了？"

叶里希瞪圆了眼："你知道？"

"嗯，知道。"霍予深把被子拉上去一点，盖住她微泄的春光，不想再被勾起邪火去冲冷水澡，"你喝醉了不仅喜欢耍流氓，还很听话，问什么就答什么。"

"……"

"我是怎么死的？"

"为了救我，被人一枪打死……我不知道是谁干的，只看到一个模糊的人影，好像是来找我报仇……"叶里希颤巍巍道，"我把你害死了，要不是因为我，你也不会死……我们分手吧，从现在起就划清界限。"

"如果未来的事情无法改变，你现在却还要和我分手，我会死不瞑目。"霍予深亲了她一下，笑道，"至少要做一个风流鬼。"

"你怎么还有心情开玩笑！"

"别怕，在你死之前，我不会死。"他的神色是少见的温情脉脉，"总会有办法的，分手是最愚蠢的决定。"

"可是……"

霍予深翻身压倒她："有闲情逸致胡思乱想，不如我们来做点别的。"

他抓着她的手，按到了那处坚硬，叶里希的脑子一下子就炸开了，不知做何回应。如果她是皇帝，霍予深一定是祸国妖姬，被他轻轻一勾，从此君王不早朝。此时此刻，她哪里还能记得什么预言，简直都要魂魄出窍了。

窗外朝阳正好，悄悄地爬进了屋内，照出影影绰绰的春色。

她被他亲得全身发软，激动得不能自已，"噗"的一声，光溜溜的双腿就变成了蛇尾。她顿时傻眼了，昨晚该不会也是这样吧？

"变回去。"霍予深低哑着声哄道。

叶里希乖顺地"哦"了一声，努力地冥想，成功收回尾巴。可不到两秒，又变出来，她无措道："太激动了，变不回去。"

何止激动，她全身的血液都在沸腾，幻想了压倒男神的一百种姿势。

霍予深重重地在她肩上咬了一口，然后用被子包住春光，深深呼吸两下，压下翻滚的邪火，喑哑着声道："我去冲冷水澡。"

"哦……"

霍予深去浴室冲澡，自觉丢人的叶里希迅速穿上衣服，趁机爬回自己的房间。等脸上的热度稍稍退下来一些，她叨叨数落起自己的尾巴。太不争气了，就不能克制一点吗？如果每次都这样，什么时候才能滚床单？

男色当前，能看不能吃，简直难熬！

拿这种问题去请教燕青，好像有点羞耻。可是除了他，也没人可以请教。叶里希是个十足的行动派，尾巴一缩回去，她就立马下楼了。

初冬的太阳温煦讨喜，照在身上，便不自觉地生出几分暖洋洋的舒适感。叶里希抱着一罐肉酱，趿着一双毛茸茸的拖鞋，敲开了隔壁的大门。

给她开门的是个萌妹子，眼睛又圆又亮，肤白人瘦，长得特别小清新，活脱脱就是宅男心中的二次元女神。叶里希微微一愣，这个萌妹子和姚瑶长得很像，笑起来的样子更像，难道她是……

"你是瑶瑶的妈妈？"叶里希迟疑地问道。

萌妹子"哈哈"笑了几声，脆生生道："小叶子你认不出我了吗？"

"瑶瑶？"

"嗯嗯嗯，我是吃了恶魔果实的姚瑶。"她拉着叶里希的手走进来，欢快道，"是不是很惊讶啊，哎呀，我终于可以不用去上学了！装小孩也是一门技术活啊，这段时间可累死我了……对啦，你来找燕大侠吗？他出去了，我现在就给他打电话，他要是知道你来了，肯定一秒飞回来……"

成人版的姚瑶，依旧是个话痨。

叶里希好奇地问："瑶瑶，你到底几岁啊？"

"十九岁。"话痨姚瑶打完电话，敞开了话匣子，"你不知道我有多惨，寒窗苦读十多年，终于熬过了高考，一朝金榜题名！结果毕业旅行的时候出了车祸，被傅远川那个变态拉到实验室去了，改造就改造吧，进化就进化吧，却把我变成了小孩！玩我啦还是玩我啦，我这副鬼样子，有家不能回，有学不能上，要不是遇到燕大侠，我只能上街讨饭了！唉，我之前一直不敢和你相认，怕你嘲笑我装小孩。"

叶里希感同身受："我也是出车祸之后，被拉到了实验室。"

"我觉得那家仁爱医院有问题，出车祸往里送的，十有八九就不见了，这家医院肯定和傅远川有勾搭。你也是被仁爱医院坑的吗？是吧是吧，我听其他实验体说，他们都是在这家医院看病，然后一觉醒来就到了恐怖实验室。"姚瑶吧啦吧啦说了一堆，想起了当初一起受苦的小伙伴，有些难过，"也不知道他们现在怎么样了，是不是还活着。对了，你是怎么逃出去的？我是被燕大侠英雄救美的哦。"

叶里希说起当时逃亡的过程，末了，补充道："下水道的滋味简直销魂。"

"是哪个下水道？"

叶里希回忆了一下，说了个大概的位置。姚瑶听完之后，神色有点奇怪，她扫了一眼玄关，忽然道："你……小心燕青。"

叶里希微微一愣："燕大侠怎么了？"

"他才不是我的燕大侠。"姚瑶小声地嘟囔了一句，叶里希也没听清，"小叶子，我告诉你一个秘密……"

她正要继续说下去，此时玄关传来动静。

燕青回来了。

"我去补觉啦，你们慢慢聊。"姚瑶一溜烟跑得没影，简直就像兔子见到狼。叶里希看着紧闭的房门，忽然想到了一些事情，每次姚瑶谈及燕大侠，语气都透着亲昵和依赖，可见到他的时候，却好像很怕他。

燕青换了拖鞋走进来，微微笑道："瑶瑶说你找我，是什么事？"

"……"那么尴尬的问题要怎么请教才能显得小清新？

"怎么了？"见她面露难色，燕青有些担忧，"是不是身体不舒服？"

"也不是什么重要的事情……"叶里希憋红了一张脸，嗫嚅道，"就、就是我的情绪一激动，尾巴就会露出来，有没有办法不这样？"

"你现在是虚弱期，控制力比较差，进食后就不会了。"

她将信将疑地"哦"了一声，虽然她的脸皮比一般人厚，可也不好意思问出"如何在滚床单的时候不变身"这种话。

燕青不明所以，但见叶里希一脸苦大仇深的模样，便带她出去散心。

姚瑶趴在窗户上，看到他们出去了，幽幽地叹了一口气。

她都已经提醒过小叶子了，为什么她还和冒牌燕青单独出去呢？如果不是为了燕大侠的安危，她一定冲上去揭穿他的真面目。

碧海青空，鸥歌时作，一艘游轮扬帆出海。

叶里希坐在船头，钓了半天的鱼，桶里却只装了几只虾，而燕青的水桶里已经装了好几条大鱼。她有些无聊地打呵欠，这年头的鱼都成精了吗？吃了她的鱼饵，却不上钩，还示威般在她附近游来游去。

"不钓了。"叶里希没耐心地放下钓竿，往后一躺，懒洋洋地说，"阿深又不能吃海鲜，有钓鱼的工夫，我不如去研究菜谱。"

燕青闻言，握紧了钓竿："你就那么喜欢霍予深？"

"必需的啊。"

"你们不是一个世界的，强行在一起，不会有好结果。"

叶里希微微一愣，燕青是个很有绅士风度的人，做什么都是一派从容，她甚至没见过他发脾气的样子。在她的印象里，他说话做事永远是点到即止，留有余地。现在的燕青，却给了她几分似曾相识的压迫感。

"他是人，我也是人，为什么不能在一起？"

"你会活得比他久，可能他白发苍苍、垂垂老矣的时候，你还是现在的模样。他会保护你，不让外界的暴风雨伤到你，但一年又一年，你们的感情又能维持多久？"他看着蔚蓝的海平面，继续道，"你知道你的存在对人类进化具有多大的价值吗？用你来换，他能得到多大的利益？你敢确定他一生都不会背叛你？"

叶里希毫不矜持道："可是没有阿深，我现在就活不下去。"

"没有谁离不了谁。"燕青道，"当年我父亲为了我母亲什么都肯做，可最后还是屈从了自己的欲望，将她逼上绝路。"

"如果，我是说如果啊，阿深想要我的命，我就把命给他。不管他做什么，我都站在他这一边，就算他不要我，我也要他。"

燕青沉默了很久。

她的感情炙热而坦然，没有丝毫的杂质，可是她的爱不属于他。

如果这番话，是给他的表白，他一定好好珍藏。

妥善地安置在心底最深处。

他放下手里的钓竿，走进船舱。过了一会儿，他抱着一个盒子走出来，在叶里希困惑的目光里，他打开了盒子。

顿时空气里溢满了食物的香气。

一匣子的女娲石，以这么一种突兀的方式出现在饥肠辘辘的叶里希眼前，她贪婪地看着女娲石，忍不住感慨道："好多石头啊！"

"这是聘礼。"燕青盯着她的脸，"小叶子，嫁给我。"

"什、什么？"

燕青的目光克制而热烈："我喜欢你，不，我爱你，在你遇到霍予深之前就爱着你。你不需要喜欢我，只要愿意和我在一起就足够了。"

"我我我……你冷静一点……"叶里希有些语无伦次。

燕大侠喜欢她？

燕大侠在向她求婚？

怎么办怎么办怎么办，要怎么拒绝？难道要回一句"我把你当兄弟你却想睡我，这不可能"？现在可不是搞笑的时候！

叶里希为难之际，手机恰好响起来，是属于霍予深的独有铃声。

"你是不是出海了？"

有手机定位，她想撒谎也不行。看了一眼燕青，她莫名有点小心虚："我、我陪敏敏海钓，她失恋了。"

"什么时候回来？我去码头接你。"霍予深的声音异常严肃，"如果燕青找你，不要单独和他出去。他就是傅远川，真正的电竞大神燕青失踪很久了。"

叶里希下意识地朝燕青看去，眼中溢满了惊恐。

燕青何等敏锐，立刻明白了这一眼的含义。何况他们只隔一臂之远，手机话筒里隐隐约约传出了霍予深的声音。

"电话给我。"

她还没反应过来，就已经把手机递出去。燕青，不，现在应该叫他傅远川，他直接切断了通话，并关机。

"现在没人打扰我们了。"傅远川说道。

"我……"叶里希忍不住后退了两步，脑袋里乱成糨糊。今天是愚人节吗？燕大侠向她表白，然后立马又被告知燕大侠是傅远川冒充的，是不是哪里弄错了？燕大侠怎么可能是那个变态科学家？他们长得都不……不，她其实没见过傅远川的样子，每次他出现在实验室的时候都戴着口罩，至于身高体型，她哪有心思关注这些。

除了那股似有若无的桂花香，能够和记忆重合。

叶里希一眼扫过茫茫大海，上一刻还觉得宜人的风景，此刻已经变成恐怖副本。

她还回得去吗？

"别怕我。"傅远川道，"不要用这种眼神看我。"

叶里希握紧一直在发抖的手，磕磕巴巴地说："燕、燕大侠……我想回家，我们可以回去吗？"

"你还没答应我的求婚。"他将盒子捧到她的面前。

面对诱人的女娲石，叶里希强忍着进食的欲望，移开了目光："我……"她应该假装答应的，先稳住他，再图后谋。

"对不起。"她结巴了许久，只蹦出这三个字。

傅远川的神色很平静："你不想要女娲石吗？你的身体撑不了几天。全球百分之八十的女娲石都在我手里，市面上流通的所剩无几。"

"……"是你把我变成这副鬼样子的，我不接受凶手的威胁！

"我可以向你发誓，关闭实验室，停止全部的研究。从今以后，我不会伤你分毫。你想要什么样的爱人，我就变成什么模样。"

"可、可是我只想要霍予深。"叶里希大着胆子回道。

"这是第三次了。"

"……"什么？

他看着瑟瑟发抖却佯装镇定的叶里希，眼底一暗。他想告诉她，他有多么珍惜她，在她爱上霍予深之前，他便爱着她。在她不知道的时光里，他们也曾是彼此的唯一。可此刻，她看他的眼中充满了恐慌和抗拒。

"我送你回去。"

她警惕地看着他："真的？"

"我从来没对你说过谎，除了燕青这个名字。"傅远川温柔而伤感地注视着她，"如果将你救出实验室的人，为你不顾一切的人是我，你是不是就会爱上我？"

叶里希心道，当然不会。

可是怕激怒他，她就含糊道："可能吧。"

游轮返航的中途，他们碰到了开着快艇来接人的霍予深。傅远川并未多做纠缠，放下梯子，亲自将叶里希送过去。如此痛快反常，倒让霍予深起了疑心，但见叶里希惨白着脸，一副惊魂未定的模样，他也顾不上试探一二。

傅远川负手站在船头，默默望着渐远的黑影，眼底浮起浓浓的阴霾。

第十一章
跟踪狂魔

　　自从海钓那一日后，"燕青"就从叶里希的生活里消失了。

　　跟他一起失踪的还有姚瑶。

　　到此时，叶里希才将姚瑶的话和预言联系在一起。当日锦庭大火，在门口喊"瑶瑶"的男人应该才是真正的燕青。

　　姚瑶提醒过她，要小心"燕青"，可是她没放在心上。

　　温柔绅士的燕大侠怎么会是傅远川呢？

　　燕大侠是傅远川冒充的，这个真相让她备受打击。

　　又饿又伤心的叶里希因此而消沉，直到戚敏敏的一个电话。

　　"快点看微信，我给你发了一个视频，重点是三分五十秒！"

　　叶里希一头雾水，打开了微信，点开敏敏发给她的视频。居然是霍予深的采访，主持人是个美女，两人看起来很般配，她略略醋了。小醋一番，将视频拖到三分五十秒的位置，她便听到美女主持人问："可以谈谈你的未婚妻吗？相信电视机前的观众和我一样，都对霍先生手上的戒指感兴趣。"

　　"那是我迫不及待想要变成妻子的女人。"

　　主持人似乎很意外这个答案，露出一个恰到好处的羡慕神色，笑着问："我相信现在有很多女人嫉妒你的未婚妻。她是什么样的人？"

霍予深一脸坦然道："可爱。"

"还有呢？"

这次他思索了一会儿："很可爱。"

戚敏敏的电话又打过来："你家Boss大人的未婚妻另有其人吧，我怎么听都不像在说你。形容你的话，难道不是痴汉或者不要脸？"

叶里希毫不介意她的嘲讽："我家Boss大人就是被我的美貌征服的。"

"……"

"对了二敏，你要给我当伴娘吗？"

"别学你师兄叫！二敏个鬼！"戚敏敏被踩到雷，冷哼一声，"我都已经当了三回伴娘，再当伴娘，可能就真的嫁不出去了。对了，那个微微怀的不是你师兄的孩子，你不要误会他，上次我也说得有点过分……"

"在我不知道的时候，你们都发生了什么！"

戚敏敏反驳："在我不知道的时候，你和Boss大人都要见家长了！"

"……"

叶里希盘着腿坐在床上，和敏敏聊了一会儿八卦，听到楼下传来开门的动静，立马挂了电话，激动地冲下去。情绪起伏过大的结果就是尾巴又蹦了出来，她滑到霍予深的身边，尾巴摇得比Lucky还欢。

"傻笑什么？"霍予深脱下西装外套，挂到衣架上。

"你觉得我可爱，很可爱？哪里可爱了？"

霍予深的眼底浮起淡淡的笑意，猜到她是看到了采访："哪儿都可爱。"抱起春心荡漾的蠢妖怪，亲了一下她的脸："明天我妈过生日。"

"什、什么？"

"打算什么时候见你公公婆婆？"

"那就明天吧。"叶里希有些担心，"他们要是不喜欢我怎么办？比如给我一张支票让我离开你？"

"看来你一百五的智商都用在了别处。"

叶里希："……"

此时霍予深的手机响了，是短信提示音，他点开一看，是个陌生号码。

——傅远川要对付你，小心。

——对不起。

叶里希也看到了这两条短信，想起那个死亡预言，心里顿时"咯噔"一下。难道杀霍予深的人是傅远川？

"你觉得短信是谁发的？"叶里希问道。

"姚瑶。"

两人异口同声说出这个名字，相视一眼，他说道："别担心，我们迟早要对上的。我这边已经有眉目了，找到他的老窝，一锅端了它。"

叶里希抱住他："你别死。"

"你觉得傅远川比我厉害？"他反问。

"没有。"

"所以你应该为他担心。"霍予深故意转移话题，"我查了一下燕青，他失踪前收养了一个小孩子，就是姚瑶。在锦庭失火之后，他彻底从网上消失，就连今年最重要的决赛都缺席，很可能是因为人身自由受限。"

"你是说，真正的燕青在傅远川的手里，所以瑶瑶才帮他做事？"叶里希疑惑道，"可是瑶瑶的进化失败了，只能变大变小，还不如阿大有价值。难道是他手底下没人了，所以连一个小姑娘都不放过？"

"这些复杂的问题不适合你，快去做晚饭。"

"不要忘记我可是智商一百五的人。"她提出抗议。

饭后，两人牵着Lucky出去散步。

今晚的月色很好，牛郎织女星遥遥相望，一地星光汇出并肩而行的绰绰剪影。叶里希拉着牵引绳，忽生感慨。

"霍予深，今晚月色真美。"

"这是表白？"

叶里希一点也不矜持地点头："是的，含蓄的表白。师兄说，你喜欢含蓄的姑娘，所以让我矜持一点。"

霍予深在心里默默地给好友记上一笔。

数年之后，追妻之路异常艰辛坎坷的周泽才知道了这番缘由。

完全不知道矜持和含蓄为何物的蠢妖怪，一脸期待地说："你怎么不对我说'今晚月色真美'，这套路不对啊。"

"我爱你。"

"……"会心一击。

"我不喜欢含蓄的表白，你可以直白一点。"

"……"血槽已空。

霍予深又道："坦诚的姑娘最可爱。"

这一晚，叶里希兴奋地抱着自己的尾巴，脑内自动循环播放"我爱你"。直到天明，她才迷迷糊糊地合上眼。梦里，她穿着凤冠霞帔，一脸羞涩地将手放到霍予深的手里，红色的烛火中，一身婚服的心上人笑意温柔。

叶里希是被臭烘烘的味道熏醒的。

她睁开眼睛，不可置信地扫了一圈，又闭上眼睛——这一定是在做梦！她在自己的床上入睡，怎么可能一眨眼就在下水道？

一定是梦到了她和霍予深的初次相遇！

叶里希狠狠地咬了自己的手臂一口，疼得直龇牙。"有感觉，那就不是做梦。可谁把我扔进了下水道？到底想干吗？"

她压抑着满满的恐慌，推开了下水道的铁盖，探出脑袋来。

月色沉沉，星光铺满宁静的城市。

此时一只黑猫从灌木丛里走出来，跟她对视了几秒，然后发出凄厉的叫声，最后迅速地逃走！

这个熟悉的场景，让她生出几分不祥的预感。

季节也不对，南市已经入冬，不可能如此炎热。还有她身上的这条裙子，因为脏得不成样子，早被她扔进垃圾桶，怎么又回到了她的身上？最不正常的地方是，南市在十月份换了全部的街灯，可现在的路灯却还是难看的马桶形状。

如果她爬出来的时候，霍予深的车子会撞到她，那么就只有一个结论——

她回到了过去！

叶里希小心翼翼地从下水道里爬出来，而在同一时刻，一辆黑色SUV险险地在她面前停下。一人从车里走下来，雪白刺眼的车灯模糊了他的模样，她微微眯着眼看去，硬生生地将那声"霍予深"咽回肚子里去。

逆光走来的人是傅远川。

他走到她的面前蹲下，语气温和而急切："有没有撞到你？"

"……"叶里希惊恐地蜷缩成一团。

他的目光停在她的尾巴上，似乎是接收到了她的畏惧，神色变得温柔："你别怕……我不会伤害你，我发誓。"

还没搞清状况之前，叶里希只能装傻。

"我是燕青。"他的目光怜惜而怀念，"你可能已经不记得我了，我们是认识的。现在不是说这些的时候，我先带你回家。"

他把叶里希抱起来，她僵着身体，依旧保持沉默。

她想跑的，可是身体虚弱得有些过分，走路的力气都没有，何况对手是傅远川。还有现在到底是什么情况？为什么接她回家的人不是霍予深，而是傅远川假冒的燕青？她到底是回到了过去，还是这只是一场骗局？

车子经过一家正在装潢的餐厅，红色广告牌上写着：九月十二日盛大开业！

不，没有人能够设下这样逆天的一场骗局。

时间确实倒流到了她和霍予深相遇的那个晚上，可是，为什么会这样？从傅远川的话里可以推断出两件事情：第一，他记得时光回溯之前的事情；第二，他以为她的记忆停留在九月十二号之前。

傅远川再次以燕青的身份接近她，到底想玩什么把戏？

时光回溯跟他又有什么关系？

同一时间。

明澜倒在黑色悍马的前面，身上的裙子已经被血染成暗沉沉的红色。她咬着牙，努力保持清醒，朝目标人物看去。

霍予深从车里走下来，疾步走到她的身边："我马上叫救护车，你坚持一下！"

她拉住他的裤脚，费力道："不能去医院……救救我，我、我不能去医院的。求你了，先生。"

月光下，她裸露在外的手臂布满了银色的鳞片。

而她的脸，如同传说中的鲛人一样美丽。

她这样美丽，又这样恐怖，极致的反差，只要一眼，便能让人记忆深刻。

叶里希被带到了一个高级公寓里，得到物品如下：一颗女娲石、一柜子符合霍予深审美的裙子（傅远川大概不知道她以前的衣服都是霍予深买的）、萌萌的茶杯犬（这是Lucky的替代品吗？）以及布置得温馨又少女的闺房一间。

从这些细节可以推断出，这一切蓄谋已久。

叶里希忽然想起了一件事情，瑶瑶曾经很详细地问起她出逃的过程，下水道的位置。在时光回溯的前一天，瑶瑶还发了短信来提醒他们。

果然是蓄谋已久。难道拥有这个特殊能力的人并非傅远川，而是瑶瑶？

如果找到瑶瑶的话，是不是一切就能恢复成原来那样？

叶里希在浴室磨蹭了很久，然后穿得严严实实地走出来。她原本打算吃饱了肚子就逃出去找现在的霍予深，可是这样就找不到瑶瑶了。如果她是傅远川，肯定把瑶瑶藏起来了，这么逆天的能力，谁得到谁就是人生赢家。

傅远川见她一脸警惕戒备，默默地把雪白的茶杯犬塞给她，或许是手里抱着一个暖萌的小东西，她的情绪微微放松了一些。

"我们谈谈吧。"他说道。

她在离他最远的位置坐下："好，我先问。你是什么人？为什么知道我的名字？你有什么目的？你想从我这里得到什么？"

演技一秒上线的学霸叶里希瞬间找到自己的角色定位。

傅远川给她说了一个故事。

在这个故事里，"傅远川"是他父亲的学生，而他是和父亲理念相违背的"燕青"。某一日他在恐怖的实验中见到了和母亲一样的实验体，动了恻隐之心，便帮她逃跑。后来他们遭到实验室的追捕，朝不保夕，生活十分狼狈。中间略去大段的相爱过程，总之最后因为他的关系，她死了。为了改变她的命运，他便回溯时光……

叶里希心道："你这么能演，为什么不去演戏？"

傅远川给她的人设太坑了，所以她没法硬着头皮吃下去："对不起，现在的你对我来说就是一个陌生人，所以我不喜欢你。"

"没关系。"傅远川的神色略带失落，"这一次，我一定会好好保护你。"

叶里希干巴巴地"哦"了一声。

她想回家，她想霍予深，她不要和一个变态谈人生谈理想，她的人生理想都已经被他毁了。如果没有该死的时光回溯，她现在可能正在挑选衣服，在为见家长做准备，可是她回不去了……

思及此，叶里希忍不住红了眼眶。

傅远川误以为她是被他的故事感动了，所以伤心成这副模样："别难过，我现在有未来的记忆，不会再让你遇险。"

叶里希低着脑袋，敷衍地"哦"了一声。

这一天，她没有被霍予深的车撞到，也没有遇到霍予深。

他们的故事，被傅远川改写了。

就这样，叶里希开始了和傅远川的同居生活。

如果她没有记忆，说不定就被他忽悠了。披着燕青皮的傅远川，温柔绅士，对她一往情深，而刚刚从实验室逃出来的她，得到这么一个温暖的庇护所，肯定早就感动得以身相许了吧。只是她不明白，傅远川到底图什么？

难道真如他所说，是因为喜欢她？

可是他们的交集通常是在实验中，他拿着刀子解剖她，或者她被喂食药剂后，他坐在一旁观察她。叶里希琢磨完他的心思，只得出一个结论：变态的感情世界简直莫名其妙，还是要尽快找到瑶瑶。

她记得瑶瑶的所有通讯方式，但是手机打过去是空号，其他联络方式不安全。思来想去除了在游戏里守株待兔之外，也没有其他选项。受燕青的影响，瑶瑶也喜欢玩游戏，就是小短手操作得比较渣，她们以前组队刷过战场，所以知道她的游戏ID叫作"幺鸡"。而傅远川则对游戏一点兴趣也没有，估计一时半会儿想不到这一茬。

只是她蹲在游戏里守了几天，也不见瑶瑶通过她的好友申请。

现实中按照原来的轨迹，瑶瑶过几天会去锦庭吃饭，可是傅远川知道未来，怎么会让她去那种危险的地方？

想到这一茬，她立马打开电脑，往霍予深的私人信箱里发了一个邮件。

"农历八月十二，锦庭大火。"

想到瑶瑶的提醒，她又写了一封邮件："傅远川要对付你，小心明澜、阿大、燕青。如果见到一个叫作姚瑶的小萝莉，一定要留住她。"

她的邮件刚发送出去，就立马收到回复："你是谁？"

叶里希盯着"你是谁"三个字，眼泪忽地就冒出来。她的邮箱就是叶里希的拼音，可是他不认识它，也不认识她。

她是谁？

她是他的未婚妻，是他迫不及待想要变成妻子的人。

可在这个世界里，他们是陌生人。

趴在她膝盖上的茶杯犬叫了两声，拉回她的心神，她迟疑许久，回道："我是你的仰慕者，知道你有危险，所以来通风报信。"

她坐在电脑前等了许久，也没有收到霍予深的回信。

叶里希蔫蔫地关掉邮箱，打开微博，刷了半天，全是看过的老八卦。她喜欢的电视剧刚播第一集，看到观众在猜谁是幕后黑手，她忍不住剧透说幕后黑手是男主，女主的三个前男友、竹马邻居、父母全是被他杀死的，因为他要独占女主。

有人回复了她一串哈哈哈，夸她脑洞很大，但是男主不可能这么凶残。

叶里希："……"

想起之前看过的重生文，她有点小心塞。别人家的女主回到过去都是大开金手指，中彩票、捡漏、炒股，闷声发大财。怎么到她这里，剧透个结局都没人信。她认真梳理一下脑子里的东西，但能想起的信息全和霍予深有关。

比如陈家借着和峦一科技联姻的八卦，股票涨势良好。

比如陈胖子现在已经到峦一科技工作。

比如算一算时间，陈俞晴又该缠上霍予深了。

想到这里，叶里希一秒都忍不下去了。偷偷看一眼心上人，然后立马回来，应该不会被傅远川看出破绽吧？

她走出去，敲了敲隔壁敞开的门："我去超市买菜，你晚上想吃什么？"

傅远川放下手里的材料，说道："我跟你一起去。"

"不用了。"叶里希举了一下手里的茶杯犬，"茶茶今天有点不舒服，你就在家帮我好好照顾它。"

傅远川不疑有他，走过来，接过她手里的茶杯犬。

"注意安全，手机要带着。"

"知道啦，燕大侠你可真啰唆。"她摸了一下茶杯犬的脑袋，拿起手机和钱包，转身走了。等出了门，被风一吹，她才发现自己冒了一身的汗，在这个炎热的午后，她忍不住打了一个寒战。

傅远川并不限制她的行动，但她不确定自己出门的时候，有没人跟踪她。

叶里希走进超市，推着车子慢悠悠地逛了一圈，看似随意地把手机钱包搁在推车里。然后她去了二楼的服饰专柜，用现金结算了一条裙子和帽子，在试衣间换上后，悄悄地从员工通道离开超市。

她身上的现金不多，打完车，就剩下一块硬币。

在峦一科技的大门口守了半个多小时，她见到霍予深和周泽从里面走出来，他们低声交谈着什么。她看得眼眶发红，恨不得立马冲上去抱住心上人，把心底的恐慌和委屈全部告诉他，可是现在的霍予深并不认识她。

这感觉就像游戏都通关了，忽然却回档重来。

叶里希正伤心着，此时又见一个女人从他们身后走出来。一张令春光黯然失色的脸，加上略显冷淡的气质，有几分洛水神女的架势。

她惊得瞪大眼睛，为什么明澜会在这里？而且看起来和霍予深很熟的样子！

"要不是霍先生的推荐，以我的学历，肯定没办法通过峦一的面试。"明澜说道，"作为答谢，今晚我请客。不过我还没发工资，可去不起高级餐馆，要是你们不介意的话，我可以亲自下厨。"

"沾了阿深的光，我今晚可有口福了。"周泽爽朗应下。

见霍予深也没有反对，明澜露出一个高兴的笑："那就这么说定了。我现在就去超市买菜，一会儿见。"

"哎呀，同人不同命，阿深撞的就是一位美人，我的却是碰瓷。"

"周师兄说错了，是霍先生救了我才对。"明澜用感激的口吻道，"那天我已经走投无路，幸好遇到了霍先生。"

叶里希不由得遍体生寒，她仿佛看到当初的自己。

被霍予深的车子撞伤、去峦一上班、特意做菜给他吃……一桩桩，一件件，包括她对师兄的称呼，明澜是要替代她！

那霍予深呢？

他会按照原来的轨迹，爱上这个替代品吗？

她从来没有一刻像现在这样恨傅远川，他凭什么操控她的命运？凭什么用这样卑劣的手段拆散她和霍予深？

她的爱人不记得她了，因为他们从未"相遇"。

日头虽已西斜，但温度却一点也没降下去。夏天就是这样，哪怕到了夜里，也难得有几分清爽凉意。每天一到下班的高峰期，交通便越发堵塞，这样的天气和路况，不免叫人心浮气躁起来，车窗外喇叭此起彼伏，偶尔还夹着几声司机的咒骂。

霍予深按下车窗，点了一根烟，狠狠吸一口，神色带着几分显而易见的烦躁。

"你最近有点不对劲。"周泽道。

"可能是没睡好。"

"不是都戒烟了吗？怎么又抽上了。"

"这玩意提神。"霍予深顿了一下，忽然问，"你偶尔会不会有这样一种感觉——身边有什么东西不对，可是哪里出错了却说不出。"

"出什么事了？"周泽正色道。

霍予深沉默了一会儿，打开手机邮箱，找出那两封陌生邮件，递给周泽看："帮我查一下这个邮箱，我好像在哪里见过。"

"不用查了，这是我师妹的邮箱。"周泽面色一凝，"说起来，我们最后一次联系是三个月前。据说她男朋友劈腿，她受了情伤，躲出去散心了。但上周是导师六十大寿，她一通电话也没打，这不合常理。"

"你师妹叫什么？"

"叶里希。"

霍予深揉揉发痛的额头："有点耳熟。"

"我师妹的名声蛮响亮的，你可能听人提过她。"周泽有些忧心地说，"我怀疑小师妹出事了，但她为什么给你发这样的邮件？"

"我找人查查她的下落。"

"谢了。"

此时红灯终于变绿，周泽踩着油门加速，超了前面的几辆车。因为这桩事，晚饭的气氛明显有些安静。周泽好美人，可一想到师妹的邮件，心里就有些不是滋味。但对着明澜，脸上却是一分情绪也不露。

叶里希在明湖小区附近蹲了几个小时，才见到霍予深回来，顿时就醋了。吃什么饭需要吃这么久？不是都发邮件提醒过他了，要小心明澜一伙人，简直不能忍！气极之下，她的尾巴差点冒了出来。

她深呼吸两下，要冷静！

不行，再这么下去，她头上可能真的要绿了。而且万一回不去，霍予深又爱上了别的女人，她非要憋屈死不可。

比男朋友爬墙更严重的问题是他的安危。瑶瑶说傅远川要对付他，现在明澜又替代了她的位置，敌暗我明，简直大大地不妙！

叶里希想得正入神，眼前忽然一暗。

她抬起头，看到了自己的心上人，不由得喊了一声："阿深——"

"你是谁？"

霍予深居高临下地看着蹲在垃圾桶后面的人，她似乎很高兴，冲他露出两个小酒窝，看起来又蠢又可爱。一种似曾相识的熟悉感从他的心头拂过，那些莫名的躁动，也在这一瞬间消失了。

"出来说话，别藏在这么脏的地方。"

她自然而然地冲他伸手，软绵绵道："腿麻了，你拉我一下。"

霍予深紧拧着眉，将她拉起来："下午在公司门口跟踪我的人，也是你？"

"只是恰巧路过。"她嗫嚅辩白道。

"是很巧。"

"我没恶意的。"叶里希心里有点委屈，男朋友就站在自己的眼前，可是不能抱不能亲，还要受到质疑，她一时控制不住自己的脾气，气势汹汹道，"你为什么要跟明澜吃饭，我都发邮件提醒你了，她不是好人……美人计果然很好使，就算知道是鸿门宴也要去，我以前怎么没看出来你是这种人呢！

"什么我最可爱，都是骗人的吧。

"我那么担心你，你呢，你呢，什么都不记得，还对明澜那么关照，也不怕人家跟你玩无间道，暗地里捅你一刀！

"我就知道你喜欢像明澜那样浑身上下都透着神女气质的人。"

叶里希怒气冲冲地吼完，头也不回地跑了。跑了一段路，也不见霍予深追上来，她顿时就蔫了。果然都不在意她了，说不定还会将她当成从疯人院跑出来的精神病。她委屈地哭了一路，随便找了一处地坐下。

哭完了，她用剩下的一块钱硬币打了一个电话。

"燕大侠……"

"你跑哪里去了？我找了你一晚上！"傅远川的声音带着几分焦虑。

"我、我去超市的时候，被人跟踪了……我害怕，就躲起来了。"刚哭过的嗓音带着几分沙哑，听着颇为狼狈，"手机和钱包也丢了。"

傅远川静默一瞬："你现在在哪里？我去接你。"

"我不知道。"叶里希环顾四周，说道，"对面有个酒吧，叫'变色龙'，还有一家二十四小时便利店……燕大侠，我好害怕。"

"别怕，我马上就去找你。"

叶里希颤颤巍巍地应了一声，脸上却一点表情也没有。她挂断电话，坐在台阶上思索对策。第一，她要把霍予深抢回来，赶走抢剧本的明澜；第二，找到瑶瑶，修正这个错误的世界；第三，摆脱傅远川，重获自由；第四，保护霍予深。

以上不管哪一条，难度指数都是五颗星。

叶里希幽幽叹了一口气，游戏回档重来，金手指却给了敌对阵营的人，己方主要战斗力没有记忆，还有一个身陷狼窝。

贼老天这是要玩死她！

傅远川来得很快，不到半个小时就出现在叶里希的面前。她红着眼眶，嘤嘤地说起了自己被跟踪的前因后果，以及自己如何机智地从超市里脱身。

点亮了演技技能的叶里希成功将傅远川糊弄过去。

"我是不是很厉害？"叶里希嘚瑟地问。

"是的。"

"我猜跟踪我的人是阿大。"她分析了一番，"燕大侠，你放心，这一次我不会拖你的后腿，你就放心大胆地和傅远川开战吧。"

"我们回去再说。"傅远川的神色有点微妙。

"好。"

上了车，叶里希继续道："不把傅远川干掉，这日子简直没法过，出门买个菜还得被跟踪。他怎么那么神通广大，我刚住到你家，他就杀过来了。燕大侠，我们以后要怎么办？就没办法一劳永逸吗？"

叶里希光明正大地吐槽了一路，傅远川只是偶尔应一声。

再过三天就是中秋节，街上挂满了喜庆的红灯笼，各家网店也在做促销活动，一派红红火火的节日气息。叶里希从早上醒来后就心神不宁，在原本的历史里，这一天锦庭将发生大火，霍予深和瑶瑶一起被困在火里。

窗外金灿灿的太阳开始西斜，叶里希便也坐不住了。

她黑了霍予深的手机，定位到他正朝锦庭的位置移动，顿时更不安，也顾不上现在跑去锦庭会不会引起傅远川的怀疑。

她家男朋友的安危才是最重要的！

赶到锦庭后，她却发现大门口挂着停业一天的牌子，她有些茫然地站在门口，这和原来的历史不一样啊。

叶里希再次查看霍予深的定位，却发现代表两人位置的小黑点几乎重合在一起。她猛地一惊，环顾四周，忽然瞥见落地窗中的身影。他就站在她的身后，目光和她在玻璃中的倒影交会："你跑这里来做什么？"

"来拯救世界。"她转过身去，"你怎么也来这里了？"

"路过。"其实是在守株待兔，猜到她会来，所以他专门过来堵她，"你怎么知道锦庭今天会发生火灾？"

"我……"这个问题难度满级！

"为什么跟踪我？"

"……"这个问题的难度依旧满级！

霍予深又问："你暗恋我？"

"……"又是一个满级难题！

"说话。"

叶里希不知道自己要怎么回答，他的问题都有些犀利。

显然现在不是表白的好时机，搞不好傅远川的人马就潜伏在这附近，一不小心就把自己的底牌给掀了。其实她有一个很大的计划，找到傅远川的大本营，端了他的老窝，将这个手染鲜血的变态绳之以法。在

174

时光回溯之前，霍予深已经查得七七八八了，她知道得也不少，所以她觉得自己的计划是可行的。

叶里希语塞许久，在扯谎和落荒而逃中，艰难地选了后者。

她这么一跑，峦一科技上上下下几百号的人可算遭了殃。Boss大人心情不好，底下的人能好过吗？于是便有人在论坛上猜测他是不是和明澜吵架了，殃及他们这些池鱼。然而奇怪的是，帖子没过十分钟就消失了。

欲望就像潘多拉的魔盒，一旦打开，就收不回去。拥有一颗痴汉心的叶里希，在暗地里跟了两回霍予深之后，再也管不住自己的脚，纵然她有一脑子的计策，也拗不过那颗火热的痴汉心。

他和别的女人说话，不高兴。

他和明澜一起下班，不高兴。

他一个人遛狗，高兴。

恰好傅远川去日本出差，这段时间都不在南市，不然她每天跑得不见人影，迟早得引起他的怀疑。除了跟踪霍予深，她也干了一点正经事，比如帮峦一科技的网络升级打补丁，然后发邮件去邀功。

可是霍予深一次都没有回复过她，可能把她加入黑名单了。

男朋友把她拉黑了，却和别的女人相亲……

某西餐厅内，灯火摇曳，音乐婉转，一整面的玻璃墙映出窗外的璀璨夜色，恰是调情约会的好地方。叶里希坐在被盆景挡住的一个位置上，看着陈俞晴对自己的男朋友大献殷勤，醋得不能再醋了。

她和霍予深都没有这样一起吃过饭。

她不能吃东西，霍予深是过敏体质，所以在时光回溯之前，他们没有像正常情侣一样在外面吃过饭……他们没一起做过的事情，他却陪另一个女人做了。生气，生气，生气，哪怕知道霍予深对她没意思，还是生、气！

"霍哥哥，你不喜欢这家的法国菜吗？"

陈俞晴在很早以前就知道霍予深，樊阿姨的儿子，哥哥的发小，一个事业有成却极其无趣乏味的老男人。然而在国外待了几年，她才发现霍予深这样的男人多难得。刚好樊阿姨在帮他安排相亲，她就让妈妈去敲边鼓，所以才有了今天的饭局。

至于霍予深喜不喜欢她，这完全不是问题，她这么好，哪个男人舍得不爱她？

"陈小姐可以直接叫我霍予深，或者霍先生。"他淡淡道。

自信满满的陈俞晴愣了下，但很快又笑道："这样多生疏啊。其实我和霍哥哥一样，不喜欢相亲这种事，不过长辈的好意，总是不好拒绝的。"

"陈小姐倒是孝顺。"霍予深的目光从盆景上扫过，眼中闪过一抹笑意，但视线与陈俞晴对上，又变得冷淡，"今天的饭局纯属误会，其实我已经有了准备结婚的对象，不日就会带她回去见我父母。"

躲在盆栽后面的叶里希惊得差点冲出去质问他，准备结婚的对象到底是从哪里冒出来的？这是他拒绝陈俞晴的理由吧？霍予深说过，他的初恋是她叶里希！等等，现在明澜抢了她的剧本，该不会也攻下了霍予深？

不不不，她应该对他多点信心。

和叶里希同样惊讶的还有陈俞晴："你不是在骗我吧，哪里来的结婚对象？"

"我没有撒谎的必要。"霍予深严肃道，"我和她是一见钟情，还在追求中，所以本想等求婚成功了再告知家中长辈。"

陈俞晴傻眼了，这套路不对啊。

她看上的男人居然对别的女人一见钟情了，对方是谁，为什么一点风声都没有？她搜肠刮肚一番，终于从脑子里挖出一个怀疑对象："是那个叫明澜的女人？霍哥哥，你真是太单纯了，她分明是故意被你撞到！"

叶里希闻言，给她点了一个赞，明澜可不就是故意的吗！

比起这个相亲对象，她更讨厌明澜。

不，是憎恨和恶心。

无论是谁，在发现另一个人抢走本该属于你的人生，你的心上人，

176

你的生活，都会忍不住生出这些负面的情绪。

霍予深怕偷听的某人误会，立马解释："我喜欢的姑娘不是她，也不希望她误会。"

叶里希顿时松了一口气，不是明澜啊，真是太好了。但那个女人到底是谁？想到霍予深真的"移情别恋"了，她就心痛难当。都怪抢剧本的明澜和操纵这一切的傅远川，不然他们也不会像现在这样相见不相识。

我有多想你，你就有多遥远，原来是这样一种痛彻心扉的感受。

而另一个听到解释的人，却觉得他这番话是刻意说给她听的，顿时心花怒放，脑补出了一个真相："霍哥哥，你一见钟情的对象是我吗？"

陈俞晴在国外生活了几年，性子直爽，想到什么就说什么。

"我好高兴啊。"陈俞晴笑逐颜开，"霍哥哥，其实我也很喜欢你。虽然我不想这么早结婚，但如果是你向我求婚，我一定答应。"

"陈小姐，你误会了。"霍予深微微蹙眉，"我今天来赴约，仅仅出于礼貌。我公司里还有事，先失陪了。"

陈俞晴反应过来的时候，霍予深已经走了。

叶里希立马结账，也离开了这家法国餐厅，不远不近地跟在霍予深的身后。街上灯火璀璨，夜色正浓，这个夏天的夜晚和其他夜晚并没有什么不同，可她觉得今夜的风仿佛格外温柔，带着丝丝沁人心脾的甜意和几分酸涩。

她既盼着他回过头看见她，又盼着这条路长一点。

在这个陌生而熟悉的世界里，这是她离他最近的方式。有时候她特别想不管不顾地冲上去，将全部的事情都告诉他——如果她想被当成妄想症病人的话，确实可以这么干。她觉得自己在追求人这件事上，并未体现熟能生巧。

男朋友这么难追，当初她到底是怎么攻略成功的？

第十二章
一见钟情

翌日早上，峦一科技总裁办。

霍予深从电梯里走出来，看到周泽正和Linda在调情，冷冷瞥了他一眼。周泽见好友没有发火，却是大大吃了一惊，松开怀里的美人，跟在他后面走进办公室。

"心情这么好，难道昨晚有艳遇？"周泽笑着问。

霍予深思索了一下："是的。"

"你昨晚不是和俞晴相亲去了吗？"周泽不可置信道，"没想到啊没想到。你什么时候换了口味，怎么不和我说一声，我还帮你约了一个特别有神女气质的美人出海玩，时间都定好了，就这周六。"

"不是她。"霍予深打开电脑，"周六你自己玩，我就不去了。"

"哪家的姑娘这么有魅力，能让你动了凡心。"

"你师妹。"

"我师妹啊——等等，我师妹？你找到她了？"周泽正色道，"我师妹现在处于失踪状态，你从哪里找到她的？"

霍予深递给他几张照片："你看看她是不是你师妹。"

照片里的两个人一前一后漫步在夜色里，华灯装点出几分浪漫，看着别有意境。周泽认出里头的小姑娘就是叶里希，一头雾水道："怎么回事？不得不说，这照片拍得挺有美感的，谁拍的？"

霍予深说了一个私人侦探的名字。

"你找人跟踪她？"

"正确来说，是找人跟踪我自己，然后'恰巧'发现你师妹也在跟踪我。"霍予深打开电脑的第一件事情就是看邮件，果不其然，里面躺着一首沈从文的情诗——偶尔她也会写些叫人看不明白的情话。

邮件末端是一个PS："阿深，你是不是把我拉黑了？"

霍予深的嘴角不自觉弯出一点笑意，他打了两个字："没有。"

叶里希秒回了邮件："你终于肯和我说话啦！"

"顺序颠倒了吧，是先发现我小师妹跟踪你，所以你才找人跟踪自己。"周泽一语道破真相，却更加困惑，"小师妹到底在玩什么把戏，前几天她给我发了一个报平安的邮件，问她在哪里，她也不说。"

周泽说了半天话，也不见霍予深吭声，他不满地敲敲桌子："老大你能先放下手头的工作吗？给我解惑。"

"我也在等她给我解惑。"霍予深揉揉额头道，"听她的语气，我们以前认识，而且感情不错——或许可能是更加亲密的关系。但我不记得我认识她这么一个人，她很奇怪，全身上下都是谜团。"

不，最奇怪的是他自己。

他好像着魔了，每一次想起她，每一次遇到她，都觉得她可爱。她的酒窝很可爱，她发脾气的样子很可爱，她偷偷看他的样子可爱，她吃醋的样子很可爱……这种感觉来得突兀而猛烈，叫人措手不及。

某私立医院。

傅远川看完手里的照片，沉默了许久。明澜立在病床前，用板正的声音汇报叶里希的行踪。等她说完，病房就陷入了一片寂静，只余窗外蝉鸣的叫声。

"傅先生？"明澜忍不住喊了一声。

傅远川压下浓浓的烦躁，把照片捏成团，扔进垃圾桶："这一次他们是怎么认识的？"

这一次?

明澜觉得这个说法有点奇怪,其实从很久以前她就怀疑傅远川会穿梭时空之类的特殊能力,因为他总是能巧妙地避开所有危险。可他为什么对叶里希这么执着,故意放她走,伪装成另一个人接近她,看起来简直就像爱上她一样。

这个猜测让明澜很不舒服。

"不知道。"她试图辩解,"她的戒心很重,阿大他们经常跟丢,这是第一次发现她和霍予深同时出现在一个场合。说不定只是巧合,他们没说过话,也没有其他的接触。阿二还发现了一件事情,有人在跟踪霍予深。"

傅远川笑了一声:"巧合?不,并不是巧合。"

这是第几次了?两次,三次,还是四次呢?他自己都有些记不清了。他用尽手段,费尽心机,却怎么也抵不过一个霍予深。他在他们的故事里扮演了各种的角色,见证他们用不同的方式相爱,真是可笑。

傅远川沉声道:"去办出院手续。"

"傅先生!"明澜惊道,"你刚切除了三分之二的胃,至少等拆线了再出院!"

"别让我重复第二遍。"

明澜低下头,藏住眼中的担忧,恭恭敬敬地应了一声"是"。

她办完手续回来,傅远川已经在换衣服,他光着上身,露出了腹部的纱布。或许是生病的关系,他清瘦了许多,但看起来十分性感,勾起了她心底不能见光的小心思。她没有急着进去,而是悄悄掩上门,候在门外。

明澜摸了一下心脏的位置,还在剧烈地跳动着。

她靠着墙,想起了许多往事。被父母卖掉的那年,她十三岁,买主想要的是她的心脏。当年如果不是傅远川,她现在就是一具无名尸。曾经很长一段时间里,她总是梦到他出现的那一瞬间,如同温柔的天神,用怜悯的目光望着她。

当然这只是她的幻想。

她的天神是个疯狂的科学家，为了夺取他灼热的目光，她自愿成为实验品。她不止一次地想，要是她的基因改造成功了，身上没有该死的鱼鳞，而是能完美模拟出人鱼的形态，那么就不会有今天的叶里希。

他停留在叶里希身上的目光，曾经也属于她。

那么地炙热，那么地专注。

他傲慢的头颅，只会为成功的实验体而低下；他冷漠的目光，也只会为注入心血的实验品而变温柔。

傅远川回到家中，却没有找到叶里希。桌上放着钥匙、手机、信用卡，走进她的房间，柜子里的衣服也都在。她只带走了需要人照料的茶杯犬。他不明白这代表什么意思，她的心思一直很难猜。

他为她时光回溯四次，却一次也没懂过她。

傅远川茫然地在她的房间里坐了一会儿，然后打了一个电话："你在哪儿？"

"我在宠物诊所。"叶里希的语气听起来十分正常，并不像是发现了他的身份，"你事情办得怎么样？还顺利吗？什么时候回来？我去机场接你。"

"我已经回来了。"但你不在。

"这么快？茶茶别闹，这个不能吃。"过了一会儿，她才继续道，"对了，我搬回原来的房子住了，你先别生气，本来我是想和你商量的，但怕你不同意，就先斩后奏了。虽然我们以前认识，但我现在又记不得，跟你住在一起总觉得很别扭……不管怎么说，我也是女孩子啊，你放心吧，要是遇到事，我一定马上找你求救。"

傅远川有些无奈道："我反对有用吗？"

"唔，有的，会让我觉得自己是个不知好歹的人，辜负了美人的一番好意。"

他咳了两声："别胡说。"

"本来就是美人嘛。"

"你在哪家宠物诊所，我去接你，顺便把礼物拿给你。"傅远川转移了话题。

"还是我去找你吧，我在西街口这边，你开车过来至少要半个小时。"电话那头的叶里希似乎有些忙，又是过了好一会儿才说话，"好了，我已经从宠物诊所出来了，现在打车去你家。你在家吧？"

傅远川轻轻"嗯"了一声："路上注意安全。"

"我先挂电话了，一会儿见。"

傅远川听到"嘟嘟嘟"的声响，慢慢放下手机。伤口有些疼，他躺在床上，烦躁地皱起眉。为什么当初她死缠烂打也要留在霍予深的家里，可是换成他，她就急匆匆地搬走？

他心里很不舒服，万蚁挠心般难受。

这是他第四次回溯时光。

当初是怎么开始这个决定的呢？是在叶里希狠狠拒绝他之后，还是因为从她眼中看到了浓浓的厌恶？血缘真是奇妙的东西，父亲爱上了自己的实验品，他也是。但在他意识到"爱"的时候，他已经对她犯下了不能赦免的罪。

——你不是爱我，只是我是你最成功的实验品。

——任何人变成我现在的样子，你都会爱她。

——你把我变成了怪物，却还要用莫须有的"爱"来绑架我，你不觉得可笑吗？你会爱上你的仇人吗？

是了，第一次回溯时光是要向她证明，他爱她的任何模样。

他回到了她认识路南之前的时间，以"师兄"的身份接近她，追求她，帮她避开了六月的车祸。毕业后，她留在张老的研究所，主攻VR技术和一个保密项目，偶尔帮老师去给本科生上课。他虽然挂在张老名下，但对这块其实一窍不通，为了不被揭穿身份，只能婉拒老师的邀请，在学校留职，如此一来，两人相处的时间并未减少。

学校里关于他们的八卦很多，他从不去澄清，被学生问起，便大方承认还在追求中。她懵懵懂懂，他也从不心急。年末的时候，她跟张老去非洲参加学术会议，谁知这一别，再见却是在医院的太平间。

他避开了车祸，改变她的命运，可她依然死了。

他逼姚瑶再次回溯时光，这一次，他不敢再改变历史的轨迹。他远远地看着她，一直到六月发生车祸，他将变成植物人的叶里希带回实验室。也许她是对的，他更爱变成女娲后裔的她，改造她的过程让他沉迷。

这一次他用"同类"的身份靠近她，他们在实验室里相依为命。

他带她逃出实验室，躲过一场场设计好的追杀。

在他以为她已经对他放下戒心的时候，她跑得无影无踪——她发现了他的身份，却不动声色地利用他，然后逃出他的掌控。他一点也不生气，她聪明、勇敢、狡猾，这些都让他深深地着迷。

后来，她遇到了霍予深。

他们相爱了。

他们结婚那一天，他第三次回溯时光。姚瑶因为频繁使用能力，能够倒流的时间越来越短，这一次他回到了六月，她车祸后的第十三天。他将她从医院带回去，这一次的改造比原先两次都要完美，只是她的记忆出了一点问题。

她似乎记得时光回溯前的一些事情，后来却又不提了。

这是她的策略吗？

九月七号，没有"燕青"的帮助，她还是成功逃出了实验室。她不仅逃了，还破坏了实验室里的重要资料，黑了他们的网络和供电系统。他喜欢她的嚣张，女娲后裔就应该有这样的脾气，而不是卑微地去讨好一个男人。

再次得到她的消息，她已经遇到了霍予深，得到他的庇护。

命运真是该死地厚爱着这个男人。

他以燕青的身份接近他们，看着她笨拙地追求他，看着他们再一次相爱。他一直在期待她认出他，就像当初那样，哪怕利用他也没有关系，可是她没有。爱情蒙住了她的双眼，使她变得愚蠢。

他想带她回岛上，但有霍予深在，这并不容易。

所以姚瑶一恢复能力，他就回溯了时光。

这一次他回到了九月十二号，她遇到霍予深的那一天。他等在那个地方，将惊恐无助的她带回家，就像当初霍予深做的那样。为了阻止他们相遇，他派明澜去拦截霍予深，当初叶里希是怎么对他，她就怎么做……

门铃响了，傅远川收回心神，立刻去开门。

门外是抱着茶杯犬的叶里希，正笑眯眯地看着他："燕大侠。"

她的身后是浮动的天光，微微的夏风吹进玄关，冲散了屋内的寒意。他望着这张毫无防备的笑脸，心里的阴霾渐渐沉没。

命运之于他，吝啬而恶毒。

但在此刻，他忽然感受到它给予他的善意。

叶里希现在住在南大家属区，她的回归引起了一些风波。路南被她撞破奸情的那天，正好是他的毕业典礼，人多嘴杂，想藏也藏不住。他们在一起本来就显眼，加上出了这么一桩事，学校里很快就传开了。

所以她回来后，每天都能收到含蓄的关心。

和原来的轨迹一样，路南来这里表演过"浪子回头求原谅"的戏码，得到了几个观众的支持。她一回来，就有人给他通风报信。她当时正在收拾房间，懒得再和他撕一回脸，晾了他一个小时，他就自己走了。

傅远川却是每天雷打不动地来报到，要不是家属区的房子不对外出租，他估计早搬过来和她当邻居。叶里希一边提防着他，却又常常觉得困惑。他似乎在讨好她，送她用女娲石做的糖果，各种口味的都有。早上陪她晨跑，晚上一起遛狗散步。她的运气变得特别好，家里缺什么电器，去超市刮奖一定会中。

他带她去瑞典滑雪，去看最美的歌剧，去见最好的风光。他的兜里永远揣着她可以食用的糖果。他教她骑马、品酒、打球，带她去充斥着疯狂的赌场，手把手教她怎么赌钱。她跟着他去了很多地方，见了许多从未见过的东西。他似乎想用这样的方式告诉她，人生在世除了吃，还有很多值得享受的东西。

她观察了很多天，试探了很多天，终于肯定了这么一件事情。

他在讨好她。

她怕他手里的刀，但同样畏惧这种近乎小心翼翼的讨好，这让她生出几分负罪感。到了这个时候，她才认真思考傅远川的表白。

他的爱，或许是真的，可是她没办法接受。

如果霍予深是她的救赎，那傅远川则是她负重难行的阴影。

傅远川大约是没有追求过什么人，也不擅长讨女孩子的欢心，他的许多招数都是从网上看来的。比如送花、送钻戒，睡前给她打电话说晚安，早上发天气预报的短信，陪她逛街提东西……这些事情老套又俗气，可他偏偏一丝不苟地执行，既可笑又让叶里希心里有几分不是滋味。

他要是一直坏下去，她就能坚定不移地憎恨他。

他要是一直是燕青，他们便是最好的朋友。

叶里希的苦恼来自她的优柔寡断，她珍惜"燕青"这个朋友，却同样记得傅远川的血腥残忍。她仰天长叹，这日子到底什么时候是个头。她不想陪傅远川演戏了，做人还是恩怨分明一点比较好。

直接宣战也比现在这样进退两难来得舒服。

但她不敢和傅远川撕破脸。

如果她狠心一点，那就可以利用傅远川对她的"爱"去做很多事情。如果她傻白甜一点，那就可以试图去感化他。但她都不是，虽然她智商一百五，却实打实是个普通的、正常的一个人。她会对小心翼翼讨好她的傅远川心软，却同样会在噩梦里见到傅远川的脸，所以她纠结一万遍，也想不出任何走出困境的办法。

叶里希在家关了两天，听说去美国参加交流会的张老回来了，就上门去负荆请罪。导师也住在家属区，走过去几分钟的工夫便到了。她家老师只收了两个学生，大的那个改行成了奸商，本指望她这个关门弟子继承衣钵，辛苦给她铺路。可谁知她音讯全无三个月，让他老人家的一番心血都白费了。

她想到这些，顿时便觉得十分愧对张老。

叶里希进来后，张老绷着脸也不怎么搭理她，师母却把他的老底给掀了："小叶子失踪的这几个月，也不知道是谁急得上火。你觉得失恋是小事，可我们小叶子多单纯，能不较真吗？"

得知了张老的怒点，叶里希急忙解释："老师您误会了，这还真不是失恋闹的。我当时出去玩，出了车祸，在医院昏迷了三个月，前些天才醒来。老师如此豁达，您教出来的学生又怎么会在意情爱这种小事。"

重来一次，她更不乐意和路南这个渣男扯到一块。

刚好借这个机会给自己正名。

周泽到的时候，这师徒两人已经把话说开了，正兴奋地探讨一个科研项目，气氛十分融洽，并未发生"小师妹被逐出师门"的惨事。

叶里希看到他，略有些心虚，乖乖地喊了一声"师兄"。

"真难为小师妹还记得我这个师兄。"

叶里希没说话，反倒是张老开腔了："少阴阳怪气的，别欺负你师妹。"

"老师，你偏心得也太明显了。"周泽道。

张老就把叶里希"车祸"的事情解释了一通，严肃道："你这个当师兄的，也不知道照应着点师妹。"

周泽对这个说辞将信将疑，不过当着张老的面，也没拆叶里希的台。

师徒三人说了一会儿话，眨眼就到饭点，叶里希掐着时间赶紧走人。周泽本来就是来堵叶里希的，她走了，自然也跟着一块走。师母有些遗憾，但一听是有正经事要忙，也就没继续留他们吃饭。

下了楼，两人一前一后走着。盛夏正午，骄阳似火，热浪迎面而来，不消片刻就将体内储藏的冷气给消耗完了。

周泽道："不请师兄到你家喝杯茶吗？"

"家里没有茶，只有啤酒。"

"有酒更好啊。"

叶里希的公寓离张老家不远，几分钟的工夫就到了。开门一进去，茶杯犬就跑到他们的脚边，她怕踩到小东西，顺手抱起来。

她走到厨房，拿了几罐啤酒："你问吧，保证知无不言言无不尽。"

"真出车祸了？"周泽问道。

"车祸是真，昏迷三个月是假。"叶里希也没有隐瞒周泽的心思，她将自己车祸后的遭遇一一道来，在他不可置信的目光里，她化出了蛇尾。至于时光回溯这种匪夷所思的事情暂且按下，以免师兄消化不良。

"半个月前就逃出来了，怎么不联系我？"周泽的接受能力很强，略略吃惊一番，便淡定了，"要不是师母通风报信，你还打算躲我躲到什么时候？论亲疏有别，我怎么着也排在阿深的前面，你找阿深也不找我。"

提起这档子事，周泽十分愤愤不平。

"我也不是故意不联系你，那不是怕连累到你吗？"叶里希把尾巴收起来，弱弱地解释道，"我也没找阿深，只是知道他会遇到危险，所以发邮件提醒他……"

"现在怎么又敢光明大正地露面了？"

"之前是我想岔了，还是师兄你说的话有道理——不管干啥，都讲究一个度，过犹不及啊过犹不及！"她和周泽是过了明路的同门，她平安脱险，找师兄叙叙旧也是理所当然的事情，傅远川再多疑，也不可能从这里头找出问题。

"神神道道的。"

叶里希淡定地接过话头："毕竟我都脱离了人类这个物种嘛。"

"你也别怕，我找人查查傅远川的底细，不信整不死他。"想到小师妹受的苦，周泽不免有些心疼，"师兄给你当靠山。"

她心头一暖："谢谢师兄！"

"那你和阿深又是怎么一回事？你们怎么认识的？"

"这说来就复杂了，以后再说吧。"

周泽见她似有难言之隐，也没有再追问："周末我们公司要去度假村玩，四天五夜，可以带家属，你要不要去？"

"阿深也去吗？"在原来的轨迹里，他是没去的。

"当然。"

"我去我去，师兄，求带。"

周泽笑眯眯地应下，心情大好，哼着小曲回公司。和总裁办的Linda调了一会儿情，才慢悠悠地走进办公室。霍予深正在看企划书，没搭理他。他喝完咖啡，敲敲桌子，贱兮兮地问他参不参加这次的公司活动。

"没空。"

"那可真是遗憾，我本来还想给你介绍妹子。"

"没兴趣。"霍予深冷冷道。

周泽故作惋惜道："那可真是遗憾，我师妹那么可爱。"

"你师妹？"霍予深终于抬头看他，"叶里希？"

"当然，我就这么一个师妹。"

霍予深低头重新看材料，不冷不淡道："周六刚好有空，我也去。"

周泽露出了然的笑，揶揄道："闷骚是病，得治。"

"你怎么找到她的？"

周泽没有抖出小师妹的秘密，只说了官方版的解释。霍予深饱含深意地看了他一眼，却没有继续追问。

回到过去的第十七天，叶里希终于在游戏里逮到姚瑶。

她当初申请好友的消息是她小号的名字，如果可以时光回溯的人是瑶瑶，那么她一定能明白她的意思。这么贸然找上瑶瑶，很可能暴露自己，但她是真急了。如果她费尽心思将傅远川绳之以法，他却利用时光回溯的能力回到过去，那她不是白忙活了吗？和瑶瑶统一战线是她作战的第一步！

姚瑶通过了她的好友申请，然后给她发了一连串的消息。

幺鸡：没想到这一次你居然有记忆。

幺鸡：小叶子，对不起。

幺鸡：我知道你想问我什么，是我倒流了时间，但我只是傅远川的棋子。

幺鸡：别再找我了，我帮不了你的。

她发完消息，头像就变成灰色，拒绝联手的意味十分明显。叶里希看完消息，对着游戏界面发了一会儿呆。她想得太理所当然了，瑶瑶凭什么将赌注押在她身上，又为什么冒险帮她？除非——她能找到燕青！

可是傅远川会将燕青藏在哪里？难道是大本营？

根据当初霍予深查到的线索，他的大本营很可能是在某个小岛上，但坐标不明确。她一无人手，二无权，三无势，怎么才能把一个大活人从岛上救出来？不救吧，傅远川就等于多了一张免死金牌，随时可以回溯时光。

等等，什么叫作"没想到这一次你居然有记忆"？难道这个世界被回溯过很多次？叶里希细思极恐，全身的汗毛都要竖起来了。

之后几天，叶里希一直不断地给姚瑶留言，希望改变她的决定。而姚瑶为了表明自己的立场，直接删号，彻底从游戏里消失。幺鸡这个号，是燕青带着她一起玩出来的，所以姚瑶舍得把这个号删了，足以说明她的决心。

作战第一步，失败。

叶里希的雄心壮志受到沉重的打击，她消沉了小半天，决定先放下此事，收拾行李去度假村。等见到心上人，充完电，她再来修改作战计划。她就不信傅远川毫无弱点，办法总是人想出来的嘛。

度假村靠海而建，中式风格，是峦一科技投资的产业，以服务和价格闻名南市。所以这种占大便宜的活动，公司上下几百号的人无一缺席，而且基本带家属。从昨天开始，度假村就已经不对外开放，专门空出来招待峦一的员工。

叶里希是到了度假村之后，才想起明澜这个大麻烦。

犹豫片刻，她给傅远川打了一个电话报备行程："师兄带我出门玩，所以这几天要麻烦你照顾茶茶了，我把它寄放在宠物店，地址短信你。"

"是周泽吗？"傅远川的声音听不出喜怒。

"你认识我师兄？差点忘了，你比我多了几个月的记忆，怎么可能不认识师兄。他公司的国庆福利，可以免费带家属去度假村玩，我就跟来凑热闹。"铺垫完背景，她用担忧的语气道，"我好像看到了明澜。"

"外面危险，你想出去玩，我可以陪你。"傅远川温和道，"你在哪个度假村，我去接你回来。明天我们去北海道。"

叶里希心道，最危险的人就是你啊！

"不行，我不放心师兄。"叶里希忧心忡忡道，"燕大侠，你有未来的记忆，那你知道明澜为什么会出现在这里吗？他们是不是知道我和师兄关系好，想利用师兄来威胁我？我师兄什么都好，就是对美人格外宽容，明澜又长得那么漂亮，我担心师兄吃亏。以前也发生过这样的事情吗？是怎么解决的？"

傅远川静默许久，大概是在想借口："可能是你看错了，以前没发生过。"

"哦，那可能是我看错了。"

叶里希心满意足地挂断电话，想必未来几天，明澜不会主动出现在她的面前。她收拾收拾，戴着草帽出门了。根据师兄的可靠情报，霍予深已经到了，此时正带着闹脾气的Lucky在海边遛弯。

是的，她要去偶遇心上人！

然而她在海边找了三圈，也没找到霍予深，却和劈腿前男友撞了个正着。

路南在讲电话，内容听起来像是和系花在吵架。他看到她，愣了一下，皱着眉挂断电话走过来："女人就是矫情，主动找你求和，你端着架子不理我。不找你了，你又眼巴巴地跟在我后面跑到这里来。"

"我以前怎么就没看出来，你的脸这么大呢？"

"别找碴儿啊。"

叶里希道："你跟系花是怎么一回事，我不关心，但请你不要自我感觉太良好。我这里不是垃圾回收站，不收垃圾。"

"你骂我垃圾？"路南的怒气里夹着不可置信。

"骂了。"

"你是存心不想跟我复合？"

"和你复合？我是有多想不开啊。你一没钱二没势三没房四没车，还练得一身劈腿好功夫，跟你一起图啥？"叶里希装模作样地上下打量他，"图你脸长得好吗？可惜你现在都长残了，不然系花也不会和你分手。人家有的是钱，去牛郎俱乐部找，要什么样的漂亮男人没有，干吗跟一个人渣谈恋爱。"

讽刺了他一通，叶里希的火气也就没了。

路南沉着脸，咬牙道："你敢说你不喜欢我？不喜欢我，你干吗跟我到度假村？把话说得这么绝，小心没有台阶下。"

"第一，是我师兄带我来这里玩的。第二，我有男朋友了。"

路南惊道："我不信！"

"谁管你信不信，我……"叶里希的话被一阵熟悉的狗叫声打断，她循声望去，见到牵着Lucky的霍予深，顿时一喜，冲着他喊道，"阿深——Lucky——"

"你和霍总认识？"路南皱眉问道。

"他就是我男朋友，所以别再惹我了，懂？"狐假虎威了一把的叶里希不等路南反应过来就跑了。

沙滩上人很多，正值昏黄日落，海平面染出动人景色。远远看去，好似海市蜃楼，不少人都拿着手机在拍照。刚才叶里希和路南的那一出狗血八点档，并未有人注意，但霍予深一出现，大伙的八卦之心就燃烧了起来。

叶里希穿过乌压压的人群，走到霍予深的面前："好巧，我们又见面了。"

"叶小姐似乎有跟踪的癖好？"

"是缘分！"

霍予深没有说话，她在他的目光里，忍不住红了脸。天气似乎真的很热，她的鼻尖微微冒出了汗，显得有些窘迫。

她小声地问："你怎么知道我姓叶，我以为你不知道。"

"你跟了我半个月，从早上跟到晚上。"他淡淡道，"每天往我的邮箱塞情书，说些莫名其妙的话……所以你是在追我吗？"

"我……"她脑门一热，忽然道，"霍予深，我对你一见钟情。"

这不是表白的好时机，可能明澜就藏在他们附近，正将他们的一举一动汇报给傅远川。可是看到他，她的心脏、她的思维都不受自己的控制了，身体的每一个细胞都在热烈地思念着眼前的心上人。

此时此刻，她的作战计划，她的理智和筹谋，全部下线了。

唯有他如此真实。

"我喜欢你，不，我爱你。"她用殷切的目光看着自己的心上人，"在你不知道我的时候，我就对你一见钟情了。"

霍予深面无表情道："真巧，我也恰好对你一见钟情。"

"……"

"要交往试试吗？"他问道。

叶里希一愣，然后拼命地点头，连声道："要要要！"

霍予深望着她，眼中浮起淡淡的笑意。他用一秒的时间爱上一个人，用一晚的时间决定余生与她共度。

她那么突兀地出现在他眼前，一身谜团，就像一颗危险的炸弹。

在她出现之前，他从未想过自己会如此热烈地爱上一个人。而她出现的一瞬，他忽然就明白了爱人是何模样。他心爱的女孩，就应该是她这副模样，这副脾气。哪怕是在犯蠢，也是最可爱的样子。

第十三章
危机四伏

重返过去和男朋友再谈一次恋爱是什么感觉？

如果让叶里希回答的话，那就是——爽！虽然被人篡改了他们的相遇、相处，但好歹最关键的"相恋"保留住了。一开始她是不爽的，特别硌硬明澜的存在，不过他们重新在一起之后，那就变成了爽。

她终于发现了时光回溯带给她的金手指——男友攻略指南。

在讨好男朋友这件事情上，她的外挂十分优秀。霍予深喜欢什么，不喜欢什么，谁能有她清楚？她记得他所有过敏食物，记得所有他能食用的食材并能将这些食材任意组合成他喜欢的菜色，她会做各种酱料、调味品，她知道未来公公婆婆的爱好、兴趣、性格，以及他家的狗喜欢什么、爱玩什么。

通常她会在早上六点起床，借度假村的厨房给霍予深做早饭。饭后，两人会带Lucky去海边散步。等太阳缓缓升起的时候，他们或许去海钓，或许去附近的孤岛探险，或许是霍予深在房间看书，而她看他。

中午的午饭比较丰盛，她准备得时间会久一些，如果霍予深喜欢某道菜，她会默默地记下来。午后的阳光灼热，叶里希不喜欢往外跑，这个时间，她会选择留在度假村的室内场所活动，偶尔他们也会碰到其他人。

太阳落山后的度假村比白天热闹，尤其是海边，灯火通明，欢声笑语，每晚的活动都不一样。叶里希倒是想去凑热闹，可她认识他们，他们却不认识她，加上身边带着一只总裁大人，估计没人欢迎她。所以晚上的时候，她一般和霍予深在幽静的小道散步，手牵手，说些毫无营养的话题。

以上，就是他们在度假村的日常。

他们跳过了热恋期，略过了磨合期，直接步入毫无激情的老夫老妻阶段。第一次谈恋爱的霍Boss，觉得他们的恋爱方式有点不对，因此特意去请教了周泽。他听完，出了几个主意，比如看日出、在游轮上铺满玫瑰什么的。

霍予深照着做了，但叶里希的反应却和周泽说的不一样。

"这么多玫瑰得多少钱？师兄出的败家主意吧，这是存心要心疼死我。"

因此霍予深被足足念叨了一早上。回去后，他直接上缴了钱包、信用卡。叶里希思索一番，给了他一张百元大钞，美其名曰"零花钱"。周泽长了一双顺风耳，不知道从哪里听说了这档子事，居然找到了网球馆。

叶里希的脸皮早就练出来了，握着球拍，十分淡定地任由他调侃。

霍予深签了一张支票扔给他："媒人红包。"

言下之意，他可以闭嘴了，周泽收下支票，却依旧不肯走，继续当电灯泡："按照辈分算，阿深你以后要改口叫我师兄。"

霍予深道："南非的项目还缺个人主持，你这么闲，不如就你过去吧。"

"见色忘义啊见色忘义！"

叶里希摸了摸自己的脸，笑道："承蒙师兄夸奖，没想到我还有'色'可言。师兄你夸人的手法略含蓄，下次可以直接点。"

周泽痛心疾首道："女生外向啊女生外向！"

"没有，我向的是内。"

"师妹，含蓄啊。"

"阿深说过，就喜欢我的坦率。"

周泽瞥见好友愉悦的神色，再看看春心荡漾的小师妹，顿时发现自己是个多余的人，不得不离开了冒着红色气泡的网球馆。周泽一走，叶里希就黏到霍予深的身边，以握拍姿势不标准为理由吃了他一通豆腐。

打完网球，两人都出了一身汗，叶里希别有用心道："一起去泡温泉！"

"三伏天泡温泉？"

"去嘛去嘛，三伏天还吃火锅啦。"

上次泡温泉被分开，她怨念至今，度假村刚好也有温泉，怎能错过这个好时机。他现在可是自己名正言顺的男朋友！

霍予深看穿了她的小心思，却欣然同意。

叶里希一兴奋，尾巴就又开始作妖，她的洪荒之力都用上了，才勉强维持住双腿。然而刚出网球馆，她的手机就响了，来电显示是燕大侠。

乐极生悲，大约就是这样。

她盯着手机看了许久，久到霍予深都投来询问的眼神，她才不甚情愿地接电话，用轻快的口吻喊了一声"燕大侠"。

"把位置共享打开，我去找你。"傅远川温和道。

晴天霹雳啊这是，叶里希愣了一下，却没出戏："你不是要准备比赛吗？怎么有空来找我啊？你现在在哪儿？我去接你。"

难道是明澜去告密了？不会吧，她这几天很注意了，就这样还能被看出来？而且她一直怀疑明澜暗恋傅远川，这样算起来她们是情敌，她和霍予深在一起，明澜应该很高兴，睁只眼闭只眼放过他们。

"还在开车，快到度假村了。"

"那我到门口等你。"叶里希用略带关心的语气继续道，"开车就不要打电话了，一会儿见。"

"一会儿见。"

结束了和傅远川的通话，她一抬头便对上霍予深探究的目光。

"燕大侠是燕青吗？你让我小心的人就是他？"

"燕大侠是燕青没错，但是现在的燕青是傅远川假冒的。"叶里希简单解释道，"他以为我不知道他的身份，你也当他是真正的燕青好了。这事情有点复杂，你让我缕缕思路，回头再和你细说。"

霍予深没有追问："我陪你去门口接他。"

"我们能不能地下情几天？"叶里希迟疑地问。

"我看起来不能见光吗？"

这个问题有点难回答，总不能告诉他，因为傅远川看上了她，如果知道他们在一起，可能又会丧心病狂地回溯时光。自从回到过去后，她的预言能力好像就消失了，联想到瑶瑶的能力，她怀疑自己根本没有预言的能力。那些看到的画面，是曾经发生过的，只是因为时光回溯的关系忘记了。

霍予深见她一脸纠结为难，无奈地妥协："走吧。"

"啊？"

"不是要去接那位燕大侠吗？"

叶里希一把握住他的手，知道他这是默认了地下情的建议，心里有些内疚。她绞尽脑汁地思索，憋出了几句情话来讨好新出炉的"地下男友"。霍予深一脸淡定地收下那肉麻兮兮的小情话，没有半分不适。

快到度假村门口的时候，霍予深松开了叶里希的手。

她心里一空，抬头就看到立在树下的傅远川。如果不知道他的底细，这是一个很容易让人产生好感的人，看着他，便能想到一些美好温暖的东西。可就是看上去这么温柔绅士的人，手上却沾满鲜血，他为了他的理念而疯狂。

"燕大侠！"叶里希笑眯眯地跑到他的身边，一脸感动道，"被你吓了一大跳，没想到你会过来。知道你不放心我的安全，可是比赛也很重要啊，那可是全球总决赛，少了你这个队长可不行。"

傅远川理所当然道："没什么事比得上你重要。"

叶里希："……"

霍予深的神色蓦地一沉，抿着唇，明显不高兴了。叶里希觉得自己的后背凉飕飕的，忍不住回头看了他一眼，露出了一个安抚的笑。这个笑落在霍予深的眼中，却是充满了可怜兮兮的意味，于是他不得不压下胸口的怒气。

傅远川的目光从霍予深的身上扫过："这位是？"

"他是我……"师兄的老板。

叶里希语塞，如果霍予深在明澜的面前介绍她为"朋友的师妹"，哪怕知道他有难言之隐，她心里也会老大不痛快。傅远川的态度如此暧昧，她却偏偏还配合他演戏，作为观众的霍予深心里该多难受。

"他是我男朋友。"叶里希脑门一热，无视了傅远川忽变的脸色，"前几天我们一见钟情，然后决定开始以结婚为前提的交往。"

"你爱上他了？"

叶里希坦然地点头承认："对不起。"

傅远川给她的人设是"他们在上辈子十分相爱"，而现在她爱上了"别人"，理所当然要对"燕青"抱有愧疚之情。分析完这个剧情走向，叶里希也是心累。要不是顾忌时光回溯这个坑爹能力，她一早和他撕破脸。

状况外的霍予深听得一头雾水。

叶里希不想让他看到自己虚伪的一面，也怕他误会了她和傅远川的关系，所以在和傅远川"解释"之前，找了一个理由将他支开。或许是因为摆脱了"地下男友"的身份，霍予深的心情不错，和傅远川充满敌意的目光在空中碰了一下，才以信任的姿态留给他们独处的空间，醋得十分大度。

霍予深走远之后，叶里希一秒入戏。

"如果我能想起以前的事情就好了……我也没办法接受自己是这么花心的人，不过失忆而已，就移情别恋了……"她憋出两滴眼泪，"嘤嘤"诉说内心的愧疚和茫然，"万万想不到我居然这么渣！

"燕大侠，你骂我吧。

"你这么好，我却辜负了你，对不起。

"为什么我要失忆呢？"

傅远川铁青着一张脸，可是看到她哭得这么伤心，什么话也说不出。他费尽心思，机关算尽，却没得到她的一分爱意，霍予深和她不过见了一面，便能修成正果。他真可笑，居然以为她是命运赐给他唯一的善意。

不，她是命运给予他最大的恶意和嘲讽。

"别哭了，我不怪你。"傅远川递给她一张纸巾，又重复了一遍，"我不怪你。"

错的是命运，错的是霍予深的存在。

没关系，他会纠正这错误的一切，让她心甘情愿走进他的世界。

叶里希捕捉到他脸上一闪而过的狠毒，忽觉不妙。难怪有句话叫"冲动是魔鬼"，可既无退路，那只能见招拆招了。

大不了她再追求一次霍予深！

此时的叶里希还不知道，她会因为这次的"冲动"付出什么代价。如果她还会预言，一定会买包毒药，索性把自己毒哑。

傅远川来得突然，离开得也突然。叶里希惴惴不安，既担心他在酝酿什么阴谋，又怕他一个人躲起来伤心。她觉得自己特别贱骨头，仇敌对她好一点，她就忘了他的坏。但一想起他离开的背影，她心里就堵得慌。

想起他笨拙的追求手段，那些小心翼翼的讨好……叶里希越想就越暴躁，怎么搞得好像自己是负心汉似的。

明明她才是受害者啊！

和男友都要HE了，却莫名其妙被时光回溯。

暴躁的叶里希决定去和霍予深坦白一切，她的一时冲动可能会导致不可预计的后果，让他遇到危险。她边走边思索，要怎么将这桩匪夷所思的事情解释清楚。在外头绕了两圈，她勉强打好腹稿。

然而霍予深却不在房间里，打他电话也没人接。

该不会是生气了吧？

这是冷战的意思？

叶里希胡思乱想了一通，又否定了这些不靠谱的想法。她一路从网球馆找到海边，没找到霍予深，却被周泽拉进房间里玩"青行灯"。窗外的光都被遮光帘挡住了，房间里没有开灯，几个人围坐成一个圈，面前各点着一根蜡烛。

适应了里面的昏暗后，她才看到背对着门而坐的霍予深。

叶里希顿时一扫满脸的不乐意，高兴地挤到霍予深的身边坐下。房内其他几人她也都认识，陈俞风、莫朗生、林昆、叶崇行，以前在四季春见过。虽然这次见面的地方变了，但陈胖子依旧愤恨地瞪着他们，目光太露骨，她想忽略都难。

难不成这个时候陈俞晴已经闹绝食了？

其实她很想安慰陈胖子一句，陈俞晴很快就会移情别恋，为林姓影帝一掷千金，根本不用担心她真的绝食。

"陈胖子你那是什么眼神？"坐在他对面的莫朗生用玩笑的语气说，"就算人家小姑娘长得可爱，你也应该含蓄点。小师妹好，我是你师兄的朋友，你可以叫我朗哥，我今年二十八岁，单身，不抽烟不喝酒，有车有房有存款。"

叶里希："……"

"莫朗生你胆子不小啊，居然当着人家男朋友的面挖墙脚。"周泽笑道。

"你监守自盗了？"不等周泽开口，他看向叶里希，苦口婆心道，"你师兄就是一个禽兽，你可千万别被他骗了。朗哥的皮相虽然不如你师兄，可是身心都是纯洁的，不信你问问阿深，我连女人的小手都没拉过。"

周泽似笑非笑地看着莫朗生，脸上写满了"幸灾乐祸"四个大字。

烛光映着霍予深那张冷冰冰的脸："我是她的未婚夫。"

叶里希闻言，顿时心花怒放，毫不矜持地往霍予深的身边凑，笑眯眯道："嗯嗯嗯，我是阿深的未、婚、妻。"

"不是吧！"一见钟情却一分钟失恋的莫朗生开始考虑自己的人身安全，他压下满腔的悲伤，心不甘情不愿地赞美道，"刚才是我眼拙了，原来是小嫂子啊，难怪看着如此亲切，就宛如亲人一般。小嫂子的眼光真好，霍哥那是世上罕见的好男人，不抽烟不喝酒不泡妞，有车有钱有存款！”

霍予深淡定道："不，是我眼光好。"

"别秀恩爱了，我们来玩游戏。"周泽喊道。

青行灯就是讲鬼故事，每人说一个亲身经历的灵异事件，说完吹灭自己面前的蜡烛。周泽先开始，说的是和一个妹子在梦里相爱的故事。诡异的是，他根据自己的梦，居然真的在现实里找到了那个姑娘。

莫朗生几人不相信他说的这个故事，嚷着要看证据。

周泽掏出手机，给他们看了照片。叶里希看清屏幕里的人，顿时一愣，那不就是戚敏敏吗？师兄难道没有完全失忆，他还记得一些时光回溯之前的事情，那阿深有没有可能也忽然想起点什么？等等，师兄刚才说的是一个爱情故事，她怎么不知道他们曾经相爱了？这两人太过分了，居然瞒了她这么重要的事情！

"师兄，她是我闺密。"叶里希幽幽道，"兔子不吃窝边草。"

周泽："……"

几人哈哈大笑，说："你这个故事不过关，露馅了。"

"重来重来。"

"要真实！"

周泽只能又重新说了一个故事，这个故事的主角是他的同门师兄，温柔、绅士、博学多才，他十分受女生的欢迎，每天都有许多人向他递情书。后来有一天，他莫名其妙从学校里消失了，所有人都忘了有这么一个人的存在，学校的档案查不到他，那些迷恋过他的师弟师妹也纷纷得了失忆症。

"小师妹，记得总跟在你身后的大师兄吗？"

周泽的口才十分好，这个故事在他的叙述下，既阴森又诡异，叶里希听得毛骨悚然，却又觉得这个故事有一种莫名的熟悉感。

"可是张老只收了我们两个学生……"

"我们学校的论坛里有一张帖子，讲的就是这个消失的'大师兄'。楼主是他的疯狂暗恋者，可忽然有一天她醒过来，世界上却没有了这个人的痕迹，她在学校里到处问，但大家都当她得了臆想症。"

叶里希道："我记得这个事情，她跑来找我，问我记不记得燕师兄，还说了很多奇怪的话，后来她不是被家里人送到精神病医院了吗？"

"现在也还在接受治疗，但我觉得她没疯。"周泽压低嗓音，故意制造恐怖气氛，"前几天我在路上遇到了微微，就原来我们系的系花，她忽然问我，燕师兄和小师妹修成正果了吗？在我和疯掉的那姑娘的记忆里，燕师兄也是喜欢小师妹的，成天围着小师妹转，嘘寒问暖，用心简直不要太明显。"

叶里希听得呆住了，燕师兄到底是谁？

"我之前一直在看心理医生，还做了催眠。医生记录了我在催眠状态下说的话，证实我不是得了臆想症，而是真的存在过一个燕师兄。可是他消失了，包括和他关系最好的小师妹，一点印象也没有。"

叶里希细思恐极，这个世界到底被回溯了多少次？

那个被大家遗忘的燕师兄又是谁？

会是傅远川吗？

叶里希忽然想起了那个反复出现在她噩梦里的无脸男，周泽喊他"大师兄"，他抱着她哭，说要复活她。但傅远川为什么会变成她的大师兄？难道她和傅远川真的相爱过？不，不可能，就算时光回溯一万遍，她也只爱霍予深一个。

结束了青行灯这个游戏，叶里希本打算和霍予深单独谈谈，但被莫朗生他们拉去参加篝火晚会。一晚上她都有些心不在焉，霍予深以为她被鬼故事吓到了，给她拿了啤酒压惊。看着她喝啤酒的样子，又有些困惑，他怎么知道她喜欢啤酒？

自打叶里希获得了喝酒这个技能后，便成了一个实打实的小酒鬼。

别人吃肉她喝酒。

别人跳舞她喝酒。

别人烤羊她喝酒。

霍予深不过和周泽说了两句话，转头就见叶里希喝得醉醺醺的，而她脚边已经倒着七八个空罐子。他微微皱眉，拿走她手里的啤酒。这个时候她脑子还是清醒的，只是神经有些亢奋，眼睛亮晶晶地盯着他，却不吱声。

"小师妹这是喝高了？"周泽看了他们一眼。

霍予深觉得这个画面莫名有些熟悉，他揉揉发疼的额角："我送她回去休息，你家小师妹一喝醉就喜欢……"耍流氓。

他怎么知道她一喝醉就喜欢耍流氓？

霍予深紧紧拧起眉，自从听了阿泽说的两个故事，他也觉得这个世界不对劲。不，在遇到叶里希之前，他就一直觉得身边有什么东西不对。看来他也需要找心理医生聊聊，到底是这个世界疯了，还是他得了臆想症？

叶里希一路都很乖顺，可回到房间后就开始闹腾。

或许是最近女娲石吃多了，叶里希的力气特别大，霍予深的外套和衬衫被她一扯，扣子"哗啦啦"全掉了。他十分配合地躺在床上，任她胡作非为。醉意上头，她更加兴奋，低下头去亲他，双手不安分地四处点火。

"阿深，你真好看。

"我好喜欢你。

"你别怕，我会好好保护你。"

叶里希一边对心上人耍流氓，一边说着小情话，说到明澜的时候，她就醋了："她抢我剧本，抢我男人，抢我师兄，我讨厌她……九月十二号的晚上，你遇到的人应该是我，可是，可是你把她带回去了……"

她委屈又难过，也不亲了，坐在霍予深的身上掉眼泪。

霍予深忍得有些难受，也没细想她的话，只当她是吃醋了。他化被动为主动，将她压在身下，亲了一通，她也不哭了，哼哼唧唧地回吻他。他伸到她背后，拉开她的拉链，脱下她的裙子，忽然发现手里的触感不太对。

他定神一看，身下的人居然多了一条尾巴。

那条尾巴摇了摇，软绵绵地勾住他的腿，似乎很高兴的样子。他无奈地盯着叶里希，扯过旁边的被子包住她外泄的春光。

将小醉鬼哄睡着之后，三观受到冲击的霍予深抽了一支烟。

看到尾巴的一瞬间，他既不震惊也不觉得害怕，反而带着几分欢喜——他的心上人就应该有一条尾巴。这个想法有点奇怪，他的脑子可能被外星人入侵过了，不然怎么会觉得她就该长一条尾巴。

"蠢妖怪。"他灭了烟，俯身亲了她一口。

窗外月明星朗，映一地银光，他走过去，拉好窗帘，然后去浴室冲了一个冷水澡，躺到她身边。刚有了几分蒙眬的睡意，手机却响了，他怕吵醒叶里希，立马摸黑接通电话。挂断电话后，他换了一身衣服出去。

叶里希又梦到了那个看不见脸的男人。

这一次终于换了场景。

大约是在KTV的包厢里，一群人正在玩游戏，无脸男似乎中招了。一个女生用兴奋的语气问道："燕师兄，你有喜欢的人吗？"

周泽"嘘"了一声："你应该直接问他，什么时候向小叶子表白。"

她就坐在周泽的身边，闻言气呼呼地掐了他一把："二师兄，你再胡说八道，我就、我就黑了你的手机，给你的后宫们群发一条分手短信！"

周泽一点也没将这个威胁放在心上，"哈哈"笑了两声："这个问题多好啊。古来今往，大师兄不都是用来给小师妹祸害的吗？"

"有道理。"

"没错！"

一群人跟着瞎起哄，那个提问的女生立马改口："燕师兄，你打算什么时候向叶师姐表白？我们可都等着啦。"

无脸男的脾气似乎很好，用带着笑意的声音道："别胡闹，我喝酒吧。"

然后画面一转，便是无人的石子路，银色的月光透过两侧郁郁葱葱的大榕树，洒在无脸男的身上，他温柔地喊道："小叶子。"

走在前头的人停下了脚步："干吗？"

"你愿不愿意……"他的语气里充满了踌躇，每一个字都透着小心翼翼的感觉，"接受我的表白？我会对你很好，一生忠诚于你，爱你，保护你。小叶子，你愿意和我谈一场永不分手的恋爱吗？"

叶里希没有听到答案，仿佛这是一块不能碰触的禁地，在听完无脸男的表白后，她猛地惊醒了。她醒时心脏剧烈地跳动着，额头全是冷汗，脑子空白了好几秒才意识到自己身在何处，耳边却似乎还残留着那个温柔的嗓音。

隔着不透光的窗户，她隐约听到海边的动静。篝火晚会还没散场，那她应该没睡多久。她多少有些记忆，对心上人上下其手，却又在关键时刻变出尾巴……想到自己的壮举，她顿时也顾不上那个奇怪的梦。

叶里希捂着脸哀号一声，也不知道霍予深有没被她的尾巴吓到。

他以前夸过尾巴可爱的，应该不会歧视它吧。

啊啊啊喝酒误事！

开了灯，找到手机，她却不敢打给霍予深。纠结半天，她干脆换上衣服出去找人，还是当面说清楚比较好。

沙滩那边的气氛十分热烈，不管会跳舞还是不会跳舞的，都围着火堆跳起来，师兄怀抱美人，正旁若无人地激吻。莫朗生和陈胖子一伙人在拼酒，都喝得醉醺醺的，问他们霍予深去了哪里，居然道："他见色忘义，和小师妹过二人世界去了！"

叶里希心道，喝酒都喝傻了这伙人。

坐在角落里的路南听到他们的对话，站了起来，直直地朝她走过来："霍总和明澜出海去了，我亲眼看到的。"

那语气和神态，透着一股子高高在上的怜悯，看得叶里希十分不爽。

"霍家不会接受你这样的儿媳妇，小叶子，你要是现在求我，我就原谅你，考虑考虑让你回到我的身边。"

"麻烦你下次带了脑子再来挑拨离间。"她皮笑肉不笑道，"哦，我说错了，脑子是个好东西，垃圾不配拥有它。"

"你!"

"有时间在这边叽叽歪歪,不如想想怎么挽回你的系花。"叶里希决定给劈腿男找点事情干,就鼓励道,"听说系花最近生病了,你知道的,女生在这种时候最脆弱,这可是你献殷勤的大好机会,好好加油哦。"

路南若有所思,一脸复杂地盯着前前女友。

叶里希居然从他的表情里读出了类似"难道她真的不爱我了"这样的感慨。她打了一个恶寒,劈腿男是有多自信啊。她以前的眼神到底是有多差,居然栽在这个渣男的身上,初恋毁三观,此言非虚啊!

虽然路南的话没啥可信度,但叶里希还是去了度假村的码头。亭子里的值班保安正在打瞌睡,她敲了敲门,道清来意。保安以为她是来抓奸的,自然是帮自家Boss打掩护,非说今晚没人出海玩。

见到保安的反应,她暗叫一声糟糕,路人渣居然没撒谎,阿深真的和明澜出海了。

叶里希顿时急了:"租快艇出海在哪里登记?"

早不出海晚不出海,偏偏是在她刺激了傅远川之后出海,说不定是明澜收到了什么杀人灭口的命令,所以才将阿深骗出海。虽然她对阿深的武力值有信心,可是架不住明澜诡计多端啊!

"驾驶员都下班了,现在租快艇可得自己开咯,大妹子你会吗?"保安劝了两句,没劝动,见她一意孤行,叹了叹气,"大海茫茫,大妹子你要上哪里找人去?听俺的劝,还是回去洗洗睡吧。"

叶里希匆匆登记完,拿着钥匙跑了。

在保安忧心忡忡的目光里,叶里希开着快艇消失在雾茫茫的夜色里。

说起来她会开快艇,还是傅远川教的。她学得慢,从早上摸索到晚上,才勉强点亮了这个技能。想到傅远川,叶里希的心口又习惯性发堵。

她叹叹气:"不想了,船到桥头自然直。"

叶里希打开手机的定位软件,仍旧捕捉不到霍予深的位置。深夜的大海安静得叫人打心底发怵，偶尔的浪涛声也带着几分恐怖气息。她打了一个寒战，忽然觉得自己太莽撞了，至少应该叫上师兄一起行动。

她开着快艇在海上胡乱转悠，找了一个多小时，终于看到某处亮着灯光。她关了快艇的照明灯，小心翼翼地靠近那艘豪华游轮。她刚刚靠近，还未看清船上是什么情形，便听到开枪的声音，然后紧接着是落水的动静。

雾茫茫的夜色，水花飞溅，一人沉进了海中。

明澜举着枪，对着水中隐约的人影放了数枪："霍先生，可别怪我心狠，要怪就怪你自己不长眼，被那么一个晦气的东西沾上。

"叶里希是傅先生的实验品，你也敢抢，现在可不就遭殃了。

"我也不想杀你，毕竟你是一个好人。"

她一边说着抱歉，一边射击，在密集的子弹里，霍予深根本没有机会冒出水面。正往游轮上面爬的叶里希，听着枪声，眼睛都急红了。

阿深你坚持一下，我马上就来救你。

等我，我一定救你！

叶里希费力地爬到游轮里，环顾四周，找到一个棒球棍，立马抄在手里。她小心翼翼地从后面靠近明澜。而明澜全神贯注地盯着海面，似乎完全没有注意到身后多了一个举着棍子的人影。

叶里希举起手，狠狠地朝她的脑袋砸下去。

此时明澜却笑着转过头，一抬手，用手臂挡住了她的棍子。她似乎一点也不痛，看着叶里希的目光带着几分得意。

"白痴。"

叶里希的反应也很快，一棒落空，立马把手里的沙子扔向她的眼睛。明澜没有防备，果然中招。她趁机扑上去，试图去抢她手上的枪。她知道以自己的武力，根本打不过明澜，但她的目的是给霍予深争取时间，所以只要缠住她就好。

争夺中，不知道是谁扣动扳机，明澜打了一个激灵，险险地踹开叶里希。

枪口朝天发出一颗子弹。

明澜骂了一句脏话："你想找死，也别拖上我！"

"阿深要是死了，我就给他殉情！"叶里希也放狠话，"我可是唯一成功的实验体，我要是死了，傅远川不会放过你。"

"白痴！"明澜眨眨眼，红着眼眶骂了几句，"痛死了，居然用沙子。"

叶里希知道她有顾虑，不会真对自己下死手。所以不等她的眼睛恢复过来，又恶狠狠地扑上去，抓她的脸，揪她的头发，咬她的手，无所不用其极。明澜被她烦透了，踹开了又缠上来，简直没完没了。

"姚瑶你看够了没有，快点把这个小疯子绑起来。"明澜怒道。

一人从黑暗的角落里走出来，正是萝莉版的姚瑶，她手里拿着绳子，一脸无可奈何："你自己绑吧，我可干不动体力活。"

明澜暴躁道："一群废物，还不如阿大！快点给我拿水！"

"那你平时还对他那么凶。"

两人一来一往吵了起来，叶里希看到姚瑶使眼色，立马跑了。她一边围着甲板跑，一边高呼霍予深的名字。

姚瑶见状，颇有些无奈。

"白痴，水里的人根本不是霍予深。"明澜喊了一声，"阿二，还不快出来，要不是叶小姐，你刚才可是要葬身大海了。"

叶里希一愣，往海里一看，一人正冲她招手："叶小姐好。"

她顿时傻眼了，难怪过了这么久，却没听到霍予深的声音，敢情这就是一个陷阱。因为路人渣和保安的话，所以刚才一见到有人落水，就下意识认为是霍予深。

好消息是霍予深没有遇险，坏消息是她自投罗网。

她现在要是跳海，水里的阿二正等着她。她要是不跳，船上有明澜虎视眈眈。

明白了自己的处境后，叶里希欲哭无泪。明澜骂得对，她可不就是白痴吗！如果她小心一点，带足人手出海，哪会中计。

第十四章
孤岛求生

夜色沉沉，一艘豪华游轮在海雾中渐渐消失。

明澜坐在高高的船头，一手抽烟，一手拿着洋酒，背影透着失恋人士的颓靡。她似乎不会喝酒，被酒呛得直流眼泪。姚瑶靠在栏杆上，看了一会儿黑漆漆、雾茫茫的海景，有些没趣地叹叹气。阿二寸步不离地守在船舱外，一手猪蹄一手拿枪，他十分凶残地想，要是里面的人敢跑，他就一枪打断她的腿。

"喂，你喜欢傅远川那个变态哪点？"姚瑶问道。

"要叫傅先生！"明澜纠正道，"他哪儿都好，长得好，性格好，脾气好，世界上就找不出比他更好的男人！"

姚瑶不可置信道："你眼瞎啊。"

"不，眼神不好的人是傅先生。"她似乎有些醉了，话都比平时多，"你一个小屁孩都知道我喜欢他，他却以为我喜欢霍予深。你知道傅先生跟我说了什么吗？他说，我知道你喜欢霍予深，我成全你，让他爱上你，我放你自由。

"哈哈哈自由他祖宗！我他妈要不是喜欢他，干吗留在那个鬼地方！

"傅远川就是个王八蛋！

"不，叶里希才是王八蛋！

"我要是能长出鱼尾，就狠狠糊他一脸，让他来跪舔我！"

明澜发泄了一通，砸碎酒瓶子，高喊着"我是人鱼公主"，然后跳进了海里。姚瑶目瞪口呆半响，急道："阿二，快点下去救人。"

"不用，酒醒了就会自己回来。"

"有点同事爱好吗！"

阿二啃完猪蹄，细致地擦手，慢吞吞地擦完，才道："小明每隔一段时间就要像这样发疯一次，所以大家都知道她喜欢傅先生。"

"你就不怕她淹死吗？"

"她没鱼尾，可是有鱼鳃，淹不死的。"阿二开始擦枪，语气很冷，"除了守门，我哪儿都不会去，小明没脑子，我还要命。"

姚瑶被他看得心虚："你高兴就好。"

她有点担心地趴在栏杆上往下看，海面雾茫茫一片，根本看不到明澜的影子。虽然她平时凶了一点，嘴巴坏了一点，眼神也不好了一点，可人还是不错的，别真淹死了。她找出梯子，放下去，喊道："小明——明澜——明小澜——"

喊了半响，她看到明澜从水里冒出来。此时银色的月光下，她上半身浮在海面之上，看起来就像传说中的海妖，充满了神秘色彩。她泡过海水的脑子似乎并没有清醒多少，对着月亮唱起了歌，但唱得非常难听。

"为什么船没翻！"她怒气冲冲地吼完，用身体去撞游轮。

姚瑶哭笑不得，敢情她是在模仿海妖作案，想用歌声使他们翻船啊，没想到明澜喝醉了这么幼稚。

"因为你是善良的人鱼公主，不是邪恶的海妖！"姚瑶忽悠道。

不知道她听懂了没有，她一头扎进海里，过了一会儿又冒出来，手里举着一个雪白的大贝壳："送你，人鱼公主的礼物。"

明澜把大贝壳往游轮上扔，姚瑶赶紧避开。

大贝壳在空中划出一道优美的弧度，然后砸到阿二的脑袋上。这个拥有铁塔意志的男人忽然暴躁地蹦起来，冲到船边，将贝壳砸向明澜："白痴啊你！人鱼公主你妹！不会喝酒就别喝，有本事喝给傅先生看啊！"

姚瑶心道："不是说好誓死不脱岗的吗？"

船舱内，被绑成粽子的叶里希望着小窗户外黑漆漆的海景，不由得悲从中来。她为什么就信了那么拙劣的谎话呢？以阿深的性格，怎么会三更半夜跟一个女人出海？从逻辑上就说不通啊！

她要是有命回去，一定宰了那两个说谎的帮凶！

一个个都能当影帝了！

姚瑶咬着棒棒糖走进来，问道："吃糖吗？傅老板给你准备的，含丰富营养，可以补充人体所需维生素，多种口味，任君选择，不来一发吗？前段时间，那个变态一直在研究用女娲石做糖果，其实还蛮惊悚的，你想想啊，傅变态除了研究基因进化就是在给实验体们开刀剖腹，这么凶残的人一夜之间却换了画风。"

叶里希看向绑着双马尾的小萝莉，这位也能进军娱乐圈了。

姚瑶剥了一个糖果，塞进她的嘴巴里："石榴味的，好吃吗？我上次偷吃了一颗，差点没被傅变态的眼刀杀死。估计这玩意挺不好整的，他对你倒是不错，你说我要是绑了你，和他交换燕大侠，他是应还是不应？"

叶里希把糖咬碎，一股石榴的香气在口腔里弥漫开。而属于女娲石的能量也渐渐在体内发挥，四肢百骸都透出舒服的暖意，叫她不禁舒展了眉。虽说有骨气的人不食嗟来之食，但不吃饱，她哪里有力气跑路呢？

"我怎么听着，你像是在帮他说好话？"叶里希无所谓道，"你要是想用我当人质，我一定全力配合。"

姚瑶叹叹气："还是算了，傅远川老谋深算，我斗不过他的。"

"喂，少女，有点斗志好不好！"

"你以为我没反抗过吗？我的金手指可是时光回溯，而且还能保留全部的记忆，我怕那个贱人做什么！"姚瑶坐到她的身边，沉默了很久，忽然深深地叹口气，然后有些自暴自弃地说，"垃圾金手指，我前前后后回溯时光二十三次，每次都是惨败！一开始他和其他人一样会'失忆'，但后来我回溯的次数多了，他就有了免疫力。从此之后，我万劫不复啊万劫不复，那贱人利用我的金手指，想做什么就做什么，反正错了可以回档嘛。你知道我被他压榨了多久吗？整整两年又三个月！"

叶里希听完，也为她掬一把辛酸泪。

"以前你单打独斗没办法，可阿深很厉害啊，而且我师兄的路子也很广，瑶瑶，我们合作吧。"她压低声音道。

"对不起。"

又被拒绝了，叶里希也跟着叹气。

"那你可以把这个世界还原吗？或者让阿深想起以前的事情。"

姚瑶苦着脸道："对不起。"

"对不起是几个意思？"

"我只能回溯时光，但无法还原上一个世界。"姚瑶内疚道，"我也不知道要怎么恢复霍哥哥的记忆。从理论上来说，只有我能保留全部的记忆，傅远川这个贱人是例外，不具备参考价值。"

"回档就回档吧，反正就算回档一万次，阿深还是喜欢我。"

姚瑶用一种很微妙的眼神看着她："其实吧，有时候我挺同情傅变态的。"

叶里希没听懂，这句话到底是几个意思？她低低地问："瑶瑶，你可以帮我把时间回溯到三个小时前吗？"

姚瑶低下头，沉默不语。

叶里希也知道这样太为难姚瑶了，所以立马改口："要是有机会的话，帮我给阿深传个口信，我忽然失踪，他一定急坏了。"

"傅远川拿燕大侠威胁我，我要是不听他的话，燕大侠就会变成他的小白鼠，我不想他变成我们这样的人。所以我不能帮你逃走。"姚瑶的心里也不好受，"小叶子，你到了岛上以后，别惹傅远川，他很可怕的。"

船舱外面的动静渐渐小了，阿二喊了一嗓子，叫姚瑶出来捞人。

姚瑶没理他，坐着不动，胖嘟嘟的小脸上写满内疚。

"对了，你知道我以前的事情吗？我就只有上一次的记忆。"叶里希换了话题。

姚瑶想了一下："傅变态因为你，回溯时光四次。第一次好像是他表白失败，你们打了一个赌，他让我把时间倒流到你认识路南之前，假装是你的师兄，对你可殷勤了，当时你们是南大公认的CP……"

她一开始并不相信傅远川会喜欢谁，他对叶里希的在意，也不过是因为她是唯一成功的实验体。当时为了救出燕大侠，她铤而走险，抓了叶里希来威胁傅远川。她不仅抓了人，还将傅远川真正的背景透露给叶里希。

……

"你是绑匪，他是我师兄，谁知道你说的是真话还是假话。"

"时光回溯这种事情太扯淡了，中二是病，得治。"

"你别催眠我了，我是不会帮你对付燕师兄的，现在是不是该喊他傅师兄？"

……

这个计划虽然冒险，但傅远川却真的将燕大侠还给她。她不知道叶里希回去后和傅远川说了什么，他居然没有派人追捕他们。后来她阴错阳差和叶里希在游戏里重逢，她一副傻白甜的模样，天真无邪地告诉她，她家傅师兄已经放下屠刀，立志当一个好人，不会再对他们怎么样了，请他们好好过自己的小日子。

她将信将疑，直到无家可归的明澜跑来找她，说傅远川解散了实验室。

到了此时，她才相信傅远川是真的动了心。

只有爱上一个人，才会为她改变，想要成为她眼中的模样。那一世的叶里希没有遇到任何挫折，又被傅远川宠得特别傻白甜，所以她目光所及之处没有黑暗。傅远川想待在她的身边，只能放弃了自己的理念。

终于有人降服了这个大变态，她简直感动哭了，还拉着燕大侠跑到庙里给他们烧了一炷香，求神拜佛，祝他们百年好合。

可是叶里希死了。

然后天就变了。

听到这里，叶里希微微怔住，原来师兄说的鬼故事是真的。

她的噩梦也是真的。

毫无疑问，梦里的无脸男就是傅远川，可那次她是怎么死的？这样算起来，傅远川其实是她的救命恩人，毕竟他没有回溯时光的话，她就死了。她脑仁有点疼，这笔糊涂账得怎么算才能算清楚呢？

傅远川之于她，到底是恩人还是仇人？

同一时间，因为叶里希的失踪，霍予深几乎将整个度假村翻过来。查了一宿，最后却查到了自己头上。无论是值班的保安还是路南等人，都说亲眼看到他和明澜出海，所以叶里希才会开着快艇追出去。

"这简直见鬼了！"周泽骂道。

霍予深没有出海。两个小时前，助理打电话给他，说求婚的场地出了纰漏，他赶过去处理，在那边待了一段时间。回去后发现叶里希不在房里，他本以为是她酒醒了不好意思面对他，但找了几处她常去的地方，都没发现她的踪影，这才觉得不对劲。如果保安和路南没有撒谎，那她必定是被人骗出海了。

霍予深立刻带着海上搜救队去找叶里希。

根据定位，他们很快就找到了那辆快艇，但船上空荡荡的，只有一件橘黄色的外套孤零零地被留在上面。霍予深跳过去，捡起叶里希的衣服，脸色越发难看。他的未婚妻，在他的眼皮子底下，被人悄无声息地掳走了。

游轮在海上驶了一夜，日出之时，才慢悠悠地靠岸。

傅远川负手站在码头上，他似乎已经等了许久，身上都带了几分湿气。他看到叶里希从船上走下来，没有喊她，只是站在原地端详她。他觉得此刻很糟糕，又觉得很快意，不用再压抑内心的欲望。

"把绳子解开。"他对明澜说道。

"是。"

叶里希活动了一下僵硬的手臂，触到傅远川灼热的目光，不自觉地垂下眼睑。听了那么一个故事，她简直不知道要用什么态度面对傅远川。这一路上，她已经细细琢磨过瑶瑶的意思，她为什么只单单说了那一次的故事？

她猜，瑶瑶是想让她装作恢复记忆，骗取傅远川的信任，然后再跑路。

这应该是最好的办法，可是她真的不会演戏啊！

　　"小叶子，欢迎你来到我的王国。"傅远川的眼底带着骄傲和期待，他希望她能认可他的"王国"，不过他等了许久，她还是一声不吭。他在心中微微叹气，神色变得落寞："真希望你能继续和我装糊涂。"

　　叶里希抬起头，飞快地望住他："你知道……"

　　"你演技太烂了。"

　　叶里希震惊三秒就淡定了，这个世界人人都是影帝，只有她是菜鸟，被戳穿也不是太奇怪。"你什么时候知道的？"

　　傅远川没回答，说道："我先带你参观这座岛。"

　　"我有选择权吗？"

　　"我不会勉强你做任何你不想做的事情。"

　　"那我为什么会站在这里？"

　　傅远川被她怼了一句也不生气，却叫明澜和阿二惊掉了下巴，唯有记忆完整的姚瑶小朋友觉得理所当然。这个心肝脾肺肾都黑透的贱人，只有被小叶子冷嘲热讽的时候，还会露出一副笑脸，温柔又包容。

　　谜之爱情，真是拯救反派的灵丹妙药。

　　有时候她会忍不住想，要是没有霍哥哥就好了，这样世界就和平了。而显然有这样想法的人不仅仅只有她，傅远川已经付诸行动了。

　　她没有把这个情报告诉小叶子，因为她知道也无济于事。

　　希望受到阻击的霍哥哥，能平安回到陆地。

　　为了定制出最佳逃跑路线，叶里希还是接受了傅远川的邀请，仔仔细细地参观他的大本营。这座岛的面积很大，光靠一双脚根本走不完，早上她只参观了东边这块。温暖的金色晨光里，几处建筑毗邻而立，高低不一，红墙黑门，端庄严肃。附近百里种满了桂树，连绵成林，恰逢花开之际，香气袭人，颇有几分雅趣。

　　东面是傅远川的住处和实验室，据说也是她的常住地。

　　叶里希懒得反驳，问道："西边是密林，北边是海滩，那南边是什么？"

"改天再带你过去看看。"他含糊道。

智商在线的叶里希敏锐地察觉出不对劲，南边难道藏着什么不能见光的秘密？不过他敢带她去看，大概是觉得她没机会泄密。

叶里希确实没机会泄密，哪怕是一个标点符号。

岛上没有网络，手机也没有信号，对一个黑客而言，这就等于卸掉了她两个胳膊。她最大的外挂暂时失效，靠武力值突破不予考虑，智取也有难度。总不能自己做竹筏，从北边划回去吧，这又不是拍电视，淹死或者迷路的可能性高达百分百。

她对自己的处境并不担忧，她担心的是霍予深的安全。连续几个晚上，她总是梦到他躺在血泊里。她因此变得焦虑，却又找不出脱困的办法。她的人生从日常番变成了恐怖副本逃生，这简直糟糕透了。

傅远川也看出了叶里希的焦虑，试图用其他东西来转移她的情绪。

一个天朗气清的傍晚，他开车带叶里希去了南边。

傅远川道："这里住着我们的同类。"

叶里希愣了一下，难怪来了三四天，却没看到一个实验体，原来都住在南边。她略带好奇地下了车，入目就是一排整洁干净的屋舍，看起来和员工宿舍差不多，阳台上晒着花花绿绿的衣裳。几个相貌异于常人的男人在篮球场打球，见到傅远川，恭恭敬敬喊了一声"傅先生"，却没胆子凑上前，只用一种古怪的目光打量叶里希。

"和我想的不太一样……"如果忽略他们身上异于常人的部位，这里看起来就像一个寻常可见的村庄。

"你想的是什么样？"

"你不会有兴趣知道的。"叶里希不想引发战火，却又忍不住怼了一句，"他们变成这样子，就算跑出去，也没有地方可以去。除了这里，他们无家可归。可是我有家，我不会留在这个被你统治的孤岛上。"

"但是没有我，他们已经死了。"

傅远川不想被她误解，他招招手，示意那几个男人过来："和叶小姐介绍一下你们的来历。"

"我叫陈盛，三年前得了脑癌，发现的时候就已经是晚期，我没钱做手术，也治不好，我是自愿成为傅先生的实验体。我现在的模样虽然古怪了点，可是我至少活着，偶尔还能收到我闺女写的信。"

"我叫阿三，二九一地震幸存者，差点就被截肢，是傅先生保住了我的双腿。"

"我叫林五，你要是认识莫朗生，那就应该知道我，他是我表哥。我是泡在药罐子里长大的，没学会吃饭就先学会了吃药，偶然听人提过傅先生的实验，就主动找上他。不过我运气没你好，基因进化失败。"

"……"

六人介绍完自己的来历，就安静地退场了。

叶里希道："你想证明什么？自己并不是一个彻头彻尾的坏人？"

"在远古时期，人有第三只眼，长在额间，被称为松果体。"傅远川坐到榆钱树下的凳子上，并示意她坐下说话，"松果体赋予他们各种各样的能力，他们可预言，可穿越，可呼风唤雨，寿命也比我们长。后来因为各种各样的原因，百年千年之后，松果体渐渐退化，人类就失去了这些力量。"

"听起来很不科学。"

"这些都是有据可查的，比如近代的医学周刊，一些松果体研究的论文。"傅远川不紧不慢地说，"再比如唐朝时代的袁天罡，从他的生平可以推测出，在他身上就是出现了返祖现象，被激活了松果体……跟其他国家相比，我的研究进度是最快的，如果人类的基因能进化成功，我们就可以重现远古文化。"

"那关我什么事？我就想吃饭睡觉谈恋爱，你已经剥夺了其中两样。"叶里希听完他的理想，觉得他是想给她洗脑，意图将她拉进敌方阵营。好吧，他的研究很伟大，可能部分实验体确实是自愿的，可这些真不关她的事！

"燕大侠……不，大师兄，你就不能放过我吗？"

"小叶子，你是不是想起点什么了？"

傅远川的眼睛蓦地一亮，直看得叶里希心里头有些发虚，她硬着头皮道："我就只记得上一个世界的事情。你很希望我想起来吗？"

"是的。"他毫不迟疑道，"那是我们之间最好的回忆。"

"那次你没有改造我，为什么回溯时光后，你却又改造我？你应该知道，我不喜欢变成现在的样子。"叶里希问出心口的疑惑。

"我帮你避开了六月的车祸，改变了你的人生轨迹，然后你死了。"傅远川沉默了很久才回答，"我怕你会死。"

叶里希怔住了。

无坚不摧的傅远川也会怕吗？怕她死？

"你出车祸的时候，我就在附近。可是结果和最开始的一样，你还是变成了植物人，我必须要把你带回去进行基因改造才能救活你。"傅远川见她不说话，以为她是不信自己的解释，神色变得落寞，"走吧，我送你回去。"

"哦。"

回去的路上，两人都没有主动开口，气氛有些沉默。叶里希并不是不信他，只是不知道该用什么方式对待他。她一直以为傅远川对她的爱是建立在"她是成功的实验体"这个基础上，可在她不知道的世界里，他也曾经为了挽救她的生命而做过努力。

如果没有进行基因改造，她不是死掉了，就是成为植物人。这样算起来，傅远川并不是她的敌人，而是她的救命恩人。但她同样忘不掉被改造的整个过程，如身处地狱，日日夜夜受恐惧支配。

这天晚上，叶里希做了一个梦。

梦里是阴雨连绵的春日，铃声忽起，底下的学生一阵欢呼。她收拾好教案，从阶梯教室走出来，看到几个学生围着一个男人。

那个反复出现在她梦里，却始终看不清脸的男人。

他手里拿着一把透明雨伞，身着白衬衫、黑色西裤，静静地站在那儿，就像一幅永不褪色的水墨画，清隽而雅致。

她走过去，略带几分调侃道："昨天二师兄还说人气都被大师兄抢了，今日一见，此言非虚。"

"老师，男神是来给你送伞的！"

"老师感动吗？换成我就以身相许来报答男神。"

"叶老师你什么时候嫁给男神？"

你一言我一言，全围到她身边来了，她笑眯眯道："一把伞就要让我以身相许，你们当我是许仙啊。"

无脸男微笑道："白素贞送伞是想勾引许仙，我送伞可就只是献殷勤。"

"最难消受美人恩啊。"她调戏两句，在学生的哄笑声中钻进他的伞下。这一瞬，雾蒙蒙的春光里，她忽然就看清了那张脸。

乌黑的短发，俊秀的面容，一双眼睛生得尤其好看，清清濯濯，如春山碧水。

那赫然是傅远川的脸。

叶里希的脑子"轰"地炸开了，大量的记忆在同一时间涌进她的脑海。她想起了第一次见到这个大师兄，是在一个冬日的午后。他穿着驼色的大衣，里面是灰格子的毛衣，看她的目光安静而温柔："小叶子，以后我就是你的大师兄。"

她想起了那个孤独的除夕夜，他披着风雪敲开了她的门，陪她守岁。

她想起了春雨连绵的日子，他撑着把伞来接她的模样。

她想起了那条无人的石子路，他小心翼翼地表白："我会对你很好，一生忠诚于你，爱你，保护你。小叶子，你愿意和我谈一场永不分手的恋爱吗？"

她是怎么回答的呢？

"大师兄，我一直在等你表白。"她的语气里满满都是欢喜和笑意，"那……我们就谈一场不分手的恋爱吧。"

她想起他们第一次接吻时，他比她还要紧张，不是平日里理智冷静的模样。

她想起他抱着她时，一脸满足的表情。

后来，她跟张老去非洲参加学术会议，却死在那个地方。她死时，心里满满都是对他的思念和遗憾。她还没有对他说过"我爱你"，也未曾告诉他，她愿意嫁给他，陪他度过今后的每一个春秋和冬夏。

她闭上眼睛，永远睡去。

留下了那个孤独而固执的爱人。

一幕幕的画面犹如被恶魔打开的黑匣子，将叶里希击溃。回溯的时光里，曾经淹没了这样一段甜蜜却惨烈的过往。

他复活了死去的爱人，可在之后的世界里，她每一次都爱着另一个男人。

他一次又一次看着她和别人相爱，一次又一次回溯时光。

原来换一个开头，他们的结局便也不同。

姚瑶是个好姑娘，所以回到南市的第一件事情就是甩开小尾巴，溜到省院探望武力值逆天的霍予深，顺便帮叶里希传话。她鲜少服气谁，霍予深是头一个，傅远川派了一船的人去狙击他，结果他却能生还。

不愧是前特种兵，人形兵器啊这是！

霍予深的警觉性很好，姚瑶一进来，他就睁开了眼。看到红衣小萝莉，他拔了针管，立马下床冲过去，一把抓住她，用被单将她捆得严严实实。

姚瑶顿时就蒙了，这是啥子情况？

虽然他们现在是陌生人，可谁会一见面就把一个五六岁的小萝莉绑起来。"我是来帮小叶子传话的，不是坏人啊。"

"好久不见，姚瑶小姐。"他坐到椅子里，双手抱臂，面无表情地看着眼前的小萝莉，"在你之前，我已经招待了三拨客人。所以为了我的人身安全，只能先委屈你。说吧，小叶子让你带了什么口信，她人在哪里？"

作为反派的手下，姚瑶觉得自己的立场有些尴尬。

"小叶子很好，她叫你注意安全，别为她冒险。"说完叶里希要传的话，她问道，"你怎么知道我的名字？难道你恢复记忆了？你想起了多少事情？一个世界，两个世界，还是全部的记忆？"

"全部。"霍予深面无表情道，"包括你在我的婚礼上捣乱。"

"那是傅远川的命令，他叫我回溯时光，我就得这么干，不然我家燕大侠就危险了。你懂的，我无可奈何啊。同是天涯沦落人，何必自相残杀。"姚瑶干巴巴地解释道，她觉得眼前的霍哥哥有黑化的迹象，叫人有点不安。

"霍哥哥，放了我吧，我是无辜的炮灰啊，罪魁祸首是傅远川。

"其实咱们才是同一个阵营的人。

"鹬蚌相争，只能便宜了敌方阵营的人。"

姚瑶说了一堆，霍予深才慢悠悠地开口："我帮你救燕青，你给我当眼线，而且不准再回溯时光，不然我们就下个世界见。"

"你没逼我回溯时光，那应该是猜到我现在不能用这个能力。"姚瑶觉得现在的情形有点不妙，以前刚使用这个能力的时候，只有她能保留记忆。后来多了一个傅远川，现在又来了两个人，这垃圾外挂是闹哪样？

"每次时光回溯之前，你都是成人的模样。"霍予深道。

"聪明！"

他问道："要不要合作？"

姚瑶琢磨了起来。她拒绝小叶子是因为她不靠谱，斗不过老谋深算的傅远川，可是合作对象换成霍予深，胜算至少是五五开。她想摆脱傅远川不是一日两日的事情，有霍予深的人脉势力，这买卖不亏！

她决定道："那么合作愉快。"

自从叶里希恢复了第一个世界的记忆，就一直躲着傅远川。她脑子乱，心更乱，每每想起他抱着她尸体流泪的模样，她就心痛极了。易地而处，如果当年死去的人是傅远川，她为了复活他，回溯时光，但他在死而复生之后失去了记忆，并热烈地爱着别的女人，对自己完全视若无睹，她一定会发疯！

一夕之间，她的立场从受害者变成负心汉。

她一直笃定，不管在哪个世界，她爱的人始终只有霍予深。

可原来她和傅远川也彼此相爱过。

然后，她渣了他。

她该怎么办？她能怎么办？恢复记忆了，总不能装作什么都不知道吧？她是不是应该向他道歉，请求原谅？可要怎么说呢？

因为这桩事，她这几天一直没睡好，所以到了白天就猛打瞌睡。

有一天她瞌睡过去，醒过来却躺在实验室的手术台上，四肢全被绑了起来，而傅远川穿着白袍子，拿着针管在抽药水。这场景，和噩梦里的情形完全重合。叶里希惊恐万分，忍不住发出一声凄厉的尖叫。

傅远川立马放下手里的东西，放软声音道："别怕小叶子，别怕，你冷静一点，我不会伤害你，我是在帮你……"

"放开我！放开我！"叶里希挣扎道，"大师兄，别这样对我！"

傅远川试图解释，可是她太激动了，根本听不进他的话。他没想到她会醒得这么快，按照药量，她本该睡到手术结束。他拿起一旁抽好的针管，扎进叶里希的手臂。片刻之后，她的挣扎渐渐变弱，意识也渐渐开始模糊，头顶的灯光渐渐变黑。在陷入一片黑暗之前，她听到傅远川说了什么，不过却听得不真切。

她可能是做了一场噩梦。

因为一觉醒来之后，她依旧躺在桂树下的摇椅里，身上一点手术痕迹也没有。脚边的茶杯犬见她醒了，摇着尾巴冲她撒娇。

叶里希看了一眼手表，过去了三个小时。

这场瞌睡有点久。

想起梦里的情形，她忍不住打了一个寒战。太真实了，比当初的预言梦还要真实。叶里希正要坐起来，忽地被手里的东西硌到，她张开手，居然是一颗扣子。看清扣子的颜色和样式，叶里希脸色突变，猛地倒抽一口冷气。

那根本不是一场噩梦，而是傅远川真的把她弄到了手术室。

"汪汪汪——"

叶里希抱起茶杯犬，心头乱作一团，他为什么要那么做？在之前的世界，如果不是为了救她，他也不会再次改造她，那现在为什么又偷偷摸摸地干这种事情？不行，她得马上逃跑，这个鬼地方一秒也不能多待了！

她冲进自己的房间里，翻出藏得严严实实的信号接收器，它几乎完工了，就差几个零件还没焊好。她想了想，把可能用得到的工具整到一个登山包里，打算等天黑了就悄悄逃到北边去。岛这么大，没几天的工夫找不到她。

此时敲门声忽然响起，敲了三下，过了片刻，又敲三下。

"小叶子，你在里面吗？"

叶里希将背包踢到床底下，然后佯装镇定道："我在，什么事？"

"你出来就知道了。"傅远川道，"有惊喜，大惊喜。"

她一脸淡定地开了门，正要问个究竟，却被傅远川抓住手，只能跟着他往楼下去。她一头雾水道："神秘兮兮的。"

傅远川似乎很高兴，声音里满满都是笑意："你一定会喜欢的。"

说话间，她已经被他拉到餐厅。果然是她喜欢的东西，麻辣小龙虾、灌汤包、烤串、辣翅、烤鸡、九转肥肠、小火锅等，香味扑鼻，色泽诱人，使人望而生津，不忍辜负。但问题是这满满一桌子的美食，于她而言就是毒药啊！

"这是……看的，还是吃的？"

傅远川把她按到椅子里，塞给她一双筷子："吃吧。"

叶里希蒙着一张脸，傅远川到底想干吗？以前她被关在实验室的时候，他也给她投喂过一些食物，吃完腹泻了好多天。难道他知道她要逃跑，可是又不想拆穿她，所以就用美食削弱她的体力？

"我不吃断头饭！"她可是有自制力的人。

傅远川哑然失笑："放心吃吧，不会有任何后遗症。以后你想吃什么就吃什么，不会再饿肚子，也能彻底摆脱女娲石。这是我的赔礼，你喜欢吗？"

叶里希呆住了："你不是在忽悠我吧？"

"基因进化是不可逆的一种过程，我没办法让你恢复如初，只能对它进行改造。"傅远川正色道，"你听好了，你将失去自愈的能力，因为你无法食用女娲石，你的身体会慢慢变得和普通人一样脆弱。但你的蛇尾具备攻击性，那是你身上最坚硬的部位，哪怕刀子也砍不破你的鳞片。"

叶里希已经蒙了，这个惊喜有点大，她需要冷静思考三分钟。

一，她彻底摆脱女娲石了，不怕饿死。

二，她能吃东西了！

三，除了多一条尾巴，她现在和正常人没什么不同。

以上三个结论，无论哪一条都棒呆了！她往嘴里塞了一块鸡肉，幸福得眯起眼。风卷残云一番，肚子渐渐有了饱腹感，这才恢复了思考能力。跟今天下午的事情一联系，她就明白自己为什么会产生这样的改变。

她恶人先告状道："下午我还以为做噩梦，都被吓死了……"

"是我错了。"傅远川承认错误的态度十分积极，"应该提前告诉你，可是你那么害怕去实验室，而且改造的成功率很低，不到百分之十。我不想看到你失望的样子，也不想让你发现我无能的一面。"

这么会说情话的傅远川，简直让人难以招架。叶里希只能继续埋头苦吃，假装看不到他那副"求表扬求赞美"的模样。

"小叶子。"

"嗯？"

"你原谅我了吗？"

"嗯。"

"你还怕我吗？"

"不怕。"

傅远川看起来很高兴，也很满足。他望着她的目光，仿佛春水，温柔又安静，里头是看不见尽头的情意。叶里希被他看得尴尬，刚才吃下去的东西，好似全堵在她的心口，叫人噎得慌。

"大师兄。"叶里希咬牙道，"我都想起来了。"

"……"傅远川似乎愣住了，他用一种期待而小心翼翼的目光注视她。

"对不起，现在才想起来。"她垂下眼睑，有些不忍心打破他眼底的期待，"可是我已经爱上了别人。在你孤独等待我的时候，我爱上了别人。大师兄，我……对不起，还有，谢谢你。"

她哭了出来，仿佛有人在她的心口凿了一个大洞。

很痛，很难受。

她为过去的时光而哭泣，为死去的那个自己而遗憾，为苦苦等待爱人归来的傅远川而心痛。命运之于他们，温柔又残忍。她死在他们相爱的时光里，复活后却忘了过往种种。在她深爱着另一个男人的时候，又叫她想起这段往事。

傅远川眼底的光亮渐渐熄灭，他道："你想起来了，却仍然选了霍予深。"

"……"

"小叶子，你爱我吗？"

"大师兄，我已经不是当年的小叶子，那个会追逐你身影的人死了，那个爱慕你的小师妹死了。"叶里希艰难道，"基因改造的过程就像一场漫长的噩梦，我在这个时候'预见'了霍予深，所以他变成了我活下去的动力和勇气。我很感激你复活了我，可是，我真的没办法忘记那些事。"

在回溯的时光里，他们错过了。

她为他心痛，为他哭泣，却无法变回他喜欢的小师妹。她不会想要亲吻他，不会想要独占他，拥抱他。梦里种种像一场悲伤的电影，她感动过，心痛过，惋惜过，可她从未想过和他重新开始。

住在她心里的人是霍予深，只有一个霍予深。

那个爱慕大师兄的叶里希已经死了，她清楚地明白自己不是她。

"就算没有霍予深，变成怪物的我，也无法坦然面对你。"叶里希在哭，可语气是那样决绝和理智，"我不是她，虽然我们曾经是同一个人，但我不是她。你的小师妹是那样崇拜你、敬仰你，可我对你更多的是恐惧……"

"够了！"傅远川痛苦道，"你不是她，你又是谁？你告诉我，我的小叶子去了哪里？"

叶里希没办法回答这个问题。时光回溯，他们的命运走向另一条路，那个单纯天真的小师妹也就不可能存在。

"真希望你什么也不要记起，就一直抱着对我的畏惧和厌恶。"傅远川的声音充满了森冷的恨意，"这样无论你推开我多少次，我都不会绝望。"

第十五章
终结回溯

叶里希失踪的半个月里，霍予深遭受杀手狙击五次，车祸两次，下毒三次，被抢劫四次，发生意外之频繁，简直让人惊呆。然而叫人更惊讶的是，在如此密集的追杀里，他就只受了一点小伤，并未危及性命。

姚瑶对他是佩服得五体投地。

做好上岛救人的准备工作，一行人就出发了。姚瑶对岛上的情况十分熟悉，加上时光回溯那么多次，可以算作移动地图。燕青被关在南边的四合院，叶里希住在东边的别墅，所以他们分了两个队伍，同时行动。一救到人就立马撤离，周泽则留守在船上做后援。当然，南市那边也有布局，不叫人看出他们的去向。

一行人从岛的北边登陆，借着夜色，悄无声息地潜入。

半个小时后，位于东边的实验室起了大火。值班人员见状，立马拉响警报，岛上的居民几乎全被吵醒。有第一时间赶来灭火的，也有冷眼旁观、暗中叫好的。傅远川怕火势波及隔壁的别墅，便让人去接叶里希。

阿二和明澜上了楼，却见卧房大门敞着，床铺凌乱，叶里希不见踪影。

"人怎么不见了？叶小姐？叶小姐！"阿二扯着嗓门，一边喊一边去其他房间找，却都没找到人。他暗叫糟糕，外头兵荒马乱，她要是出点啥意外，傅远川非宰了他们不可，这可不是闹着玩的事。

"你继续找，我去把情况汇报给傅先生。"

明澜倒显得淡定，不慌不忙地走了，阿二的心里涌上几分奇怪的感觉，却没细想。明澜出了别墅，一五一十说了里面的情况。傅远川听完，脸色就沉了下去："跟我去查监控，人不可能无缘无故地不见。"

"是。"

明澜跟在他的身后走回别墅，此时阿二已经地毯式搜索了一遍，没有任何发现。傅远川打开监控室，调出录像回放。他按了快进，跳到叶里希睡觉的时间，守着监视器看了一会儿，就见到她开门走到院子里去了。她的步子有些慢，看起来像在梦游。他去查外面的监控，却发现画面一片雪花，明显是遭到破坏。

"叶小姐是自己走的，可能是去散步，一会儿就回来了。"阿二说道。

"我下午见到了瑶瑶……"明澜一脸欲言又止，"她有些奇怪。她一回来，实验室就发生火灾，叶小姐也失踪了。"

"去把燕青带过去，还有通知姚瑶来见我。"傅远川冷声道。

两人应道："是。"

"加派人手，守住岛上的各个入口。"

"是。"

阿二领了几个人回南边押解燕青，明澜则重新布控各个出入口。傅远川留在火灾现场指挥，他五感敏锐，刚才便闻到汽油的味道。实验室的安防措施一向仔细，哪怕线路烧了，也不可能起这么大的火。

这种时候，叶里希下落不明，他还有什么不明白的。

他并没有太生气，大概是习惯了。

傅远川负手站在大楼前，看着自己的心血被一把火烧得精光，面色越发难看。姚瑶之所以是失败的实验体，是因为她的能力呈现退化趋势，她的松果体在每次回溯之后都会产生破坏裂缝，且无法修复。

而上个星期的检查报告显示，她身体的各个属性已经趋向正常值，间接表明她不再具备时空回溯的能力。他本打算对她进行二次改造，并做了大量的实验准备，但她似乎看出了苗头，跑得不见踪影，连监视她的人也一起失踪。

火光冲天，照亮了半个夜空。

实验室里头时而传出爆炸的动静，他们想冲进去抢救资料也不行。火势越来越大，人力根本控制不住，消防车的水柱刚浇下去，火就又冒出来。林五平时负责岛上的安防工作，这次火灾，他也是一直冲在最前线。此时他正拿着对讲机，扯着嗓门指挥，频道里除了他的声音，基本没人说话。

"我……是叶里希……"

"我在实验室……"

对讲机里忽然冒出叶里希的声音，伴随着沙沙声，断断续续地响着。林五一愣，转头看向傅远川，只见他脸色大变，急道："小叶子你能听到我的声音吗？说清楚你的位置，是实验室的哪个地方？"

四十分钟前。

叶里希和傅远川在餐厅摊牌之后，他扔下那一句冷冰冰的话就离开了。她对着满桌的食物，却如鲠在喉，也不知道是个什么滋味。她思索许久，觉得为今之计只有按照原计划逃出去才是上策。

她走了，傅远川自然就明白她的意思。

叶里希匆匆吃完夜宵，回房去继续加工信号接收器。

将最后一个零件焊接上，她缓缓舒了一口气，正要试验它的性能，此时却见明澜从阳台爬进来。她穿一身黑漆漆的衣服，从头包到脚，几乎和夜色融为一体，乍一看就像凭空冒出来的幽灵，吓了她一大跳。

叶里希急忙把信号器藏到口袋里，生气道："知不知道人吓人是会吓死人的！"

"霍予深和周泽来救你了。"

"什么？"

"其实这句话应该是瑶瑶来告诉你的，只是很不幸，她被我盯上了。"明澜充满恶意地笑道，"啊，功亏一篑了，是不是很失望？"

叶里希心思百转，难得机智道："可是我走了，你才有机会攻略傅远川。"

"你说错了。"明澜的心情十分好，她笑道，"只有你死了，我才有机会。你知道今晚是多好的机会吗？不会有人知道我做了什么，傅先生要查，只会查到瑶瑶的身上。至于你这个蠢货，现在看着我的眼睛……"

叶里希忽然发现自己不能动了，她不想看明澜的眼睛，可是却控制不住。

"三分钟后去实验室，不许发出任何的动静。"

明澜下完暗示，从阳台走了。叶里希呆呆地坐在床上，脑子明明很清醒，可身体却不听使唤。三分钟一到，她就按照明澜的指示，离开了别墅，走到隔壁的实验大楼。她希望门口的守卫能发现她的异常，叫来傅远川。

然而门口的守卫同样一副呆滞模样，看到她也没有任何反应，她心中大骇，明澜的特殊能力难道是催眠？她忽然想起自己被骗出海的前因后果，当时以为路南和值班的保安演技精湛，现在看来，应该是被明澜催眠了。

进出实验室需要指纹验证，可今晚实验室的大门却是敞开的。

叶里希一走进去，就闻到了浓浓的汽油味，暗叫一声糟糕。可偏偏却身不由己地关上大门，眼睁睁地看着导火线越烧越短。

快醒醒啊叶里希，再不灭火，你就要被烧死了！

叶里希咬出了一嘴的血，疼得脸都变形了，才从催眠的状态中清醒过来。她立马冲过去开门，却打不开了！她蒙了一下，转身去灭火，可是实验室里到处都被泼了汽油，一点就着，灭火器废了几个，也没止住火势。

她拍打着大门，大声呼救："救命啊——"

"快来人着火了！"

"失火了！救命啊！"

金属门因为大火而变得烫手，她身边到处都是火苗，无处可躲。她被浓烟呛得咳嗽，一边用衣服捂着口鼻，一边往未起火的手术室躲。那里面没有易燃物品，也没有汽油味，让她暂时得到喘息的空间。

"冷静，冷静，叶里希，一定要冷静。"她咬了一口自己的手，"你可是女娲后裔，怎么可能在这种地方扑街。对，快想想，一定有办法的，傅远川他们发现起火了，也会带人来灭火，这里面可是存放了他的宝贝资料。还有瑶瑶，就算真挂了，还能回溯时光。可是瑶瑶已经落到明澜的手里，你个白痴！"

对了，信号接收器！

叶里希急忙从口袋里找出巴掌大的金属盒，调试一下信号，跟岛上的通信系统对接。一开始杂声很大，她喊了半天也没人听到她的声音。过了十多分钟才成功，似乎听到了傅远川的声音，可是没一会儿通讯又断了。

垃圾信号器！

此时大火已经蔓延到她所在的位置，极度的恐慌让尾巴不受控制地变出来。她欲哭无泪地盯着尾巴，就算鳞片很坚硬，但她还是比较习惯用脚跑路。她努力三秒，见尾巴收不起来就放弃了，这种时候逃命最要紧！

大门"轰隆"一声倒下了。

火龙一下子就冲了进来，肆意蔓延。一人从火光里走来，他的头发被烧得卷起来，脸上带了伤，衣衫褴褛，看起来很狼狈。

他冲她喊道："叶里希——"

"霍、霍予深！"她猛地呆住了，想冲过去，却被面前的火龙挡住脚步，"咳咳——你别进来，别进来！"

叶里希话音未落，霍予深已经到了她的面前。

他脱下身上还带着湿气的大衣，将她从头包住，然后动作熟练地抱起来往外冲。叶里希尚未从震惊里回过神来，跑了一段路才开口："你傻了吗，这么大的火，跑进来做什么？要殉情也不是这么个找死法。还有你怎么知道我在这里？难道是明澜说的，这女人是杀人狂魔吗？你又不是她情敌，怎么连你也算计。"

霍予深道："当然是来英雄救美。"

他们上岛后兵分两路，姚瑶那边十分顺利地救出燕青，回船上和周泽会合，而他这边却扑了个空。他一开始以为是傅远川发现了什么，将她藏起来。后来隔壁的实验室失火，惊动了岛上的居民，傅远川派人去接叶里希，他才觉得不对头。便趁明澜和阿二分开的间隙，挟持了神色异样的明澜，算是歪打正着。

……

"其实要不是你们，我还想不出这么完美的计划。"

"她现在估计已经烧得面目全非了。"

"看在你们当了替死鬼的分上，劝你一句，赶紧离开，岛内要戒严了。"

……

他带来的雇佣兵里面有擅长开锁的，打开了实验室的后门。当时火势不算严重，他本打算找到人，立马原路返回。但明澜除了泼汽油，还在里面放了炸弹，她这一手准备，根本不给人丝毫活路。

"咳咳这种时候……居然还有心情开玩笑……"叶里希看着四周的大火，说道，"你放我下来吧，我的尾巴跑得很快。"

"蠢妖怪。"他低头亲了她一口。

叶里希："……"

"我姥爷说我命里犯火，所以给我取了'深'这个字。他还真没说错，加上这次，我都遇上三次火灾了。"

霍予深避开头顶的坠物，一点火苗溅到他的手臂上，古铜色的肌肤立马变成焦黑色。叶里希见状，心疼得直掉眼泪。她被他护得严严实实，一点伤也没有。她的眼底汪着泪，问："你是不是想起时光回溯前的事情了？可怎么是三次？"

霍予深"嗯"了一声，说道："还有一次是在船上，你拉着我一起跳海。"

没有这段记忆的叶里希幽幽叹气："阿深。"

"嗯？"

"我觉得你不是命里犯火，而是命里犯我。"她十分沮丧，"自打你遇到我，就跟走霉运了一样。"

"胡说八道。"

抱着一个人在火场里逃命，哪怕强悍如霍予深也有几分吃力。骇人的高温消耗了他大半的体力，他一脸汗，一滴滴掉到外套上，却很快蒸发了。他看着被坠物和火龙霸占的去路，心里蓦地一紧，入口大概是沦陷了。

"看来我们只能一起殉情了。"他踢开旁边的门，里面同样没有门窗，四面牢不可破的墙壁爬满火龙，天花板已经塌了，上面不断有东西砸下来，他抱着叶里希，站在门口，充满歉意道，"我们出不去了。"

叶里希没有安慰他，也没有自责，肆虐的火龙不允许她浪费时间。

"是不是穿过这里，就能出去？"她问道。

"理论上是这样。"

说话的工夫，他们的后面又响起一道爆炸声。叶里希神色一变，立马从霍予深的怀里跳下来，刚落地，尾巴就被烫到，却是顾不上这种小事了。她滑过火堆，扬起尾巴冲东面的墙壁砸下去，一下，两下，三下，墙壁很快就被她砸出一个洞。

"快点，我们从这里出去。"叶里希喊道。

霍予深收起那份惊讶，跟在她后面走出去。隔壁依旧是没有门窗的房间，叶里希忍痛问道："砸哪堵墙？"

他回忆了一遍来时的地形，确定道："这一面。"

之后霍予深成了脑力输出，战斗力只有负五的叶里希却成了主力。他指一面墙，她砸一面墙，愣是靠着这个办法走到终点。后门就如霍予深猜测那般，已经被彻底堵死，不过明澜大概是没见识过尾巴的威力，所以才如此放心地将她扔在里面自生自灭。叶里希扬着血淋淋的尾巴，对准与门同侧的墙面重重砸下去。

霍予深紧随其后，帮她砸了几下，墙体轰然倒塌。

他们身后火光冲天，眼前是朗月银光。

与此同时，傅远川穿过漫天的火光，抵达二号手术室，捡起地上的信号接收器。他茫然无措地望着焦黑的世界，喊了一声"小叶子"。

她到底在哪里？

是不是被大火困在某个地方，是不是在呼叫他的名字？

"小叶子——小叶子——"

他听不到她的呼叫，滚滚浓烟灼伤了他的眼睛，他也无法看清脚下的路。火光映出他鲜血淋漓的半张脸，他的表情看起来像是在哭。

小叶子，小叶子，你在哪里？

一行人会合后，趁着夜色扬帆回航。叶里希的尾巴被重度烫伤，鳞片脱落了大半，露出底下淌血的肌肤。或许是因为身体太过虚弱，她的尾巴一直收不起来，所以回去的路上，她一直躲在船舱里，不与雇佣兵碰面。

姚瑶来看过她一次，特意来道歉。

他们的计划会泄露出去，应该是她的关系。上岛后她和明澜见过一次，曾经短暂地失去几分钟意识。当时她并未放在心上，后来知道叶里希被明澜催眠，关在失火的实验室，才将前因后果联系起来。

"小叶子，我要走了。"姚瑶说道。

叶里希还在纠结为什么只有自己被催眠的时候有意识，猛地听到这么一个消息，愣了好一会儿："走去哪儿？"

"国外。"姚瑶似乎又恢复了话痨属性，解释了一堆，"霍哥哥帮我和燕大侠安排了新的身份，等会儿一靠岸，我们就要去机场。我的能力太特殊了，被傅远川抓到，我们一伙人都得完蛋。唉，我也不想出国的，但是他在国内的关系网很庞大，要找到一个人是轻而易举的事情。"

"我结婚的时候，你会回来吗？"她还挺喜欢小话痨的。

"你的婚礼可是高危场合，我肯定不去！"姚瑶毫不犹豫地拒绝了，"你们结婚别办婚礼了，低调点，扯个证就行了。要知道比变态更可怕的是失恋的变态，上上个世界，你们那婚礼可高调了，来了好多牛人，结果把傅变态刺激到了，拉着我去搞破坏。这次我不在，他说不定

232

会直接抢人，或者找狙击手干掉新郎。"

目瞪口呆的叶里希："……"

"如果攻略男神女神称为恋爱的困难模式，那跟你谈恋爱就是地狱模式，随时可能去见阎王爷。霍哥哥牛啊！"

然后话痨小萝莉就说起了前面几个世界里，霍予深都是怎么跟她谈恋爱的，怎么跟傅远川对着干。叶里希听得津津有味，心道，瑶瑶要是没饭吃，可以开直播说评书说八卦，冲这嘴皮子妥妥地能红。

"那我在第一个世界是怎么死的？"她好奇地问。

"不知道啊。"

"你也不知道？"

"你死的那天好像下雪了，是入冬后的第一场雪。当时我和燕大侠去山上看雪，结果大半夜被阿大阿二抓到医院去。我到的时候，瞧见傅远川在亲你的脸，你死得挺惨的，都看不出脸长啥样了，也不知道他怎么下得去嘴，真爱啊……别瞪我，我这是还原剧情。他还哭了，我都惊呆了。那时我出了点问题，一直没办法回溯时光，他就守着你的墓碑等了足足大半年，一副苦行僧的模样，老可怜了。"

叶里希听着，心情有些低落："实验室被烧没了，他现在应该挺难受的。"

"应该吧，我以前咋就没看出来明澜这么狠心。"

"你眼神不好呗，她抢我剧本，抢我男人，抢我师兄，还放火烧我！"

两人聊了很久，说了许多事情，直至东方大白，船在码头停泊。姚瑶与她匆匆告别，带着她的燕大侠奔向机场。

今日一别，大概相见无期。

但这样的结局，已经很圆满了。

这个被不断回溯的世界，终于能在此时画上一个句号。从今以后，她不用畏惧逆流的时光，不用畏惧自己的历史被人篡改。在知道时光回溯的秘密后，她曾经十分地害怕，唯恐某日醒来睡在一张陌生的床上，叫一个陌生人老公。待到垂垂老矣，她才恍惚记起这个世界的秘密，却只能当它是一场荒诞的梦。

而霍予深也娶了别的女人，生了孩子，他们不认识彼此，甚至没有见过。或许她会在电视或者杂志上看到他，然后生出几分熟悉感，比如"这个男人好眼熟"，或是将他当成一个幻想对象，大约也仅仅如此。

她所畏惧的，便是这样一个世界。

眨眼过了一个月，南市的天气渐渐转冷，树上的叶子也掉得七七八八，风一吹，枯叶便落一地。叶里希失去自愈的能力后，伤口恢复得格外慢。待到她的尾巴能收放自如，霍予深立马带她去扯证。

到了民政局，叶里希一脸恍惚地拍照，一脸恍惚地签字，拿到小红本才反应过来——她结婚了，和霍予深结婚了！

她稍稍有些乐过头，傻笑了一路。

既然证都扯了，那么公公婆婆总要见的。这句话的逻辑似乎有点奇怪，但不管怎么说，这两人恋爱了几辈子，这一次总算是修成正果。

樊太后对儿媳妇没啥要求，只要是个女的，能给她生小孙孙就好。而太上皇是个没原则的人，媳妇高兴了，他就高兴。所以叶里希"第一次"见公婆的过程十分顺利，收到婆婆送的家传玉镯，公公送的金卡，顿时变成一个小财神。

这是很美好的一天。虽然交通依旧堵塞，雾霾依旧笼罩着这个城市，可她眼中的世界却仿佛加了滤镜，可爱得不可思议。

她像沉浸在一个梦里，脚踩云朵，一点真实感也没有。

到家后，叶里希恍恍惚惚地去厨房煮面。正午骄阳斜照进厨房的窗台，几抹清凉的绿意顺着墙壁爬上来，那是她种的爬山虎。不过一个月的工夫，就已经长得如此茂盛。Lucky躺在芭蕉树下，尾巴懒洋洋地摇来晃去，很是优哉。回到熟悉的环境，看着自己添置的小东西，她才渐渐找回飘上天的神魂。

"想什么呢？水都要烧干了。"霍予深走进厨房，关了灶火。

叶里希吓了一跳，恶声恶气道："你属猫的啊，走路都没声音。把你媳妇吓死了，对你有什么好处！"

"冤枉啊冤枉。"他从身后抱住她，嗅到她身上的香味，眸光不由得一暗，"真把你吓死了，为夫就只能跟着去殉情。"

"Boss大人，你的人设崩了！"

"我的人设是什么？"他咬着她的耳朵，一路亲下去。她皮肤白，稍微重一些，就能留下痕迹，叫人血脉贲张，欲罢不能。

叶里希被他亲得晕乎乎，全身发软："就、就是高冷、面瘫……"

"错了，应该是温柔人夫。"

"……"温柔人夫是什么鬼设定！不要自己随便添加属性啊！

由于种种心照不宣的原因，这对新婚夫妻没吃上午饭，一直到了晚饭时间，叶里希也没力气爬下床。欲望得到满足的男人总是格外温柔，被老婆一脚踢下床的霍予深，一脸满足地去厨房煮红豆粥。

饥肠辘辘的叶里希见到红豆粥，立马想起了古代的习俗，简直无语。

"煮什么不好煮红豆粥。"

霍予深理所当然道："尊重习俗。"

"……"你赢了。

叶里希觉得开荤的霍予深就跟变了个人似的，动不动就把她往床上拖。她要应付婚礼的琐事，比如试婚纱、陪樊太后逛婚庆物品，还得应付精力充沛的霍予深。她觉得这么忙这么累，自己应该消瘦憔悴了不少，结果周泽过来看她的时候，说的第一句话就是："小师妹你胖了不少，该不会怀上了吧？"

气死她了！

然而霍予深居然把周泽的话当真了，火急火燎地带她去医院做孕检，闹了一场笑话。敏敏从周泽那里听说了这桩事，给她打了一个电话，调侃半天。俗话说得好，近朱者赤近墨者黑，和师兄一块混，敏敏都变促狭了。

"你和我师兄到底是怎么回事？"想到自己被瞒了两辈子，她的心都酸了。

"就那么一回事呗。"

叶里希简洁道："时间，地点，人物，要详细点。"

"霍太太，你这么八卦，霍总知道吗？"

"我八卦，他就喜欢我八卦。我财迷，他就喜欢我财迷。我有尾……咳，别顾左右而言他，现在是我在审问你。"

"我居然又被塞了一嘴狗粮……"

两人抱着电话互相调侃，在叶里希的"审问"下，戚敏敏说起了她和周泽的那点事。虽然她是一个颜控，但周泽实在太滥情了，所以任凭他花样百出，她都不为所动。可周泽似乎很喜欢她，居然都为她得了臆想症，所以她有些感动，决定勉强和他交往看看。不过要是他敢出轨，看她不揍死他！

叶里希听完八卦，大笑一番，然后转头就打电话去嘲讽周泽。

可怜的师兄，居然被当成了臆想症患者。

周末是个好天气，秋高气爽，风暖天青，正适合拍婚纱照。

叶里希换了婚纱，坐在镜子前让造型师做头发。霍予深坐在一边翻杂志，他穿得和平时差不多，黑西装黑西裤，也就头发看起来蓬松了一些。反正以叶里希的审美，她是分辨不出这其中细微的差别。

"霍总和霍太太可真般配。"

"天作之合啊。"

"可不是嘛，你们的颜值这么高，生的宝宝一定漂亮。"

工作人员把叶里希夸得天上有地下无，她都忍不住飘飘然了，觉得自己真是靠美貌征服了霍予深。化妆师的手艺不错，她看着镜子里的人，确实漂亮，就是长得不像自己。她陶醉了一番，奔向霍予深："好看吗？"

"秀色可餐。"他眼中含笑道。

叶里希不满意："你的赞美太含蓄了，我不喜欢。"

"任何看见你的人，我都深深嫉妒。"霍予深开起了情话模式，"有妻如此，应以金屋藏之。"

叶里希忍不住红了脸："肉麻、浮夸。"

"你可真难伺候。"他无奈道，"不过难伺候我也喜欢。"

围观群众表示，能不能爱护一下单身狗，不要旁若无人秀恩爱啊！甜成这样，他们的牙都受不了。万万没想到，传说中的高冷总裁这么会撩人，说起情话，满满是套路，苏得叫人腿软，心跳加速。

室内的一组婚纱照拍完，他们就移到海边取景。摄影师让他们自由活动，他则跟在一旁抓拍，这样拍出来的效果比较自然。

海边的环境让叶里希想起了自己表白的情形，霍予深大概也想到了，两人相视一笑，被镜头忠实地记录下来。他们手牵手，吹着海风，有一搭没一搭地聊着，叶里希一开始有些拘谨，后来就忘了那一群人。

"我们在最开始的世界是怎么认识的？"叶里希好奇地问。

"第一个世界，我们是在非洲大草原上遇到的。当时你来参加一个交流会，因为带队的张老水土不服，你来找我借医生。那会儿我就看上了你，只是没来得及表白……"霍予深想到后来发生的事，声音低了下去，"后来那边发生暴乱，你死了。就冲傅远川复活了你，我欠他一条命。"

叶里希掐指一算："我以为加上这次，我们只遇到了三回……"

原来在她死掉的那一个世界，她也遇到了霍予深。

"是四次。"霍予深侧过脸看她，"第二个世界，我是在游泳池见到你，就是我们家的那个泳池。我在游泳，你忽然从水底冒出来，用尾巴砸晕了我，偷了我的衣服和钱，溜之大吉。再见到你的时候，你正在逃命，我顺手把你捡回家，你感动得要以身相许，我见你如此可怜，就答应了你的表白。"

"后来呢？"怎么又是她先表白，阿深不会是在瞎编吧？

"应该是结婚那天，世界被回溯，这段我记得不是很清楚。"霍予深努力思索，这段记忆模模糊糊，"又好像是度蜜月的时候发生爆炸……我记不清了。第三个世界，就是我开车撞到你那次，所以加上这次，我跟你谈了三次初恋。"

叶里希略略心虚，每个世界的她，都有一个前男友。

"阿深。"

"嗯？"

"我觉得自己占了你的大便宜，每个世界的我都是你的初恋，所以我以后会努力加倍地对你好。就算我们有了孩子，也把你排在第一位。"

她小跑到霍予深的面前，仰着脸，一本正经地对他许诺。在徐徐的海风里，在斜照的暖阳里，她用最严肃的声音说着这世上最甜蜜的情话："如果这个世界可以回到二十年前，我一定去找你，当你的小青梅。"

真好，在不断回溯的世界里，每一次都能遇到你。

谢谢每一个世界的你都爱着我。

世上有千千万万人，唯有遇到你，我的人生才会圆满。从此之后，我们长长久久，在垂垂老矣之时，坐在灯下回忆这个故事。

尾声
守墓人

两年后。

福寿村的深山之中多了一栋简陋的小木屋，里面住着一个脑子有问题的守墓人。他在墓碑附近种了许多桂树，每日为它们施肥浇水，盼着这些桂树能早点开花。或许这样，躺在墓里的傅先生会高兴一些。

他每日都会去清洗墓碑，然后再放上一束鲜花。

最开始这里只有傅先生的墓碑，孤零零的，后来明澜死了，他就把她也葬在这里。虽然明澜总是骂他，但他还是愿意帮她完成这个遗愿。明澜一直想去找叶里希报仇，可是傅先生留了遗言，不准任何人去打扰她，也不让他们将他的死讯告诉她。他不明白，阿二说这是因为傅先生不想叫心上人内疚。

后来有一天，明澜放火烧了他的木屋，也烧死了她自己。

他按照她的遗言，将她葬在傅先生的身边。

有时候阿二他们也会来扫墓，给他带一点衣物，他们劝他下山。但他只想守着傅先生的墓，当一个合格的守墓人。

无论傅先生是生是死，他遵守与他的约定。

【全文完】

番外一
序幕曲

在这个故事开始之前，在叶里希从下水道爬出来之前……

有一个秘密被回溯的时光掩埋。

那个世界的叶里希和霍予深，是在度蜜月的时候遇到意外。事情发生得十分突然，当时他们正在海边散步，一颗子弹破空而来，直逼叶里希的心脏。霍予深的反应很快，伸手拽了她一把，避开了那颗子弹。然而紧接着，密集的子弹冲他们扫射而来，那架势有几分不达目的誓不罢休的疯狂。

海边的游客被这一变故吓傻了，抱头鼠窜，惊叫连连。

恐怖袭击？

黑社会火拼？

叶里希被霍予深护在怀里，他的手臂和大腿都中了一枪，虽不致命，却有些影响他的行动。他把叶里希藏到礁石后面，交代她不要露面，然后就冲了出去。海边是一个很好的狙击点，掩体少，视野开阔，而藏在暗处的狙击手至少有五人。

这是有预谋的狙击。

他们的目标显然是叶里希，可谁跟她有这么大的仇？

叶里希听着外面密集的枪声，想跑出去帮霍予深，又怕拖累到他。

她揪着一颗心，死命地克制住心底无限放大的恐慌。

她要相信霍予深，他那么厉害，一定不会有事！

可是他受伤了，狙击手却那么多。

叶里希探出脑袋，还没看清情况，就差点被打爆头。她立刻缩回脑袋，思索一番，猫着身体，借礁石掩护，悄悄地往前面移动。

"轰隆"一声，前头忽地响起爆炸的声响。

她还没搞定状况，就吃了一嘴巴的沙子，并被一股热浪扑倒。她的耳朵被震伤了，四周的尖叫声似乎隔着山传来，响着"嗡嗡嗡"的回音。她茫然地爬起来，看到一地的血，她顺着血迹望去，便看到霍予深躺在那里……

现实和噩梦。

重合了。

后来发生的种种，就仿佛一场看不见尽头的噩梦。

阴沉沉的天，阴沉沉的雨，阴沉沉的出殡队伍。她站在门外，看着那张黑白遗照，神色木然。师兄从里面走出来，劝她离开。

她摇摇头："我不走，我要陪他走完最后一程。"

师兄的脸色很疲惫，他沉默了许久："那是阿深自己的选择，谁都无权责怪你。可是伯父伯母看到你，很难不受刺激。"

她低下脑袋，转身就走。

樊太后的哭声飘了出来，绝望又崩溃，一点点钻进她的耳朵里。她走到拐角处，躲在墙后，远远地看着这场黑色的葬礼。

霍予深死了，因她而死。

她甚至不知道那些杀手为什么要杀她，明澜又为什么在海边埋炸药，她炸死了自己也炸死了她的阿深。她浑浑噩噩了许多时日，除了守在墓园陪霍予深，就是托人找姚瑶。她要回溯时光，改变历史。

周泽来墓园找过她，给她送来护照和机票。

之后大半年，她从美国追到英国，从英国追到非洲，从非洲追到加拿大，终于堵到了姚瑶。她结了婚，手上戴着和燕青同款的戒指，看起来过得很好。

她道明来意：“阿深死了，求你回溯时光，我要救他。”

“明澜干的？”

“你知道？”

姚瑶摊手：“很难猜吗？傅远川为了救你，被烧死在实验室里，明澜那么爱他，不疯了才怪。她肯定去找你报仇了。”

“傅远川死了？怎么会？”叶里希惊道。

“我也很惊讶，我是听林五说的。那天傅远川发现你被明澜关在起火的实验室，就冲了进去，后来明澜也跑进去了，但只带出来他的尸体。明澜估计是崩溃了，她想害你，却阴错阳差烧死了自己的心上人。”

叶里希微微一怔。

她没想过傅远川会跑进去救她，他可以叫瑶瑶回溯时光，为什么要亲自冒险？

她捂住自己的脸，深深呼吸几下，冷静下来：“你告诉我这些，是因为你不愿意回溯时光，不想冒险对吗？”

“……”

“傅远川死了，你自由了。”

“……”

叶里希定定地望着一脸心虚的姚瑶：“再让我猜猜，你无法准确定位回溯的时间，而阿深和傅远川的死亡时间又离得比较近，你怕时间回到傅远川死亡之前。瑶瑶，你满世界跑，是在躲我吗？你知道阿深死了。”

“对，你都猜对了！”姚瑶气呼呼道，“我不敢冒险。你知道我在他手底下吃了多少苦头吗？我和燕大侠现在过得很好，不用像不能见光的老鼠一样到处躲藏，日日提心吊胆。你又知不知道我和燕大侠谈过多少次恋爱？每一次我都要重新去认识他，让他爱上我，我烦透了无限循环！”

叶里希无法说服姚瑶。

可是姚瑶是复活霍予深的唯一途径，她只能每天跟着他们。姚瑶被她烦得不行，可是赶又赶不走。叶里希对她晓之以理，她就动之以情，回回都是不欢而散。

其实姚瑶也想救霍予深，毕竟他曾帮过他们。而且在上个世界，她也利用叶里希来对付傅远川，对她存了几分愧疚。再者又不会那么巧，就刚好回溯到傅远川死亡之前，只要小心一些，应该不会出差错。

如此一琢磨，她就不免心软了。

叶里希缠了她三个月后，姚瑶终于松口，却故意恐吓道："可能回溯的时间是你被关在实验室改造的时候，也可能是我拥有这个能力之前，当然也可能是你刚出生的时候。你想清楚了，万一将傅远川一起复活，我们就遭殃了。"

"只要能救阿深，就算被改造一百次，我也不怕！"

时光回溯之后，叶里希却发现自己不能动了，她的意识很清醒，可就是睁不开眼。空气里充满了消毒水的味道，还有人在她耳边说话。

现在到底是什么情况？

难道她变成了植物人？等等，不会是回到了车祸之后吧？怎么会这么巧！要是再早一点时间，好歹能避开车祸。

变成植物人，她还能做什么？

植物人的生活很无趣，每天除了听护士说八卦，就是睡觉。

不知道傅远川什么时候出现，他现在还有记忆吗？如果有的话，应该一早就来了，可她回来了这么多天，也没被带去实验室改造。想起被改造的过程，她打了一个寒战。不行，她必须快点醒过来，她不想再变成怪物。

她要去找霍予深，让他重新爱上她！

一天，两天，三天，一个星期过去了，她依旧是不能动的植物人。

某日午后，斜阳西照，她似乎感觉到阳光落在她的身上，照得人暖洋洋的。晒了一会儿夕照，她的脸有些痒，可是没办法去挠一挠。她正忍得万分痛苦，忽地听到一个熟悉的脚步声，瞬间就蒙了。

他来了。

魔鬼出现了。

傅远川走到病床前，望着脸色惨白的植物人，说："小叶子，好久不见。"

叶里希心想，原来他还有记忆啊。

——那你知道自己能活过来是因为我回溯了时光吗？知道的话就放下手里的手术刀，不要再把我当小白鼠改造啊！

"是你做了什么吗？我和瑶瑶的记忆都出现了一点问题。"

——瑶瑶出啥问题了？

"瑶瑶说你的婚礼办得十分盛大，但我放了一把火，毁了你们的婚宴。我完全不记得这些事情，我明明在教堂回溯了时光。"傅远川的语气带着几分困惑，他思索许久，脑子里还是有些混乱，"算了，又不是很重要的事情。"

——哪里不重要了！快点再想想啊，我是你的救命恩人啊！

——回溯时光的人不是你，是我！是我！

——恩将仇报是不道德的行为，我不要变怪物！

"时间到了，我们该走了。"他的语气十分愉悦，温柔好似四月的江水，"真好，你终于又回到我的身边了。"

叶里希毛骨悚然，奈何她现在是植物人。

她被傅远川抱了起来，就这么离开了疑似黑店的仁爱医院。她在心中哀号，求救，可没人听得到植物人的心声。

回到过去的第八天，她的命运没有丝毫改变。

七月初，叶里希结束了植物人的状态，在恐怖实验室苏醒过来。

基因改造的过程十分血腥暴力，她对大部分的药剂免疫，所以常常是在清醒的状态下进行手术。身处地狱，霍予深是她唯一的救赎，可不知道从什么时候开始，时光回溯前的记忆越来越模糊，她甚至不能确定那是真实发生过的事。

大约，是她幻想出来的一个梦吧。

和她住在一起的姑娘也是被基因改造的实验体，长得非常漂亮，性格有些软弱，经常躲起来哭，偶尔会唱歌给她听。但在某次手术之后就忽然疯了，她咬破了自己的动脉，血流了一地，无声无息地死在一个雨夜里。

自那之后，她似乎也疯了。

她是谁?

霍予深是谁?

一天又一天，一个月又一个月，她麻木地屈从在痛苦的现实里。偶尔会看到一些很美好的画面，像海市蜃楼一样，她想，她可能是觉醒了"预言"的能力。预言里的自己被一个很好的男人爱上，她要坚强地活下去。

她要见到他。

她对预言里的霍予深一见钟情，从此之后，他就是她的救赎。

九月，她终于找到出逃的机会，在跑路之前，她毁了实验室里的资料，黑了他们的供电系统和网络。

下水道很臭，她在里面躲了七天。

肚子很饿，一直在叫。

她觉得自己可能安全了，偷偷掀开了下水道的铁盖，露出脑袋。久违的月光，久违的空气，真是美好的世界。

一只黑猫从灌木丛里走出来，跟她对视了几秒，然后发出了凄厉的叫声。

接着迅速地逃走!

她有些郁闷，警惕地来回张望，见四下无人，这才小心翼翼地拖着长长的蛇尾从下水道里爬出来。此时一辆黑色路虎由远及近，正朝她的方向驶来。她怔了怔，下意识地想躲回下水道，可还未来得及做出反应，车子就撞了上来。

"我马上叫救护车，你坚持一下!"

她伸出骨瘦如柴的手，紧紧抓住那人的裤脚，用最后的力气恳求道:"别……别送我去医院……请把我……扔进下水道……"

凌晨时分。

窗外银装素裹，月明星朗，照出卧房内的绰绰人影。叶里希从这一场漫长的梦里醒过来时，缺失的一角记忆终于补全。

睡在她身侧的霍予深按下床头灯："怎么哭了？"

"我哭了吗？"叶里希摸了一把自己的脸，果真湿漉漉的，"我做了一个梦。"

"什么噩梦把你吓成这样？"

她一把抱住他，把脸埋进他的心窝："梦到你死了，我为了复活你，回溯时光，却不小心将你忘掉。"

霍予深亲了她一下："别怕，我就在这里。"

"阿深。"

"嗯？"

"原来我比自己以为的更爱你。"

纵然在时光回溯中丢失了你，我的灵魂仍旧深深记着你。不管以何种方式见到你，我必然对你一见钟情。

我爱你，无论在哪一个世界。

福寿村因为两年前的事闹得沸沸扬扬，被迫关闭了景区。

村里的男人又渐渐外出打工，偌大的村子变得安静。不知何时，村中多了一则传言，被人买下的那块山头，住着一个凶狠的守墓人。那里种满了桂树，隔得老远就能看到，可没人有胆子敢凑过去。

一个夏日的午后，宋宋在自家的果园里逮到了偷食的阿大。

阿大看见他，也不知道跑，傻乎乎地盯着她。

"喂，你是傻子吗？被人发现了，怎么也不知道跑。"宋宋问道。

"你好看。"

宋宋确实生得十分好看，眉如墨画，色若春晓之花，只是看起来有些傲慢。她穿了一身藏青色的裙子，脚下踩着色彩斑斓的绣花鞋，他们村的服饰和苗族有些类似，也是喜欢在身上挂许多精巧的银饰，走起路来，叮叮当当地响。

宋宋听多了这样的赞美，不置可否地抬了抬下巴："你偷了我家的水果，以后就留下来打工还债吧。"

阿大冲她露出一个憨厚的笑："好。"

就此，阿大成了宋宋家的长工，他白天在果园干活，晚上就回山里睡觉。他经常给宋宋送东西，有时候是自己打的野味，有时候是一束鲜花，有时候是用木头雕刻的小动物，有时候是一颗漂亮的石头。

他用自己的方式讨好这个傲慢又难伺候的姑娘。

眨眼到了金秋时节。

果园里挂满了金灿灿的小香梨，仿佛空气里都飘着清甜的果香。一个穿着少数民族服饰的姑娘逆光而站，姿态傲慢，仿佛施舍般朝坐在石头上的大个子递出一个饭盒："傻大个，饿了吧？"

大个子认真地点头："饿。"

她嗤笑一声，坐到他的身边："饿了不会先吃几个梨吗？"

"等宋宋。"

浮光穿过密密麻麻的枝丫，落在那两人的身上。他们靠在一起，姿态十分亲密。今天宋宋心里有些不痛快，便不想叫傻大个舒坦。她为他拒绝宋青山的婚事，被阿爷训了一顿，可傻大个却什么也不知道。

"阿大这个名字太难听了。"宋宋想了想，"从今天开始，你就叫宋三七。"

"好。"

"以后要听我的话。"

"嗯。"

"这还差不多，你吃我的穿我的，不听我的话，还想听谁的话。"宋宋的脾气向来这样霸道，"只能听我一个人的话！记住了没有？"

"记、记住了。"

然而几日之后，阿大就违背了宋宋的要求。有人道，鬼女坡有治病良药，能活死人肉白骨，他听信他人之言，跑到鬼女坡采药。可那鬼地方哪有良药的影子，倒有不少猛兽。他两手空空地去，回来时却背着一头野猪。

他喜滋滋地把野猪扛到宋宋家，想讨她欢心。

结果宋宋知道野猪是在鬼女坡猎到的之后，发一通脾气。不过美人生气也好看，一向苍白的脸色都染成胭脂色，叫阿大看呆了去。

"他们叫你做什么，你就做什么，宋三七你是猪吗？"

"宋宋别、生气，身体不好。"

"傻子。"

"嘿嘿嘿。"

"说你傻你还笑。"宋宋还在生气，"说了只听我的话，你都听到哪里去了！"

"有参，给宋宋吃。"

宋宋听懂了，一甩手里的马鞭，怒道："青山他们是不是骗你说鬼女坡有人参？我现在就去找他们算账！"

宋宋提着马鞭跑出门，阿大一头雾水地跟上去。

福寿村有一棵百年古树，枝繁叶茂，郁郁葱葱，长势甚好。

午后的阳光透过枝丫，洒在宋宋的身上。

她肤色白，常年透着几分病态。美人手握马鞭，正在发脾气，她面前站着一排青年，老老实实地任由她打骂，一看平时就是被她欺负惯了。

"宋青山你胆子很肥啊，居然敢骗宋三七去鬼女坡。

"你们是存心想害死宋三七！"

"我告诉你们，宋三七只能我欺负，你们谁再敢欺负他，我就让阿爷扣谁家的分红。"

阿大虽然傻，但也明白宋宋是在帮他出气，乐得不着四六，傻呵呵地笑。宋青山见状，顿时血气上涌："你拒绝我的求亲，是不是因为你看上了这个傻子？"

"关你什么事！"宋宋仍旧一脸傲慢，"我喜欢傻子也不喜欢你，再敢上我家来胡说八道，看我不抽死你。"

宋青山怒极，冲上去打宋三七，结果被他一拳打飞。

其他人纷纷出言讨伐傻大个，却被宋宋一鞭子抽回去："闭嘴，是男人就靠拳头说话，少娘们唧唧的。"

众人齐齐闭上嘴巴。

宋宋的身体是真的很差，教训了他们一会儿，自己反而累了，脸色越发苍白，似乎在阳光下那么一照，就要羽化登仙。宋青山几个人争着抢着要送她回家休息，却被宋宋毫不留情地拒绝了。

阿大很有领地意识："宋宋，我背。"

"白痴，还不快点。"

"嘿嘿。"

等阿大背着宋宋走远了，宋青山等人才敢破口大骂，将阿大这个罪魁祸首反反复复地骂了个狗血淋头。自从宋宋捡到阿大，就不跟他们凑在一起玩，虽然以前也不怎么搭理他们，但至少也不见她和别人好。

这个午后，阳光正好，适合吵架，适合散步，适合谈恋爱。

真是一个诸事皆宜的好日子。

图书在版编目（ＣＩＰ）数据

嗨，怪物小姐 / 其莎著. -- 南京 ：江苏凤凰文艺
出版社，2017.10
ISBN 978-7-5594-0916-4

Ⅰ．①嗨… Ⅱ．①其… Ⅲ．①言情小说－中国－当代
Ⅳ．①I247.5

中国版本图书馆CIP数据核字(2017)第175847号

书　　　名	嗨，怪物小姐
作　　　者	其　莎
出 版 统 筹	黄小初　沈滏颖
选 题 策 划	北京记忆坊文化
责 任 编 辑	姚　丽
特 约 策 划	暖　暖
特 约 编 辑	诗　杰　朱　雀
责 任 监 制	刘　巍　江伟明
封 面 绘 图	卜若梨
封 面 设 计	80零·小贾
版 式 设 计	段文婷
出 版 发 行	江苏凤凰文艺出版社
出版社地址	南京市中央路165号，邮编：210009
出版社网址	http://www.jswenyi.com
印　　　刷	北京市通州运河印刷厂
开　　　本	880毫米×1230毫米　1/32
字　　　数	242千字
印　　　张	8
版　　　次	2017年10月第1版，2017年10月第1次印刷
标 准 书 号	ISBN 978-7-5594-0916-4
定　　　价	35.00元

影视版权抢订热线　　　010-57194853
江苏凤凰文艺版图书凡印刷、装订错误可随时向承印厂调换